Khronnos

Κηρόννος

"Virtus Creator"

Khronnos

"El Poder del Creador"

Angelo Vallyntzin

Número de Control de la Biblioteca del Congreso de EE. UU.:   2016901488
ISBN: Tapa Blanda   978-1-5065-1214-3
                   Libro Electrónico   978-1-5065-1215-0

Información de la imprenta disponible en la última página.

Fecha de revisión: 18/02/2016

Para realizar pedidos de este libro, contacte con:
Palibrio
1663 Liberty Drive, Suite 200
Bloomington, IN 47403
Gratis desde EE. UU. al 877.407.5847
Gratis desde México al 01.800.288.2243
Gratis desde España al 900.866.949
Desde otro país al +1.812.671.9757
Fax: 01.812.355.1576
ventas@palibrio.com
734423

ÍNDICE

CAPÍTULO I
Prólogo

El sol brilla en todo su esplendor, parece que será un día lleno de paz y tranquilidad, como lo ha venido siendo desde hace muchos años, todo es igual después de la última guerra, el clima es incierto y cambia minuto a minuto, en ocasiones es soleado y cálido mientras que en un segundo se transforma frio y lluvioso. Así es la vida en la Tierra pasadas más de tres décadas. La vegetación al igual que el clima y la fauna, se ha transformado ha hecho incontables mutaciones y se ha alejado de las ciudades. Antes de la última gran batalla, existió la última guerra mundial, nadie sabe con certeza la razón por la que ahora la Tierra se encuentra en esta situación. Los científicos afirmaban que se debía a lo que se llamaba vulgarmente, el aliento del sol, dicho de esta manera en algunas regiones, o también era conocido como el canto del sol; explosiones de gran magnitud que alcanzaban la atmosfera terrestre y provocaban cambios. Sin embargo, los teólogos decían que se trataba de un castigo divino, mientras que los estudiosos de la metafísica, aseguraban de que se trataba del reajuste del universo. Los geólogos y ecologistas mencionaban que los cambios se debían al mal uso de los recursos naturales desequilibrando el planeta. Y los grandes historiadores reconocían esta situación hacia la postura de que era el fin de la época.

Todos hacían conjeturas y trataban de explicar a su forma los acontecimientos, pero sin dudar, ninguno de ellos dio ciertamente con el origen de este cambio. Era realmente impactante la manera en que cada uno de esos grupos defendía sus teorías, mientras que yo observaba el horizonte y podía ver como se iba destruyendo todo paso a paso.

¿Casualidad?, ¡no lo creo!, la última de las grandes guerras, no fue hecha realmente por la mano del hombre, aunque muchos pensaban que así sería. Los científicos pensaron que el fin de la humanidad estaría a cargo de los alienígenas, seres extraterrestres con poderes y fuerza sobrenaturales, que según ellos, siempre nos estuvieron vigilando, esperando el momento justo para conquistar la Tierra, pero en realidad, la última guerra, no fue por disputas entre humanos, o por la utilización de grandes armas, pero sí fue la más sangrienta y dolorosa que mis ojos han podido observar, una batalla no de armas, sino de almas.

Y yo estoy aquí para contarla. ¡Ese!, creo yo, fue mi último trabajo como parte de la humanidad.

Todo comenzó en a finales de los años 70's y que fueron abarcando los años 80's, grandes cambios en la humanidad se desataron paulatinamente, modificaciones en formas de vestir, de actuar, protestas contra las instituciones sociales creadas por los propios humanos para autogobernarse. Movimientos culturales de gran magnitud, el principio del cambio.

¡Mmmm!, ¡curioso!, se me ha permitido gozar de una vida muy pero muy extensa, y todo con el único fin de poder participar en cada época de la gran humanidad, hasta el momento de ver su decadencia.

Hace más de treinta años, cuando la última guerra mundial comenzó por la disputa de pozos petroleros en las naciones, ante la escasez del mismo, una gran explosión solar sacudió la tierra, aniquilando por completo la tecnología que por siglos el hombre llevaba perfeccionando. ¡Maravillosa!, realmente me sorprendió, naves que volaban por todos lados, sistemas completamente automatizados, robots capaces de verse y comportarse como si fueran humanos, en fin, un mundo plagado por tecnología que superaba la imaginación.

Pero la onda solar, sólo fue el inicio, años más tarde mientras la guerra sucedía, un meteoro se impactó en la superficie terrestre. Los expertos de aquel entonces, no pudieron anticiparlo, apareció de la nada y cayó perforando las capas de la tierra. Esto provocó incontables terremotos, maremotos y cambios climatológicos de gran magnitud, las ciudades se destruyeron y los continentes antes conocidos, se reajustaron por completo ante los movimientos constantes de las placas tectónicas de la tierra, hasta el punto en que todos ellos, se convirtieron en una sola masa de tierra en el centro del océano. Por consiguiente, los océanos que habían sido catalogados, desaparecieron, solo uno rodeaba la inmensa capa que quedó después de la desintegración de los continentes.

La humanidad volvió a reagruparse, pero esta vez, desapareció la diversidad de culturas, razas, idiomas e ideologías, por primera vez, todo fue mezclado en un mismo lugar, ya no existían las grandes naciones, solo quedó el hombre, con sus diferentes colores, sentir, y hablar, pero todos ellos juntos en un solo lugar. El clima fue cambiando constantemente, hasta el momento en que solo cinco puntos de la gran masa continental fueron habitables, ahí se construyeron cinco grandes ciudades, todas con las mismas características, y como era de esperarse, habilitadas por la mano del hombre para su sobrevivencia. La ciudad del norte, la del sur, la del este, oeste, y la más tétrica y terrorífica de todas, la del centro. Ésta última, era habitada por muy poca gente, que en su mayoría se trataba de un grupo de ancianos que se rehusaban a abandonar sus viejas creencias y técnicas de vivir. Pero también era la más desolada, fría y tenebrosa.

Se dice, que cuando el meteoro se impactó en la tierra, miles de fragmentos se esparcieron por toda ella, y que al llegar a cierta profundidad se atoró entre las capas, permitiendo a la Tierra estabilizarse. Cierto o no, a este meteoro se le dio el nombre del Zafiro Estelar, o también, el Pilar Imperial. Llamado de la primera forma, según por los que dicen que lo vieron, que tenía la apariencia de un gran cristal en color azul, ¿alienígeno?, ¡no lo creo!, más bien, pienso que se trataba de algún mineral que vagaba por el universo, pero los ancianos científicos, aun siguieron pensando que se trataba de una invasión.

El Zafiro Estelar, cuando ocurrió, fue una novedad por todos los sucesos que se desencadenaron, pero pasado un tiempo, quedó en completo olvido. Las nuevas ciudades se reorganizaron y trataron de establecer nuevas vías de comunicación elaborando tecnología que funcionara bajo las circunstancias, y así fue, crearon grandes estructuras que envolvían a cada una de las ciudades, domos que protegían el espacio aéreo de estos lugares y producían emisión de oxígeno y otras sustancias para preservar la vida.

Pusieron grandes murallas de concreto con los restos de edificios y conformaron un complejo habitacional adaptado a las necesidades de la gente. Como mencioné anteriormente, ya no existía la división entre las razas, tipos, estudios, o status económicos, entre los ciudadanos, todos trabajaban para un objetivo en común, la preservación de la vida y la sobrevivencia.

En una de las ciudades, la del Oeste, se encontraba un jovencito que vivía con sus padres en un pequeño apartamento en los suburbios de aquel lugar. Gustaba de coleccionar objetos antiguos, maquinas mecánicas de escribir, herramientas y utensilios que dejaron de funcionar desde hace tiempo, pero que a él le fascinaba coleccionar. Sus padres no entendían mucho respecto a este gusto en particular, en ocasiones pensaron que el joven, había perdido la razón, y curiosamente esta afición, no era algo que ellos le hayan inculcado, muy por el contrario, le enseñaron a desprenderse de los objetos materiales y a trabajar en sus habilidades para poder desempeñar su función de apoyo a la nueva sociedad. Una sociedad en donde cada uno de sus integrantes desempeñaba un papel específico. El jovencito de nombre Layonnel, era un ayudante en el área de carpintería por las tardes, y en las mañanas estaba en la academia estudiando historia, una materia que le apasionaba y deseaba con fervor conocer todo acerca de la humanidad. Era introvertido y con una manera de percibir las cosas desde un punto de vista muy particular, vestía siempre en colores sobrios, mientras que su aspecto físico era de una persona delgada, de cabello rubio, su cara ovalada y larga, de boca pequeña y ojos grandes; de pestañas largas y con ojos muy peculiares, el ojo derecho tenía una estrella en el centro en color azul y el fondo verde claro, mientras que el izquierdo era en su totalidad de color verde, herencia de familia, según mencionaban sus padres.

En aquel tiempo, Layonnel estaba próximo a cumplir 23 años, joven y con toda la vida por delante, nunca se esperó lo que el destino le tenía previsto. Cada vez que pienso en él, me pregunto, ¿si en realidad su destino fue trazado, o lo labró por sí mismo?, al igual que el mío, solo que a diferencia del joven, yo siempre supe donde terminaría y con quién estaría.

Layonnel, caminaba por las afueras de la ciudad, siempre le gustaba ir en busca de objetos extraños a los vestigios de la anterior civilización, aunque esto conllevara a poner su vida en riesgo, siempre salía todos los días después de la academia a internarse en los bosques de las tinieblas, llamados así, por la numerosa cantidad de escombros y ruinas apiladas que a lo lejos semejaban un bosque, y al no tener ningún tipo de iluminación, las sombras de aquellos vestigios, le daban un ambiente funesto y tétrico. Estaba prohibido salir del área de seguridad de la ciudad, después de las grandes murallas, no existía gente que se atreviera a investigar en aquellos lugares, una caravana de vehículos altamente protegidos salía todos los días de una ciudad a otra atravesando los bosques de las tinieblas, para comercializar e intercambiar productos y servicios entre una y otra, bajo la estricta vigilancia que esto conlleva. El joven se las ingeniaba para esconderse en uno de los convoyes para salir de la ciudad, y aguardaba el regreso de los mismos para regresar a la ciudad del Oeste e ir a sus actividades por la tarde como asistente de carpintería.

Desde su nacimiento, el joven poseía una gran particularidad, tenía el don de agradar a quien estuviera frente a él, yo lo he observado desde aquel momento, entre las sombras y la oscuridad, la luz que emana de él es muy poderosa, como si su alma perteneciera a un gran guerrero de épocas antiguas, algo que alguna vez tuve el privilegio de presenciar siglos atrás, así que me dedique a observarlo desde mi letargo.

Un día, Layonnel, salió como acostumbraba hacia los bosques de las tinieblas, sin saber que sería la última vez que su vida sería monótona y aburrida.

-¡Comandante!, nos acercamos a las puertas principales, hemos cargado los vehículos con el material que necesitan en la ciudad del Este, nos dirigimos hacia allá, esperamos no retrasarnos como la última vez- dijo un hombre que conducía uno de los convoyes.

-¡Esta bien!, los espero. Deben tener cuidado, particularmente el día de hoy, el clima no se encuentra estable, esperamos una gran tormenta de polvo proveniente de los bosques de las tinieblas. Así que sugiero que salgan de inmediato para que puedan regresar a tiempo- dijo un hombre por medio de un radio.

-¡Comprendido comandante!, iremos en seguida- dijo el conductor.

Dieron la señal en el puesto de vigilancia y de inmediato se abrieron las enormes puertas de acero que envolvían las murallas de aquella ciudad. Layonnel, esperó pacientemente cerca del puesto de vigilancia, cuando uno de los hombres salió a revisar el contenido del convoy, al momento en que se dirigió hacia la ventanilla del conductor, el joven se metió por la parte trasera del vehículo y se escondió bajo un manto para así poder salir de la ciudad.

-¡Todo en orden!- grito el encargado levantando su brazo derecho y haciendo una señal que indicaba que se le permitieran la salida.

El vehículo se puso en marcha y atravesó la puerta de acero que medía 10 metros de espesor. El jovencito veía por una ranura en el manto, como se iba alejando de las puertas, observaba un gran domo que cubría el cielo de la ciudad, elaborado con fibras de materiales que aún no eran clasificados, qué la protegían de las inclemencias y variantes constantes del clima. Se dice, según los expertos, que las fibras del domo transparente, fueron hechas con materiales propias del Zafiro Estelar, al momento de encontrarse en la atmósfera terrestre, hubo una explosión, que liberó parte de este singular meteoro regando por todas partes hilos como si fueran de nylon, con cualidades muy especiales. Al ser unidas, se construyeron los grandes domos que son alimentados por celdas solares en la base del mismo y que producen un campo electromagnético igualado a la atmosfera, es decir, cada una de las ciudades tiene un pequeño generador de una micro atmósfera que mantiene la estabilidad de la vida en cada una de ellas, pero fuera de estos domos, la vida misma se encuentra a merced de la actual naturaleza, que como se ha mencionado, es variable a cada instante.

Los vehículos en los que ahora se transportan, poseen un micro generador, alimentado por una celda solar, que los protege, pero al igual que con el domo, fuera de ellos, los usuarios deberán afrontar lo que el ambiente les ofrezca.

Después de la salida del convoy, tardarían unas cuatro horas en acercarse a las inmediaciones de la ciudad del Este, tendrían que pasar por las ruinas de la antigua civilización, por caminos llenos de escombros y de olor a muerte.

-¡Es increíble lo que pasó aquí!, ¿no lo cree mi capitán?- dijo el hombre que acompañaba al conductor.

-¿A qué te refieres?, ¡pasamos todos los días por este mismo camino!, ¿acaso no te has acostumbrado?- dijo el capitán.

-¿A ver todo esto?, ¡lo que alguna vez fue una gran ciudad llena de gloria y la grandeza de la súper tecnología!, ¡no lo creo!, cada vez que pasamos por aquí recuerdo lo que mis abuelos me decían, un mundo sorprendente en donde los humanos eran los reyes y nada podía desafiarlos- dijo el hombre.

-Pues entonces vuelve a mirar por las ventanillas, y observa lo que el universo nos dejó como mensaje, la batalla bacteriológica de la última guerra, provocó un gran disturbio en la naturaleza, mutaciones constantes, y ¡este clima!, que por un instante puede ser muy tranquilo, y al otro es devastador, ¡tenemos que tener cuidado!, aunque estamos acostumbrados a viajar todos los días por estos senderos, uno nunca sabe cuándo va a cambiar esto- dijo el capitán.

-¿En realidad usted cree que se debió a la última guerra?, ¿no habrá sido la llegada del Zafiro Estelar?- preguntó el hombre.

-¡Ja!, ¡Zafiro Estelar!, esa es la absurda justificación que dan los ancianos a la devastación de la humanidad, así enjuagan sus culpan por haber utilizado el armamento más destructivo contra sus semejantes. ¡Escucha bien y aprende!, nuestras generaciones nunca han visto aquello que dicen acerca del tal Zafiro Estelar, en mi opinión, son puras mentiras, hechas una vez más por los hombres para justificar el resultado de la última guerra- dijo molesto el capitán.

-¡Puede que tenga razón, mi capitán!, pero si eso fuera cierto, lo del Zafiro Estelar, ¿Qué pasaría si este se mueve de su posición?, ¿se acabaría la vida en la Tierra?- dijo el hombre.

-¿Por qué te preocupas ahora por eso?, da gracias que estamos con vida, y disfrútala al máximo, si son mentiras o es una realidad, ¿Qué importancia tiene para nosotros?, solo tenemos un mundo devastado por los propios humanos, y una última oportunidad para sobrevivir- dijo el capitán.

-Es que cada vez que miro los restos de estos enormes edificios y esculturas, mi corazón de llena de una gran nostalgia, y me pregunto, ¿Por qué seguimos aquí?, ¿Por qué no nos fundimos con las estrellas?- menciono el copiloto.

-¡Ya basta!, deja de decir esas cosas, ¡si aún seguimos en este mundo, por algo ha de ser!, ¡no pienses en esas estupideces, caray contigo!- dijo el capital azotando su mano contra el volante.

El convoy se detuvo en medio del bosque de las tinieblas, todos los días a esa hora, una gran bruma abrazaba la mitad del bosque, debían esperar por unos treinta minutos, a que ésta se esparciera y poder continuar su viaje. Momento justo en el que Layonnel bajaba de la parte trasera del vehículo y se internaba en las sombras del bosque.

-Estaremos aquí por un rato, así que, ve por el almuerzo que dejé en la parte trasera de la caja de carga, el tiempo se nos hará más corto- le dijo el capitán al copiloto.

Mientras esto ocurría, la bruma que rodeaba el lugar, se iba esparciendo hacia arriba, e impedía que los rayos del sol penetraran provocando un estado como si se estuviera en medio de la noche en ese sitio, cuando en realidad, eran las dos de la tarde, hora terrestre.

Layonnel, había caminado hacia el extremo derecho del bosque, ya estaba bastante alejado del convoy, pero él recorría día a día ese camino, el cual conocía muy bien. Entre los escombros buscaba objetos que fueron utilizados por la civilización anterior, pudo observar un bolígrafo laser bajo una roca de un edificio. El mundo actual, no era algo que le pudiera maravillar, él anhelaba haber vivido en las épocas de la gloria de la humanidad, en donde la naturaleza y la misma raza humana podían convivir tranquilamente, sin embargo, jamás podrá cumplir con ese deseo, así que lo único que puede hacer, es coleccionar objetos de esa sociedad extinta, y tratar de aprender de ellos.

El joven, alcanzó a sacar el bolígrafo debajo de la piedra y continuo observando entre los escombros, mientras que la intensa bruma, parecía no tener fin, el tiempo transcurría, y no había vestigios de que la situación cambiara, por el contrario, ya había pasado los treinta minutos esperados para que el convoy continuara su travesía, sin embargo, todo parecía indicar que no sería de esa forma. La bruma se hacía más intensa, y la luz del sol apenas y alcanzaba a iluminar aquel lugar, Layonnel, viro el rostro dirigiendo su mirada hacia el cielo, el cual se comenzaba a oscurecer sin razón aparente.

¿Pero qué es lo que pasa?, se preguntaba, cuando de pronto, un gran estruendo se escuchó en las cercanías, el sonido de una explosión rezumbaba por los aires.

-¡Bruuuuuuummm!, ¡Bruuuuummmm!- era el sonido de un terremoto que avecinaba un gran movimiento.

Layonnel se espantó y comenzó a correr tratando de ocultarse en un sitio seguro mientras la tierra se estremecía por doquier. Al refugiarse en una especie de cueva que estaba frente a él, observó un medallón de oro de forma ovalada que estaba enterrado en el suelo, trató de escarbar para liberarlo, mientras el estruendo era cada vez mayor, el sonido se hacía cada vez más fuerte en señal de que el movimiento telúrico estaba por llegar a ese sitio. El polvo se levantó como una cortina mientras que partes del techo de la cueva se venían abajo, jaló con todas sus fuerzas la cadena que unía el medallón y salió corriendo del lugar, cuando de pronto, al salir, vio ante él caer una sombra que estaba encima de la cueva.

-¡Pummm!- se escuchó al caer el objeto.

El joven, curioso, se acercó para ver lo sucedido, mientras una grieta en el suelo comenzaba a crecer a lo lejos y se iba acercando directamente hacia el muchacho. Su sorpresa fue tal, que al ver que aquel objeto se trataba de una jovencita, de inmediato la tomó de los brazos y la arrastró hacia un lado al notar que la grieta corría rápidamente hacia esa dirección.

-¡Crashhhh!- se abría el suelo y cuando creyó estar a salvo, el piso se vino abajo haciéndolo quedar sujeto con sus manos de la orilla del gran hueco, entre sus dedos de la mano derecha, tenía enredado el medallón.

El joven gritaba desesperado por auxilio, pero nadie lo escuchaba, la fuerza de su mano izquierda parecía ceder, sus dedos se resbalaban de la superficie, y con su mano derecha apretaba fuertemente el extremo del piso para no caer en el agujero, estaba temeroso e inquieto, comenzó a sudar de la angustia, y sus manos se empezaron a sentir húmedas y frías, estaba a punto de caer, cuando de pronto sintió como lo tomaron de la muñeca derecha. Alzó el rostro y la jovencita estaba hincada frente a él sosteniéndolo por la muñeca.

-¡Resiste!, ¡no te dejaré caer!- gritó la joven.

El piso continuaba moviéndose, y la presión cada vez era más intensa, el suelo en donde estaba hincada la joven, se comenzaba agrietar, mientras ella jalaba con sus manos a Layonnel que se encontraba al borde de un ataque de nervios.

Por fin, tras un gran esfuerzo, la jovencita logró hacer subir a Layonnel, y agitada por el esfuerzo, lo tomó del brazo y lo jaló para que no volviera a caerse mientras el suelo donde estaban se partía y caía pedazo a pedazo.

-¿Pero qué demonios estás haciendo?, ¿Qué haces en este lugar?- dijo la joven.

-¡Gracias!, lo mismo te pregunto, ¿Qué haces aquí?- dijo Layonnel.

-¡Eso no te importa!- dijo la joven agitada.

-¡Pues si tú no me dices, tampoco yo tengo por qué hacerlo!-contestó el testarudo joven.

-¡No hay tiempo para eso!, ¡salgamos de aquí antes de que las grietas se abran!- dijo la joven jalándolo del brazo. Corrieron varios metros lejos del lugar, el terremoto parecía haber terminado, los dos exhaustos, se recargaron sobre los vestigios de un edificio antiguo.

-Parece que el sismo terminó, ahora bien, dime, ¿Quién eres y que haces en este lugar?, ¿Qué no sabes que esta prohíbo salir más allá de las grandes murallas?, el domo es la única protección que tenemos los seres humanos contra los disturbios de la naturaleza- decía con esfuerzo la jovencita.

-Mi nombre es Layonnel, soy un asistente de carpintería de la ciudad del Oeste, y estoy en este lugar, porque me gusta coleccionar objetos antiguos de la civilización- dijo sinceramente el jovencito.

-¡Mira qué bien!, ¿así que eres uno de los habitantes de la ciudad Oeste?, ¿coleccionando objetos antiguos?, ¡creo que deberías cambiar de afición!, ¡podría matarte! Me llamo Hilda Hamal, y vengo de la ciudad del centro- menciono la joven.

-¿La ciudad del centro?, pero, ¿Cómo es eso posible?- dijo Layonnel.

-¡Si, si!, ¡ya sé lo que vas a decir!, ¡todos lo dicen!, "Pero, ¿cómo?, si esa ciudad no existe, nunca la hemos visto", y es correcto, nunca la han visto y nunca la verán, porque es una ciudad que esta oculta- dijo Hilda.

-¿Cómo que oculta?, ¿Dónde se encuentra?- menciono el joven

-¡Ash!, ¡te lo explicaré!, ¡aunque, no sé si deba hacerlo!, pero supongo que no habrá problema. La cuidad Central es conocida por los ancianos, como el "OJO DEL CIERVO", y no me preguntes el porqué, ni yo misma lo sé. Esta ciudad se encuentra oculta desde su fundación, ahí solo viven los ancianos que resguardan los secretos de la humanidad, cuando terminó la era del Quinto Sol, en la tercera guerra mundial, una secta secreta que ha existido por siglos, se dio a la tarea de sobrevivir y esconderse del resto de los demás, este grupo de personas tienen el conocimiento de muchos siglos y su tarea es observar a la misma humanidad y registrar todo lo que pase con ella. Al caer el Zafiro Estelar, se creó una gran distorsión entre el tiempo y el espacio, los ancianos aprovecharon la tecnología extinta de la antigua civilización, para construir la ciudad en medio de esta distorsión, es como si hubiera un agujero negro en medio de la tierra, ahí es donde se encuentra oculta El ojo del ciervo.

-Para explicártelo más sencillo, ¿Cómo crees que la ciudad del Este y Oeste se comunican?, ¡en realidad tardarían meses en cruzar de una frontera a otra!, pero se puede realizar en un periodo de tiempo considerablemente rápido gracias a esta distorsión, el camino que está en medio de ambas fronteras, es el bosque de las tinieblas, donde estamos ahora, cuando cruzas por este sendero, tardas alrededor de cuatro horas en llegar, cuando en realidad deberías de tardar cuatro semanas. ¿Lo entiendes?, el mundo en el que vivimos, está en una fase llena de distorsiones de tiempo y espacio, como si entráramos y saliéramos de distintas dimensiones, pero en la realidad, entre la ciudad del Este y Oeste, la única distorsión que existe es el tiempo- mencionó Hilda.

-¡Espera un momento!, ¿estás diciendo que entramos y salimos constantemente de una dimensión a otra?- mencionó Layonnel.

-En teoría, ¡sí!, así es, hay algunos lugares en la Tierra, en donde la distorsión es mayor, y puede ser de ambas formas, de tiempo y de espacio, como sucede en la ciudad Central, mientras que en otras partes, puede darse el caso de que solo sea de tiempo, como ocurre entre la cuidad del Este y Oeste, y otras solo de espacio. Pero aún no conozco del todo ese tipo de casos específicos.

Todo esto se debe al electromagnetismo que creó la caída de Zafiro Estelar, ¡increíble!, ¿verdad?, pero así es, después de 23 años los habitantes de la Tierra, aun no logran descifrar los misterios que ocurren alrededor del meteoro, incluso han desechado la idea de su existencia, para que la gente no le tenga temor a lo desconocido, pero existe, y es lo que provoca que todo cambie de forma repentina sin poder anticiparnos- dijo Hilda

-Y entonces, ¿Qué es lo que estás haciendo aquí?- mencionó el joven

-Mi maestro me envió, sintió un fuerte estruendo en la línea de vida y me pidió que viniera a observar- dijo Hilda.

-¿Un estruendo en la línea de vida?, ¿qué es eso?- dijo Layonnel.

-Mi maestro es uno de los ancianos que observan el universo, es una especie de astrónomo, metafísico, y cuanta cosa puedas imaginar, ni yo misma lo sé con claridad. La línea de vida, es el trayecto que realiza la humanidad desde su formación, ahí se muestra todo lo que ha hecho y el posible rumbo que puede tener, es observada por medio de las estrellas y el universo, es como las antiguas civilizaciones perdidas que observaban las estrellas y les dieron nombre a las constelaciones y a la vía láctea- mencionó Hilda.

-¿Vía Láctea?- exclamó con asombro el jovencito.

-¿Qué no te enseñan nada en la escuela?, ¡ya deberías de saberlo!, pero bueno, la vía láctea es una galaxia, al que pertenece nuestro sistema solar, y que sin dudar debe contener muchísimos más sistemas dentro de ella, pero el ser humano no ha logrado encontrar certeza con los astros- menciono Hilda.

-Pero aún no me contestas, ¿Qué es lo que haces realmente aquí?- dijo Layonnel.

-Debo investigar, ese estruendo que sintió mi maestro, al parecer la estabilidad que el Zafiro Estelar mantenía, ha estado variando desde hace unos años, y debemos encontrar el origen de todo esto. No puedo volver sin analizar lo acontecido y mencionarle a mi maestro lo que ocurrió.

-¿Cómo vas a volver?, pasarán otras cuatro horas para que un transporte llegue hasta aquí- mencionó Layonnel.

-¿No te has dado cuenta?, estamos en medio de una distorsión, ¡dudo mucho que en cuatro horas más, alguien llegue a pasar por estos rumbos!, en pocas palabras, ¡estamos perdidos en el tiempo, por ahora!- mencionó Hilda señalando al cielo.

-¡La bruma!, ¡la bruma no se ha dispersado!, ¿pero qué es lo que está pasando?- dijo Layonnel.

-¿Lo ves?, a estas horas habitualmente la bruma debió haberse dispersado, pero no ha sido de esa forma, por lo que mi maestro tenía razón, algo está ocurriendo- mencionó Hilda.

Los jóvenes observaban todo a su alrededor, Layonnel dirigía su mirada hacia el cielo, cubierto por la espesa bruma mientras que un hombre aparecía de la nada caminando vestido con una capa negra que cubría su cuerpo.

-¿Pero qué es lo que están haciendo aquí?- pregunto el hombre.

Los dos jóvenes, saltaron de la impresión y lo voltearon a ver, gritando. ¿Quién está ahí?

-Mi nombre es Álastor, soy un mensajero que ha venido a observar el origen del terremoto en esta zona- dijo el hombre de unos 30 años aproximadamente.

Hilda lo volteó a mirar, y su corazón se precipitaba, su presencia la excitaba.

-¡Pero qué hombre tan hermoso!- exclamó la joven al ver la piel tersa y blanca, con cabello negro liso y largo, amarrado por una cintilla, cejas pobladas y ojos grandes de color gris.

-¡Mmm!, ¿Perdón?- mencionó Álastor.

-¡Lo siento!, es que me sorprende lo bien parecido que es usted- dijo la joven.

-¿Qué hacen dos jovencitos en medio de este lugar?, ¿Qué no saben que es muy peligroso que salgan de la protección de los escudos de las ciudades?, ¡no deberían estar aquí!- dijo Álastor.

-Perdimos el camino cuando ocurrió el terremoto, y ahora tendremos que esperar a que alguien pase por aquí para poder regresar- dijo Layonnel.

Álastor miro a los dos jovencitos, y después volteó al cielo, entre la bruma la silueta del sol se alcanzaba a ver.

-¡La luna negra!- exclamó Álastor.

-¿La luna negra?, ¡es un eclipse!- dijo Layonnel mirando con sorpresa al hombre.

-¡Es correcto!, así es como ustedes le llaman, sin embargo para nuestra gente, el término correcto es Luna Negra. Pero en fin, son conceptos sin importancia. Ahora bien, es necesario que salgan de aquí en este momento, no es prudente que estén en este sitio, este estado durará por un tiempo, no se trata de un eclipse normal, así que por favor, salgan de inmediato de este lugar- mencionó Álastor.

-¿Pero qué estás diciendo?, ¿a qué se deben tus comentarios?- dijo Layonnel.

Hilda miró fijamente a Álastor y comprendió el mensaje, tomó a Layonnel del brazo y lo jaló hacia el frente.

-¡Vámonos!, te llevaré conmigo, deja a Álastor y no preguntes, te lo explicaré después- menciono la joven.

Layonnel siguió las indicaciones, molesto por no saber lo que sucedía, siguió a Hilda hasta un callejón entre los edificios que se encontraban al fondo. La atmósfera del lugar comenzó a tornarse oscura y el aire denso, casi no se podía respirar en todo el lugar, Layonnel, metió el medallón en uno de sus bolsillos, mientras se cubría la nariz y la boca con el antebrazo.

Álastor miraba alejarse a los jóvenes, sosteniendo la mirada en Layonnel, tuvo la sensación de haberlo visto antes. La bruma comenzó a esparciste permitiendo observar claramente el eclipse de sol que se estaba dando en ese momento. Una sombra oscura se dibujó en el suelo frente al hombre misterioso.

Hilda tomó la pluma de un ave que llevaba en un morral que cargaba con ella, y la colocó sobre una piedra al final del callejón, de inmediato un destello en color violeta sacudió la pluma y ante sus ojos, una escalinata en el suelo apareció. Layonnel se quedó sorprendido por lo que estaba observando. La joven lo tomó de la mano y lo miró a los ojos.

-¡Layonnel!, escucha con atención, volveremos a entrar a una distorsión del tiempo, no debes angustiarte, no creo que sea prudente llevarte conmigo a la ciudad Central, pero no tengo otra opción, cuando lleguemos te diré por qué debemos salir de aquí. ¿Entendiste?- dijo la joven.

-Sí, haré lo que me pides- mencionó Layonnel.

Comenzaron a bajar por las escalinatas internándose en un túnel bajo la tierra, el joven sentía que su cuerpo sufría algún tipo de cambios mientras caminaban por el oscuro lugar, solo podían oírse sus pasos en plena oscuridad, Hilda lo sostenía de la mano y caminaba un paso delante de él.

-¡Ah!, ¡mi ojo!- gritó Layonnel.

-¿Qué sucede?- preguntó Hilda.

-¡Me arde mucho mi ojo derecho!- dijo Layonnel llevándose la mano al ojo derecho.

Hilda se detuvo por un instante, sin soltar de la mano al joven, no podía hacerlo, o se perdería en el trayecto. Layonnel se talló el ojo con un pedazo de tela de su manga derecha y trató de abrirlo, cuando esto ocurrió, podía observar sombras de seres humanos que caminaban hacia él. Hilda, lo jaló nuevamente de la mano para que continuaran por el sendero oscuro. El joven estaba realmente desconcertado por las imágenes que observaba.

-¿Quiénes son ellos?, ¿Por qué están aquí?- exclamó Layonnel.

-¿Puedes verlos?, ¡qué curioso!, mi maestro es el único que puede verlos, no prestes atención y no los mires directo a los ojos, debemos continuar- dijo la joven.

-¿Pero quiénes son?, y ¿por qué tienen esa expresión de dolor en sus rostros?- dijo intrigado Layonnel.

-Es la gente que murió y quedó atrapada su alma en este pasaje, cuando se creó la distorsión. Layonnel, hagas lo que hagas, no los escuches, y no los mires a los ojos, o se enterarán de tu presencia y trataran de colgarse de ti para poder salir- mencionó la joven.

-¿Salir?, ¿A dónde?- preguntó Layonnel.

-Escúchame, tengo algo que decirte, ya estamos cerca de la entrada a la ciudad Central, hace unos instantes Álastor nos dijo que nos fuéramos de ese lugar, y la razón es las siguiente: en una ocasión, mi maestro me contó sobre una leyenda antigua, que data de más de tres mil años atrás, en las primeras grandes civilizaciones de la humanidad.

Se pensaba anteriormente, que el universo estaba gobernado por los dioses, cada uno de ellos tenía a su cargo un reino y en cada una de las culturas extintas, tenían ciertos rituales que ejercían cuando la gente moría, se pensaba que existía una vida después de la muerte, y en todos los tiempos y en todas las sociedades, ideas y creencias, ese concepto no ha cambiado, en la época de los egipcios, un animal felino de nombre común, gato, era considerado un Dios, que acompañaba a las almas al mundo de los muertos, ese gato, es la representación de la Luna Negra que Álastor mencionó. "Cuando la oscuridad llene de tinieblas en mundo de la luz, se abrirá el portal que llevará a las almas perdidas a las siete esferas de la luz, y la oscuridad desaparecerá".

Ese animal, está extinto en nuestra era, pero incluso en muchas otras culturas, era una imagen enigmática que relacionaba el mundo de los vivos con el de los muertos. Las pupilas de esos felinos, asemejan un eclipse, cuando éstas se encuentran en la presencia de la oscuridad, y brillan en la noche, eran capaces de percibir presencias sobrenaturales, y de ahí que los relacionaban con el mundo de las almas.

¡Ya sé que no me estas entendiendo nada de lo que te estoy diciendo!, pero pronto lo harás, las personas que ves, son almas que se encuentran perdidas, y que al momento en el que se originó el eclipse, pudieron ver la pupila del felino indicándoles el camino, es decir, al ocurrir el terremoto, Álastor estaba ahí por alguna situación, ¡no fue casualidad que estuviera en ese lugar!, ¡el mismo se sorprendió al ver el eclipse!, o eso fue lo que aparentó, yo pienso que él estaba esperando a que eso sucediera y sabía lo que iba a pasar, por eso nos dijo que nos fuéramos de ahí, y la gente muerta que camina en este pasillo en dirección opuesta hacia dónde vamos, se dirige al lugar de nuestro encuentro con Álastor, ¿ya me comprendiste?- mencionó la joven.

-Mmmm, ¡no!, pero creo entender un poco de lo que hablas, todo esto es muy confuso. Si lo que dices es verdad, entonces porque estaba Álastor en ese sitio, ¿Qué tiene que ver él en todo esto?- mencionó Layonnel.

-¡Aun no lo sé!, pero el maestro nos dirá, seguro él tiene una explicación, siempre la tiene, ¡eso espero!- dijo suspirando Hilda.

Estaban por terminar de cruzar el sendero, una luz muy brillante se dejaba ver al final del túnel, los deslumbrara, Layonnel cerró los ojos y sintió una presión en su pecho cuando cruzó el portal.

-¡Ya estamos aquí!, ¡ya puedes abrir los ojos!- dijo Hilda sonriendo.

-¿Pero qué..?, ¿qué me sucedió?- dijo Layonnel mirando sus manos, éstas habían madurado, y no solo eso, todo su cuerpo dejo de ser el de un joven de 23 años, ahora tenía la apariencia de una persona de más de treinta años.

-¡Ya te lo dije!, es la distorsión del tiempo y del espacio, en realidad, estuvimos caminando por ese túnel por diez años.

-¿Quéeeeeee?, ¿cómo es eso posible?, ¿y ahora que voy a hacer?- gritaba desesperado Layonnel.

-¡Tranquilo!, ya te lo explicará mi maestro, además, es una situación temporal mientras estemos aquí. ¡Es curioso!, ¿sabes?, aquí el tiempo parece detenerse. Pero, ¡sí!, ¡ya no eres un niño de veintitantos, ahora eres un hombre!- decía a carcajadas Hilda.

Layonnel la volteo a ver mientras la mujer se mofaba de él, no había observado lo hermosa que era, su cabello ahora largo hasta mitad de la espalda en color castaño, y sus facciones sutiles con una cara redonda, nariz pequeña y cejas arqueadas, ojos en color miel.

-Bueno, ahora hay que buscar a mi maestro, ¡te daré un recorrido por la ciudad para que la conozcas!- le dijo Hilda.

El lugar era sorprendente, al igual que las demás ciudades, un gran domo cubría todo el espacio, sin embargo, a comparación de las demás, ésta se encontraba bajo el mar, sí así es, una entera ciudad bajo el imponente océano, y el domo, salía de una gran torre en el centro como rayos de luz.

Las edificaciones eran pequeñas, en vez de una ciudad, parecía una especie de aldea, tenían un invernadero muy grande con diferentes tipos de especies de plantas, no utilizaban vehículos y al parecer, tampoco la tecnología, la iluminación, estaba a cargo de velas, y otros instrumentos como el carbón, madera y el fuego. Los edificios estaban construidos con cortezas de árboles.

-¿Qué es eso?- preguntó Layonnel refiriéndose a un domo que se observaba a lo lejos, cerca del invernadero.

-Es el laboratorio, ahí se hacen pruebas de especies extintas para rescatar y reproducirlas, es como en el mundo externo, cuando utilizaban la genética con tecnología sofisticada, pero aquí se hace por medio de la energía del Zafiro Estelar.

Un hombre se les acercaba, de estatura baja, robusto, pelo cano nariz aguileña y voz ronca, venía en dirección hacia Hilda.

-Veo que ya regresaste, ¡qué bien!, el maestro ha estado preguntando por ti, ¿pero quién es quién te acompaña?, ¡no lo había visto antes!- dijo el hombre.

-Maestro Mumiel, él es Layonnel, lo encontré en los bosques de las tinieblas, y después del terremoto, no tuve otra opción que traerlo conmigo- dijo Hilda haciendo una reverencia al hombre.

-¡Ya veo!, pues bienvenido al Ojo del Ciervo, Layonnel, pero dime, ¿Qué fue lo que le sucedió a tu ojo derecho?, ¡déjame ver!- dijo

Mumiel poniendo su mano sobre el ojo de Layonnel. Una tranquilidad inundaba su alma, el dolor y ardor cesaron por completo.

-¿Qué?, ¿qué fue lo que le hizo a mi ojo?, ¡ya no siento dolor!- dijo Layonnel.

-¡Nada hijo, nada!, me puedes agradecer después, por ahora, vayan a donde está el Maestro Abdiel, está ansioso porque le cuenten lo sucedido- menciono el maestro Mumiel.

-Señor, antes de continuar, ¿puedo preguntarle algo?- dijo Layonnel.

-¡Si claro!, con confianza- dijo amablemente Mumiel.

-¿Por qué toda la gente aquí tiene el cabello cano y tienen arrugas en el rostro?- dijo Layonnel observando a la gente que pasaba a alrededor.

-¡Mmm, ya veo!, te diré un secreto jovencito, lo que ves aquí, ¡no es lo que aparenta!, el Ojo del Ciervo, es considerado un lugar de reposo, la gente que ves, no tiene la edad que aparenta, en realidad, en este lugar, el tiempo no transcurre, ¡sé que es increíble para un joven como tú!, pero lo que sucede, es que al crearse la gran distorsión, nos encontramos en otra dimensión, perdida en el tiempo y el espacio. Aunque puedes ver que estamos en la profundidad del océano en la Tierra, aquí el tiempo no es ningún factor para nosotros, aunque, el día y la noche terrestre, los podemos observar con claridad, para la gente que vive en este sitio, no le causa ningún efecto.

Digamos que para que me entiendas mejor. Aquí reconstruimos la vida del planeta, la radiación y los espectros electromagnéticos que genera el Zafiro Estelar, nos permiten realizar pruebas sobre la genética, misma que utilizamos en el laboratorio que ves al fondo y en el gran invernadero, reproducimos las especies y las ponemos en diferentes etapas de su desarrollo, y al no pasar el tiempo, podemos tener una gran variedad de especies en su mejor etapa.

Durante mucho tiempo hemos tratado de insertarlos de nuevo a la superficie, sin embargo, la protección del Zafiro no alcanza a cubrir todo el planeta, así que lo resguardamos en este lugar, para cuando estén listos.

Tampoco me fiaría de la apariencia de Hilda, jajaja, aunque aparenta ser joven, en realidad es mucho más antigua de lo que crees, al igual que el maestro Abdiel, ¡él es el más antiguo de todos nosotros!, ¡quién sabe cuántos años tenga en realidad!, hasta podría decir que tiene los mismos que posee el planeta de existir- decía Mumiel.

-¡Mumiel!, no creo haberle dado permiso de hablar de mí a mis espaldas, me parece un acto imperdonable- dijo un hombre detrás del Maestro Mumiel.

-¡Maestro…, cuánto lo siento!, no fue mi intención ofenderlo- dijo Mumiel.

-¡Basta ya Mumiel!, tenemos asuntos más importantes que atender por ahora. Hilda, veo que has vuelto, espero tu informe, ¿y este joven?, ¿quién es?- dijo el gran Maestro.

-Mi nombre es Layonnel, y estaba en el bosque de las tinieblas cuando Hilda apareció de pronto, nos encontramos con un tipo llamado Álastor, mientras ocurrió un terremoto, y después nos dijo que nos fuéramos de ese lugar, cuando ocurría un eclipse al que él llamo la Luna Negra…- decía Layonnel cuando el maestro lo interrumpió.

-¿Álastor?, ¿Luna Negra?, ¿terremoto?, ¿Qué es todo esto Hilda?, necesito que me lo expliques a detalle- dijo intrigado el maestro.

-Creo que deberían hablar en otro lugar, no es prudente que esto se conozca sin saber claramente lo ocurrido, ¿no está de acuerdo maestro?- dijo Mumiel.

-¡Tienes razón Mumiel!, Hilda, Layonnel, acompáñenme por favor. Debo conocer a detalle lo sucedido, ese tal Álastor me pone nervioso- dijo el maestro invitándolos a acompañarlo a su pequeña cabaña que se encontraba en uno de los extremos del este de la ciudad Central.

Mientras caminaban, Mumiel y el maestro Abdiel, que iban frente a Hilda y a Layonnel, se volteaban a ver discretamente como si supieran de qué se trataba todo lo acontecido, sus rostros reflejaban preocupación y angustia.

Al llegar a la cabaña, un lugar muy acogedor, tenía una pequeña salita al entrar, al fondo, se encontraban dos habitaciones cerradas, mientras que del lado izquierdo, había una especie de mesa de piedra con bancos del mismo material, y una chimenea en la parte trasera. A un costado de la sala, se encontraba un gran librero con ejemplares de todo tipo y escritos en diversas épocas de la humanidad.

-¿Estos son libros de antiguas civilizaciones?- dijo Layonnel muy emocionado.

-¡Así es!, los he coleccionado por varios años, pero ésta es mi colección más preciada, sin embargo, si te gustan los libros, te mostraré la gran biblioteca, ahí podrás encontrar cualquier cosa que desees saber acerca de las antiguas civilizaciones- dijo amablemente el Maestro Abdiel.

-¡Hilda!, acompáñame- dijo Abdiel.

La joven y Abdiel abrieron la puerta de una de las habitaciones, el maestro toco el marco de la puerta y pronunció una especie de conjuró, haciendo que éste, emanara una luz deslumbrante y que el interior de la habitación se iluminara por completo, entraron, y la luz desapareció junto con los dos personajes.

-¿Qué fue eso?- preguntó Layonnel.

-¡Otra dimensión, por supuesto!, ¿todavía no lo logras entender, verdad?, la casa del maestro, no es más que un centro en el que se encuentran varios portales que llevan a distintos lugares, solo él puede abrirlos, ¡ve, anda, compruébalo por ti mismo!- dijo Mumiel tomando de la mesa del centro una manzana y mordiéndola.

El joven, lleno de curiosidad, abrió la puerta de la habitación, y solo pudo observar una cama y una mesita auxiliar.

-Pero, ¿A dónde se fueron?- preguntó intrigado Layonnel.

-¡Ya te lo dije!, a otra dimensión, pero no te preocupes, volverán en unos instantes, recuerda que aquí el tiempo no es un factor determinante, tú y yo podemos estar aquí por horas terrestres, y para ellos serán solo unos segundos, y lo mismo sucederá con ellos. Porque no mejor disfrutas de una buena lectura mientras yo voy a ver a mis pupilos, ¡no tardaré!- dijo Mumiel, poniendo su mano sobre la cabeza de Layonnel y agitando su cabello mientras salía de la cabaña.

-Esto cada vez, es más extraño- dijo Layonnel.

Mientras esperaba, el joven, se paró delante del librero y miró la gran cantidad de títulos que había en él, tomó uno que le llamó a atención, y comenzó a hojearlo, "amuletos y símbolos", se llamaba el compendio, se interesó por el tema y se sentó en la salita a leerlo mientras esperaba.

Mientras tanto, en una cueva, en el techo de la misma, una especie de universo se proyectaba en él, como si se tratase de un planetario donde se veían las estrellas. Ahí, estaba el maestro Abdiel y la joven Hilda.

-¿Cómo abriste el portal del túnel?, ¡no sentí la presencia del joven!, ¡tampoco la llave estelar! - preguntó el maestro.

-Tuve que usar las plumas del fénix no quise arriesgarme a que personas extrañas vieran la llave estelar, como le comentó Layonnel, nos encontramos con un hombre llamado Álastor, no me dio mucha confianza, así que decidí usar la pluma, en vez de la llave- dijo Hilda.

-Te he dicho claramente, que tengas mucho cuidado con usar las plumas del fénix, aún no conocemos bien sus poderes, podrías haber terminado en otro sitio que no conocemos y entonces, sí que te habrías metido en un gran problema. Ahora bien cuéntame, ¿Qué fue lo que ocurrió?- dijo el Maestro.

-Pues vera, yo estaba en el bosque de las tinieblas buscando el portal que usted me mencionó, creí haberlo sentido, y cuando pensé que estaba cerca, un terremoto azotó el sitio, caí de la parte superior de una cueva al suelo y me desmayé, lo único que vi cuando desperté, fue a ese chico, sosteniéndose para no caer en una grieta, lo tome de la mano y corrimos para que no nos alcanzara el terremoto, después apareció ese tipo, Álastor, nos preguntó porque estábamos ahí, y después la bruma del lugar dejó ver un eclipse, el cual él llamó la Luna Negra, y después nos dijo que nos fuéramos, yo lo mire a los ojos, y pude sentir una gran angustia que emanaba de él, así que tome a Layonnel y entramos por el túnel- dijo Hilda.

-¿Álastor dices?, ¡esto está mal, Hilda!, si él está en este mundo, solo puede significar una cosa, y me temo, que puede ser muy desagradable- dijo Abdiel.

-¿De qué se trata maestro?- menciono preocupada la joven.

-Álastor, es solo un mensajero, si él habló de la Luna Negra, significaba que se abrió un portal que nunca debió abrirse, él está aquí en espera de su maestro. ¡Pero eso no puede ser!, la última vez, fue encadenado con los sellos sagrados, y luego, ¡ese chico, no es coincidencia que te lo encontraras, Hilda!, ¡esto puede significar que el tiempo ha llegado!- mencionaba Abdiel.

-¿El tiempo, maestro?, ¿se refiere a ese tiempo de cual tanto se ha hablado?- dijo la joven.

-Sí, Hilda, ese tiempo de que te hemos hablado y entrenado toda la vida, sin embargo, sigo sin creerlo, ¡yo mismo estuve presente en el ritual!, ¡es imposible que las cadenas se hayan destruido!, pero si es de esa forma, debemos estar preparados. ¡Escúchame bien, Hilda!, debes proteger a toda costa a este chico, aún no sabemos cuál es su relevancia en todo esto, y hasta que no sepamos cual es la razón verdadera de la presencia de Álastor, debemos continuar con nuestras investigaciones. ¡No debes dejar que el joven salga del Ojo del Ciervo hasta que yo lo indique!, tendré que convocar a los ancianos, ellos sabrán lo que debemos hacer- dijo Abdiel.

-Pero, ¿qué quiere que haga con él?- preguntó Hilda.

-Entretenerlo, muéstrale todos los libros, parece tener una fascinación con las antiguas culturas de los humanos, podemos hacer que lea todos, al fin y al cabo, el tiempo no tiene importancia aquí, y así, yo podré investigar más al respecto- dijo Abdiel.

-Maestro, hay algo en él que me parece muy familiar, ¡no sé explicarlo, pero me resulta como si lo conociera de algún sitio!- dijo Hilda.

-También tengo la misma sensación, pero eso es imposible, él pertenece a esta era, mientras tú y yo, pertenecemos a otra. Debo revisar el libro sagrado, puede que ahí encontremos algún indicio de todo esto- dijo Abdiel.

-¡Señor Mumiel!, ¡venga rápido!- gritaban unos hombres en las afueras de la cabaña.

-¿Qué sucede?- preguntó Mumiel.

-Creemos que es mejor que lo vea usted mismo, es en el pilar, ¡vamos!, dese prisa- decían los hombres llevándolo al lugar.

El pilar es la torre que se encuentra en el Centro de la ciudad, de donde emana el domo que protege al Ojo del Ciervo. Mumiel y sus pupilos se dirigieron a la entrada del gran pilar, sobre la pared, se dibujaban una especie de trazos que simulaban algunas de las constelaciones del universo. Su sorpresa fue tal, que Mumiel al verlos, se hincó sobre sus rodillas llevándose la mano hacia la boca en señal de sorpresa.

-¡Esto es imposible!, ¡no puede estar sucediendo! ¡Vayan de inmediato a la casa del Maestro e infórmenle enseguida!, ¡tiene que ver esto!- dijo Mumiel.

Los hombres hicieron lo que se les indicó, fueron a la casa del Maestro, quien ya había regresado con Hilda y estaban entreteniendo a Layonnel con los libros.

-¡Maestro, tiene que venir con nosotros!, nos envía el señor Mumiel- dijeron los hombres.

El anciano, con toda calma acompañó a los hombres hasta el gran pilar.

CAPÍTULO II

El Sexto Cielo Zebul

-¿Pero cómo ocurrió esto?, ¿desde cuándo está pasando?- preguntó el maestro.

-Sucedió con la llegada de Hilda, de pronto comenzaron a aparecer estas líneas sobre la pared del pilar, ¿Qué es lo que significa?- dijeron los hombres.

-Significa que mis sospechas son ciertas, Álastor abrió el portal para que su maestro pueda entrar al mundo Terrestre. El terremoto, no solo ocurrió en la Tierra, también sucedió en el Zebul, lo que significa que los mensajeros oscuros, se vienen acercando. Mumiel, temo que después de tanto tiempo, la profecía está por cumplirse. La gran catástrofe de hace unos años, también fue registrada en el Zebul, y no puedo sentir la esencia de su príncipe, es como si hubiera abandonado su puesto para ir a otro sitio. Y eso no puede ocurrir a menos que..., a menos que...- decía el Maestro.

-¿A menos que, qué, Maestro?- dijo Mumiel.

-A menos que el Zafiro Estelar no haya caído por accidente, ¡no lo puedo creer!... ¡Mumiel!, ¡decidió encarnarse en una vida humana!, ¿sabes lo que eso significa?- dijo muy alarmado Abdiel.

-¡No mi maestro!, ¡eso tampoco puede ser cierto!, no creo que haya decidido encarnarse, ¿Qué sentido tendría?, el Zafiro Estelar es un meteoro que se avecinaba desde hace mucho tiempo, la humanidad siempre lo contempló, pero nunca supo con certeza cuándo llegaría a la Tierra- mencionó Mumiel tomando por el hombro al maestro.

-¡Precisamente por eso, Mumiel!, porque mando el mensaje de su llegada desde hace ya varios siglos, él decidió venir a este mundo en forma humana, para enfrentar a quién se soltó de sus cadenas, ¡estoy seguro de eso!- dijo Abdiel.

-¿Entonces cree usted que el Zafiro Estelar...?- dijo Mumiel.

-¡El Zafiro Estelar, no es otra cosa más que su reino!, que fue enviado para prepararse contra la más grande de todas las batallas. Mencionó Abdiel.

-Pero, entonces, ¿Dónde está el príncipe del Zebul?- preguntó Mumiel.

-Seguramente se unió a sus ejércitos, él es uno de los generales y está reuniendo sus fuerzas para reclamar este mundo. Debo consultar el gran libro, tal vez se nos escapó alguna cosa- mencionó Abdiel.

-Maestro, usted me ha dicho que el Libro de la Sombras, no es el único libro sagrado, ¿en verdad, cree usted que exista algo en él?, lo hemos revisado por siglos, y no recuerdo que se mencione nada respecto a esto- dijo Mumiel.

-¡Tienes razón!, el Libro de las Sombras, solo encierra algunos secretos de la humanidad, pero existe otro, el cual debemos buscar, es el único texto que no hemos vuelto a encontrar- dijo Abdiel.

-¿Se refiere al que protege Zagzaguel?, ¿el Libro Sagrado?- dijo Mumiel.

-¡Es correcto!, un libro que fue olvidado por las leyes del hombre, y que fue enviado a la Tierra desde hace miles de años por los mensajeros celestiales. Fue escrito con sangre divina, y ahora es un misterio el lugar en donde quedó- dijo Abdiel.

De pronto, un gran zumbido y un estruendo se originó en el Ojo del Ciervo.

-¡Bruuuummmm!-

-¿Qué es eso?- dijeron los presentes.

-¡Es un terremoto!- gritó Mumiel.

-¡Eso es imposible!, ¡eso no puede estar pasando en este lugar!, ¡estamos bajo la protección del Zafiro Estelar!, ¡ahhhhhhh!- grito Abdiel.

La tierra comenzó a abrirse en la ciudad sagrada, el pilar se comenzó a agrietar dejando caer grandes pedazos del mismo al suelo.

-¡Sin la presencia del príncipe en el Zebul, la Tierra se encuentra a merced de calamidades naturales!, tenemos que hacer un circulo de protección. ¡Ustedes!, ¡vayan de inmediato y convoque a los ancianos!, ¡nos veremos en la cámara del pilar!- dijo Abdiel.

-¿Está usted pensando en entrar al pilar, maestro?- dijo Mumiel.

-¡No tenemos otra opción!, ¡es nuestro deber mantener el orden hasta que llegue el General Supremo!, ¡está claro que se trata de su encuentro con los seis generales!- dijo Abdiel.

-¿Los siete jinetes vendrán?, ¿lo cree usted así?- preguntó angustiado Mumiel.

-¡Me temo que así será!, y debemos estar preparados para unir nuestras fuerzas. Trasladaré la Ciudad a otro sitio, abriré un portal mientras llegan los ancianos- dijo Abdiel.

Mientras tanto, en la superficie, en el bosque de las tinieblas, Álastor estaba parado frente al portal que se abrió en el suelo tras la llamada Luna Negra, sombras que emanaban de él, se transformaban en figuras humanas cuando tocaban el suelo.

-¡Bienvenido Orifiel!, he estado esperando este momento desde hace mucho tiempo, mi señor estará complacido de verte entre sus ejércitos- dijo Álastor.

-No estoy aquí por tu señor, y lo sabes, mi intervención en este mundo se debe a un simple término en el contrato celestial, no ayudaré a los ejércitos de tu amo, solo realizaré el trabajo que me ha sido encomendado, ¡que te quede claro, que no estoy bajo los servicios del señor de la oscuridad!- dijo Orifiel.

-Puede que tengas razón, y tu lealtad aún sigue sorprendiéndome, pero de nada te servirá cuando mi señor venga a reclamar lo que le pertenece. Porque no mejor nos concentramos a realizar nuestro trabajo. El único sentido que tiene nuestra existencia- mencionó Álastor.

-¿En serio crees que será tan sencillo?, durante toda la historia de este mundo y de sus habitantes, tu señor siempre ha sido derrotado, ¿Por qué habría de ser distinto a eso?- preguntó Orifiel.

-¡Como siempre!, ¡no pierdes la oportunidad de echarnos en cara nuestras derrotas!, pero debo decirte algo en lo que tal vez, nunca has pensado. Hemos sido derrotados porque mi señor ha estado atado a las cadenas celestiales, encerrado en lo más profundo, y no ha luchado con su verdadero poder, ahora será distinto, ¡no hay más cadenas, ni sellos sagrados que lo limiten!, y además, ha enviado a los reyes de su imperio a preparar su camino. ¿Qué tiene eso de malo?, ¡nunca ha sido una batalla justa!- dijo Álastor carcajeándose.

-Detesto tu sarcasmo e ironía, pero en algo tienes razón, nunca antes se me había invocado a este mundo a realizar el rito sagrado, y eso solo significa una cosa, la humanidad llegó a su límite. Pero también debo advertirte algo, por muy seguro que estés de tu victoria, se te olvida un pequeño e insignificante detalle- mencionaba Orifiel mientras las sombras seguían llegando por el portal.

-¿En serio, y qué es eso que se me ha olvidado?, ¡dímelo por favor, muero de curiosidad!, ¡ah cierto, no puedo morir, ya estoy muerto!, ¡jajajaja!- Álastor.

-¡Eres tan predecible como los absurdos intentos de tu señor!, pero no se puede esperar más del General de los ejércitos del infierno, ¿verdad? Y como te veo muy entusiasmado por nuestra charla, ¡te lo diré! ¿En verdad crees que los dejarán tomar este mundo tan fácilmente?, ¿crees que no se han anticipado a este encuentro?, ellos jamás permitirán que esta batalla sea sencilla, a diferencia de tus demonios, los reyes de los cielos, siempre han estado en este mundo, nunca se han alejado. No van a permitir que tu amo, se apodere de las almas de este mundo- dijo orgulloso Orifiel.

-¡Eso está por verse!, te debo recordar que un pacto, es un pacto, y fue sellado por los propios regidores del cielo, ¡No puede romperse!, después de que mi señor fue encadenado, se le dio una oportunidad a la humanidad, serían ellos y solo ellos, quienes decidirían entregar por su propia voluntad, su alma a mi gran señor y de ser de esa manera, nada ni nadie podía intervenir, ¡Ni siquiera el mismo Emperador Celestial, puede disolver los contratos de mi señor!, así que no veo la razón por la que tengamos que preocuparnos, aunque se manden a todos los ejércitos del Cielo, ¡no podrán hacer nada contra esos contratos!- dijo enfadado Álastor.

-¡Digno comentario del gran vasallo de Satanaíl!- dijo Orifiel.

-¡No te permito que lo llames de esa manera!, ¡tú no!, solo existió una persona que le nombró de esa manera, y solo es él quien puede llamarlo así- exclamó enérgicamente Álastor.

-¿Van a seguir perdiendo el tiempo de esa manera?, ¡Por favor!, ¡háganse a un lado y no estorben las puertas!- dijo una de las sombras.

-¡Ukobac!, ¡Bienvenido seas a las legiones del señor de las sombras!, ¡no creí que tú fueras convocado!- dijo Álastor.

-¿Un demonio de orden inferior?, ¡Jajaja!, ¡El señor de la oscuridad debe estar desesperado que ha traído al guardián de las calderas del infierno!- dijo Orifiel.

-¡En efecto!, soy el guardián de las calderas infernales, y también he traído conmigo a Tamuz y a Sorath, el primero es el demonio de la artillería, y el segundo es el domador de la Bestia. Podremos no ser príncipes del gran infierno, pero nuestras habilidades son de gran importancia y utilidad para los ejércitos- contestó Ukobac.

-Dime algo Álastor, ¿tú serás quien controle los ejércitos del señor de la oscuridad?, ¿en verdad crees poder con la tarea?, ¡son demonios, no lo olvides!, actúan a su conveniencia y a su voluntad, no son peones que puedas manipular- dijo Orifiel.

-¡Yo soy el ejecutor de la voluntad de mi señor, y ellos me obedecerán!, porque mis deseos, ¡son los mismos que los de mi señor!- dijo Álastor.

-¡Mmm!, ¡si tú lo dices!- menciono en un tono de burla Orifiel.

Las sombras comenzaron a colocarse en formación de batalla, cada uno perteneciente a uno de los reinos de los infiernos, comandados por los más grandes príncipes gobernantes del mundo de la oscuridad, a quienes se les unían, brujas, hechiceros, y cada uno de los 200 ángeles caídos. Al paso de unas cuantas horas, el bosque de las tinieblas se cubrió por completo por el ejército de Álastor. El último al entrar a la tierra por el portal de la Luna negra, fue el gran Samael, conocido por ser el más poderoso de los Tronos-Ángeles caídos, y se dice que tiene 12 alas.

-¿Tú aquí?, ¡eso es imposible!, ¿uno de los regentes del quinto cielo?, ¿el más poderoso de todos los Tronos?, ¿acaso no te bastó con la expulsión de las órdenes celestiales?- dijo Orifiel.

-¡He esperado mucho tiempo para cobrar mi venganza!, me revelé contra el Creador y juré destruir su más grande creación, el hombre. Y no puedo desperdiciar esta gran oportunidad que me brinda el señor Radamanto, uno de los jueces del infierno, él me ha invitado a participar, y así ganaré los votos necesarios que solicita el señor de las tinieblas. En lo particular, las almas de los humanos, no son importantes para mí, ésas se las coleccionaré a nuestro amo, ¡yo vengo para destruir sus cuerpos y ver su sufrimiento!- dijo Samael.

-¡En verdad que estoy sorprendido!, ¡no cabe duda que tu amo, Álastor, ha vaciado los infiernos para traer a sus dignos seguidores a esta guerra!- mencionó Orifiel.

Mientras tanto, una gran oleada de disturbios naturales comenzaban a azotar la Tierra, terremotos, maremotos y cambios radicales de clima colapsaban las cuatro ciudades regentes de la Tierra.

-¡Maestro!, ¿Qué es todo esto?, hay una gran inestabilidad en la superficie, a este paso los domos de las ciudades, se destruirán- dijo uno de los pupilos de Mumiel.

-¡Tengan paciencia!, ¡no debemos perder la esperanza!, es el Zafiro Estelar que se está moviendo, mientras esté en la Tierra, los domos no se romperán- gritaba Abdiel.

En la cabaña de Abdiel, estaba sentado Layonnel con Hilda, escuchando todas las historias que ésta conocía, en el tiempo terrestre, habría pasado casi una semana entera de charla, sin embargo, al estar en el Ojo del C`iervo, para él, habían pasado unos cuantos minutos.

-¿Qué sucede?, ¿Por qué está temblando aquí?- dijo alarmado Layonnel.

-¡No tienes de que preocuparte!, el maestro se encargará. Voy a contarte algo, pero no le digas al maestro que te dije. Cabe la posibilidad de que el regente del Zebul, no esté en su palacio, al parecer lo ha dejado abandonado y no sabemos dónde pueda estar. Es por ello que las fuerzas de la naturaleza están desatadas, pero mientras estemos bajo la protección del Zafiro Estelar, no debemos temer- dijo Hilda.

-¿Estás loca?, ¿Qué pasará con mi ciudad?, ¿con mis padres, mis amigos?, ¿la gente de la Tierra?, ¡Se supone que ésta es una ciudad sagrada!, ¿Cómo es posible que aquí este sintiéndose ese temblor?- mencionó Layonnel angustiado.

-¡Tranquilo!, es verdad que es la primera vez, que el Ojo del Ciervo es víctima de este desajuste, pero también es cierto, que en este preciso lugar, se encuentra cubierto por el gran pilar, el Zafiro Estelar, es decir, aquí reside la gran fuerza, así que debemos confiar, y no alarmarnos, ¡por ahora!, nos alarmaremos cuando el maestro nos diga que lo hagamos- mencionó Hilda.

-¿Qué es el Zebul?- preguntó Layonnel.

-Es el sexto cielo, gobernado por uno de los príncipes del Creador, Sephirot. Es el lugar en donde son registrados todos los acontecimientos vinculados a la naturaleza de la Tierra, los terremotos, huracanes y demás. Mientras su gobernante se encuentra rigiendo el palacio, este tipo de acontecimientos están vigilados y controlados según el orden natural, pero recientemente el maestro Abdiel me informó que Sephirot, abandonó su palacio, por lo que dio margen a que la inestabilidad de estos sucesos fuera de mayor magnitud. Curiosamente, la llegada del Zafiro Estelar, ¡no está registrada en el Zebul!, lo que significa que alguien lo mandó por voluntad propia, y eso nos hace pensar que el orden natural de las cosas que pasan en este planeta, está en caos.

Layonnel, lo que te quiero decir, es que hay fuerzas que están actuando por sí mismas, sin control alguno por parte de los guardianes celestiales. Hace tiempo, se mencionó que este momento llegaría, la última gran batalla, no le pertenece a los hijos de Adán ni de Eva, sino a los reyes del cielo y del infierno. La humanidad ha llegado a su punto más decadente, y según los antiguos escritos, cuando esto suceda, se abrirán las puertas entre el Cielo, la Tierra y el Infierno, para que los ángeles y demonios recojan las almas de los seres humanos- mencionaba Hilda.

-¿Estás diciendo que es el fin de la humanidad?- preguntó Layonnel con lágrimas en los ojos.

-Al parecer, así es. Es una batalla en donde nosotros no podemos participar, el mundo fue corrupto por las fuerzas de los demonios, desde hace siglos, y al parecer, han encontrado la forma de entrar a nuestro mundo y tomar la delantera- mencionó Hilda.

-Pero, ¿cómo?, ¿es eso posible?, ¿en verdad nos espera una batalla en donde solo seremos espectadores?, ¿no hay algo que podamos hacer?- preguntó Layonnel.

-Este sitio, el Ojo del Ciervo, es el último lugar que ha estado protegido por las fuerzas celestiales, aquí se encuentra el Conclave de los Maestros, el refugio de los ancianos que han vivido por siglos, bajo las ordenes celestiales, el contacto entre las fuerzas supremas y la humanidad. Todos ellos, son personas que fueron elegidas desde su nacimiento para ser los guardianes terrestres de las leyes divinas en la Tierra, personas que han vivido desde la época de las Hordas, la mitología y las grandes religiones, todo el contacto con el mundo divino, se encuentra resumido en esta gran ciudad. Se creía que este día llegaría, los mensajeros celestiales siempre han avisado a los humanos sobre este acontecimiento, y nos hemos preparado para el momento. Layonnel, tú estás aquí por alguna razón, no es una casualidad que te haya traído.

Los maestros ya comenzaron a hacer sus movimientos, no permitirán que esta batalla se pierda fácilmente. Están reuniendo todas sus fuerzas para unirse a los ejércitos del cielo y salvar las almas de los humanos. Sabemos que no podremos salvar todas, muchas de ellas, ya le pertenecen al señor de las sombras y están en este mundo bajo sus órdenes, pero hay muchas otras que aún son puras, y si no actuamos, el señor de las sombras se las arrebatará al Virtus Creator, y no podemos permitir eso- dijo Hilda.

-Desde que soy pequeño, siempre he tenido el mismo sueño, algo me decía que mi vida, no era como la de cualquier otro, siempre estuve en busca de conocimiento relacionado a las civilizaciones antiguas. Después de estar aquí, y ver todo esto, ahora me doy cuenta lo que mi sueño significa. Hilda, yo tengo que ayudar de alguna forma, estoy convencido de que estoy aquí por una razón, mucho más grande que mi propia existencia, por favor, cuéntamelo todo, necesito saber más- dijo Layonnel.

-No sé si sea lo correcto, pero te contare los grandes misterios de mi maestro Abdiel. Yo viene con él cuando era muy pequeña, me encontró en una casa destruida durante la última guerra humana, mi madre fue herida de muerte, y mi padre era soldado, se me dijo que mi padre había traicionado a su ejército y vendido información a los enemigos para que mi país natal, fuera invadido, antes de morir, mi madre al ver al maestro Abdiel, pidió perdón en nombre de mi padre por su traición, pensando que mi maestro era un militar de nuestro ejército, al ver esto, el maestro la tomó entre sus brazos y le dijo que no se preocupara, que los pecados de mi padre serían perdonados y purificados por la oración de un alma pura. La abrazo y solo recuerdo que pude ver cuando emanaba una luz muy intensa del cuerpo de mi madre, me tomó de la mano y frente al cuerpo inerte de mi madre, le dijo que me protegería y me entrenaría para iluminar el camino de los demás.

Me trajo hasta este sitio, donde fui creciendo cada vez que me mandaba a la superficie a cumplir con mi labor, el maestro Mumiel, me confesó que Abdiel, el gran maestro, en realidad es uno de los serafines del reino de los cielos, que fue enviado por órdenes del gran General para preparar la guerra santa, el decidió entregar su espíritu celestial y encarnar un cuerpo con alma humana, para así poder estar en el reino del hombre. Ha sido comandante de numerosas batallas en la Tierra, y ha conocido a grandes discípulos infernales con los que ha hecho treguas y acuerdos de paz. Más no ha podido destruir a los demonios, su función ha sido de negociador entre las fuerzas, portador y guardián de la sabiduría ancestral.

En este lugar, se le han unido grandes seres que al igual que él, tienen la misión de proteger a la humanidad, desde seres de luz, ángeles encarnados, demonios arrepentidos y muchos más. Ha creado una alianza para preparar el camino para cuando el gran cuerno de Sephirot, o también conocido como Yibril, resuene en el último ocaso, antes de caer la noche eterna.

El señor Mumiel, es un ángel sanador, tú mismo pudiste sentir su poderoso don, cuando llegaste a este lugar con tu ojo enfermo, él se le unió hace poco, y estamos en espera de la llegada de más fuerzas que simpaticen por nuestra causa, el objetivo, no es evitar la devastación, está escrito que sucederá, pero no debe ganar el señor de las sombras. Querrá aprovecharse de la situación, como usualmente lo hace, para llevarse lo más que pueda e instaurar su nuevo reino en la Tierra- dijo Hilda.

-¡Espera un segundo!, ¡entonces el tal Álastor es…!- mencionaba Layonnel.

-¡Sé lo que piensas!, y al parecer, podría tratarse de uno de los enviados del señor de las sombras, aunque a mi parecer, ¡yo lo dudo!, ¡un hombre tan pero tan bien parecido!, ¿ser un espectro del señor de las sombras?, ¡sería inconcebible!, pero los demonios no siempre tienen aspectos desagradables. Mi maestro me dijo que la mayor facilidad de un demonio, es el engaño, una de sus grandes virtudes, con las que se presentan ante los seres humanos para envolverlos en sus intrigas y confabulaciones.

Existe un libro, que muestra gran parte de esa información que te digo, un texto escrito por los grandes expertos de la humanidad, que narra los actos más viles y tenebrosos de los que están a las órdenes de la oscuridad, se llama El libro de las sombras- mencionó Hilda.

-¿Es como el libro sagrado?- preguntó Layonnel.

-¡No, no, no!, ¡no te confundas!, El Libro Sagrado, fue relatado por los mensajero celestiales y escrito por la mano del hombre, son las leyes divinas traducidas para el entendimiento de los seres humanos. El libro de las Sombras, es un texto en donde se narran historias que fueron plasmando la gente que vivió en esa época, leyendas donde se describe la forma en que algunos íconos de las sociedades entregaron sus almas al señor de la Oscuridad, y que en ocasiones, nos ha ayudado a encontrar soluciones a algunos problemas cuando se presenta una situación similar, pero jamás debes confundirlo con las escrituras sagradas.

De hecho, el Libro Sagrado, es un compendio de varios escritos, y que ahora se encuentra perdido en el mundo, después de la última guerra de los humanos, la gente lo fue olvidando cuando perdió toda esperanza, y su paradero es desconocido. Lo hemos buscado por todas partes, pero no hemos dado con él. En ocasiones sentíamos que no era necesario, al unírsenos varios de los mensajeros celestiales que encarnaban, creímos que eso sería suficiente, pero muchas veces, al obtener un alma humana, sus conocimientos y sabiduría celestial se perdía, así que nos dimos a la tarea de recolectar fragmentos de ese libro, los tiene resguardados el maestro Abdiel, esperando que el enviado del cielo, que vive en el Araboth, el séptimo cielo, Zagzaguel, venga y nos vuelva a mostrar las leyes divinas. Pero aún no hemos tenido suerte- dijo Hilda.

-Hilda, quiero pedirte un favor, ¿puedes llevarme a donde se encuentra el Libro?- preguntó Layonnel.

-Supongo que sí, pero debo advertirte que nadie tiene acceso a él, excepto el maestro Abdiel, y no debes comentarle que te lleve, podrías meterme en grandes problemas, ese manuscrito, lo guarda celosamente, y si se entera de que te lo mostré sin su autorización, podría molestarse mucho- dijo Hilda.

-Te juro que no diré nada, solo quiero verlo- mencionó Layonnel.

-Está bien- dijo la joven.

Tomó a Layonnel de la mano y lo jaló hacia la habitación contigua por donde había regresado de su reunión con el maestro, abrió la puerta y mencionó una frase, sosteniendo su mano derecha sobre el marco de la puerta, ésta, se iluminó de pronto y sintieron un impulso que los jalaba hacia adentro del cuarto.

Al abrir los ojos, Layonnel se encontraba en medio de una gran caverna con millones de estantes en las paredes, repletos de libros.

-¿Qué es este lugar?- preguntó el joven.

-La biblioteca del Ojo del Ciervo, aquí se encuentran todos los manuscritos ancestrales, y los textos que han marcado las grandes épocas de la historia de la humanidad, hay desde códices de culturas prehispánicas, hasta grandes publicaciones de escritores famosos. En el extremo norte, se encuentra la cámara prohibida, es un lugar en donde están los documentos más importantes y son categorizados como peligrosos para los neófitos en las artes prohibidas, puedo abrir la cámara, y podrás tener ante tus ojos el gran Libro de las Sombras, pero te repito, ¡nadie que no sea el maestro, lo puede abrir!, ¡créeme!, lo he intentado varias veces, pero lleva un poderoso conjuro que lo protege, se necesita una llave especial para bloquear el conjuro- mencionó Hilda mientras caminaban a través del gran salón hacia la entrada de la cámara prohibida.

Entraron a un salón pequeño, cubierto de estantes con cristales de 15 centímetros de espesor, que resguardan los documentos. El libro de las Sombras estaba frente a él, colocado cuidadosamente sobre un pedestal de mármol blanco. Layonnel se acercó a él y lo toco con su mano acariciando la gran pasta.

De pronto, sintió el impulso de meter la mano en su bolsillo y sacar el medallón que encontró en el bosque de las tinieblas, lo colocó sobre el libro en unas ranuras, y éste se comenzó a iluminar, un fuerte destello y una ola de energía salió de él, empujando a Hilda y a Layonnel hacia las paredes, mientras la cerradura caía al suelo y la pasta del Libro se abría.

-¡Layonnel!, ¿pero cómo es posible?, ¡abriste el libro prohibido!, ¡debemos salir de aquí antes de que el maestro se entere!- gritaba la joven.

-¡Espera un poco!, solo quiero ver algo, te juro que me haré responsable del atrevimiento, le diré al maestro que te obligue a que me trajeras aquí- dijo el joven, caminando hacia el Libro.

Mientras tanto, en la cámara del Conclave dentro del Pilar, estaban reunidos los ancianos, era un sitio muy peculiar, no tenía piso, ni techo, se podía observar hacia abajo un gran agujero muy profundo, que conectaba la ciudad con el centro de la Tierra, y de igual forma, al mirar hacia arriba, se observaba un cilindro iluminado sin fondo. En medio del lugar, estaban varias sillas que desafiaban las leyes de la física, colocada como si existiese un piso debajo de ellas, y por donde podían caminar sin preocupación los ancianos. Siete ancianos, incluyendo a Mumiel y al gran maestro estaban reunidos en el lugar, tomaron sus lugares mientras el maestro se colocaba delante de ellos.

<Maestro Abdiel>

Mis estimados compañeros, mis grandes amigos, quienes me han acompañado a lo largo de esta gran travesía por siglos, es mi deber informarle que estamos en una posición crítica y que necesito de su ayuda una vez más para vencer las adversidades que están por acontecer.

Como se habrán dado cuenta, hay disturbios en el Ojo del Ciervo, cuando éste lugar había sido el más estable sobre la Tierra, pero ahora, el terremoto que sucedió aquí, nos da una señal clara, de que el momento ha llegado.

Después de varios milenios, el sexto reino de los cielos, el Zebul, ha sido abandonado por su príncipe regente, Sephirot, y nos ha encomendado la protección de nuestro propio mundo. Se han abierto portales permitiendo el acceso de grandes demonios hasta nuestro amado planeta, y no son cualquier demonio, son los príncipes del infierno, la más grande jerarquía del inframundo, está en nuestra Tierra, amenazando con utilizar su gran poder, para apoderarse de todo.

Ésta, es una lucha en donde nosotros, los humanos, no tenemos manera de protegernos, no sabemos si salgamos victoriosos, y tal vez, muchas almas se perderán, pero no debemos dejarlos que se salgan con la suya, lucharemos junto con los ejércitos del cielo, y les patearemos el trasero a cuanto demonio se nos ponga por delante. ¡No permitiremos ser arrastrados a la oscuridad!-

-¡Ehhhh!, ¡viva!- gritaban los ancianos.

<Maestro Mumiel>

Así como dice el maestro Abdiel, cada uno de nosotros pertenece a varias épocas, hemos luchado juntos para destruir las fuerzas demoniacas, y proteger a la humanidad, pero en esta ocasión, los soldados del ejército, no nos han invitado a participar, así como está reuniéndose, los demonios más poderosos del infierno, tarde o temprano se reunirán los 7 jinetes de los cielos. La batalla se acerca, y no nos queda otra opción, más que participar en ella para tratar de impedir que los demonios seduzcan la mayor parte de las almas, nuestros cuerpos perecerán, pero nuestro señor, el gran Creador, es el único que puede concedernos la oportunidad de una nueva vida, pero un cuerpo sin alma, es como un árbol sin agua, seco, débil, y muerto.

-Mis señores, Abdiel y Mumiel, mi nombre es Sheratam, discípulo de Barbiél, uno de los señores reinantes de la segunda esfera de los cielos. Muchos otros maestros han enviado a sus discípulos para reunirse con ustedes, las fuerzas celestiales han enviado incontables mensajes y avisos a la humanidad, y sin embargo, todo ha sido en vano. Ustedes al igual que muchos otros ángeles celestiales entregaron su espíritu para encarnar de forma humana y así ayudar la máxima expresión de amor, del gran Patriarca del Universo, quién no es otra cosa, más que el principio y el fin de todo lo existente y lo inexistente. Como ustedes saben, su poder no puede compararse con ningún otro su supremacía es simple y sencillamente, perfecta. No se le escapa nada, esta batalla, es comandada por él mismo. Sabe lo que sucede, lo que sucederá, y es su propio deseo que se cumpla sus designios, como lo ha sido desde un principio. ¿Creen ustedes en realidad, que puedan hacer algo para cambiar los deseos del Patriarca del Universo?- mencionó Sheratam.

-¡Barbiél!, uno de las Virtudes del reino de los cielos, y tú, eres una de las estrellas de Aries, ¿no es así?, ¡dime!, ¿a qué has venido a este lugar?- preguntó Mumiel.

-He venido por instrucciones de Barbiél, para crear en su nombre, los milagros que sean necesarios- dijo Sheratam.

-Perdone usted, mi estimada estrella de Aries, pero no logro entender su propósito. Vino aquí a dar un sermón de que el Patriarca está al tanto de todo, y de que es su deseo la gran batalla por las almas de la Tierra, ¿y?, ¿Qué más?, ¿acaso nos viene a desalentar para que no intervengamos?, porque de verdad no entiendo el objetivo de sus comentarios- dijo Mumiel furioso.

-¡Tranquilo maestro Mumiel!, ¡yo arreglaré este desajuste de ideas!- mencionó Abdiel.

-Sheratam, la estrella celestial de Aries, agradecemos su presencia en este sitio, al igual que la protección de su señor Barbiél, entiendo lo que trata de decir, más sin embargo, debo mencionarle unas cuantas cosas, para que entienda por qué vamos a participar en esta batalla.

La gran diferencia entre los enviados celestiales, como usted y el señor Barbiél, y nosotros, radica exactamente en la decisión que tomamos al encarnarnos en seres humanos, jamás desafiaremos los deseos del Patriarca, más ejercemos el don que nos brindó a la raza humana, el libre albedrío, por el cual, muchos ángeles y demonios han estado celosos, y causado tantas batallas. Es entendible para nosotros, quienes hemos experimentado el sabor de la vida que fue concedida a la más preciada de las creaciones de Nuestro Señor, que no se comprenda el porqué de la decisión del Emperador de universo de concedernos el poder de actuar a nuestra conveniencia, está claro que muchos están celosos, y que han llegado incluso a odiar a los humanos.

¡No estoy diciendo que su señor Barbiél, o usted, lo estén!, sin embargo, es nuestro deseo por esta ley del libre albedrío, participar en la batalla, y hacer la diferencia, aunque el resultado de la misma, sea designio del Patriarca. De esa manera fuimos, somos y seremos por la propia voluntad del Virtus Creator- dijo Abdiel

-¡Entiendo!, para contestar a las acusaciones del maestro Mumiel, debo decir, que no es mi intención desalentarlos, simplemente fue una manera de comunicarles, que esto que están por enfrentar, también está escrito por el dedo del Creador, y si es su deseo participar en la guerra, entonces, los ayudaremos a combatir, sin importar el resultado de la misma- dijo Sheratam.

-¿Alguien más desea dar su punto de vista?-preguntó Abdiel.

Todos los presentes se quedaron en silencio esperando el discurso siguiente del maestro Abdiel, cuando de pronto, la puerta de la cámara se abrió de par en par, y una sombra penetró en la sala. Abdiel volteo a mirar para ver de quien se trataba, y al ver su rostro, se inclinó en señal de respeto y dijo.

-¡Su majestad!-

-¿Pero cómo te atreves a irrumpir de esa manera en el Conclave?- dijo Mumiel molesto.

-¡Es preciso que hable contigo Abdiel! ¡Pero a solas, te esperaré en tu cabaña!- dijo la sombra.

-Mumiel, ¡no te permito que trates de esa manera a nuestros invitados!, continua mi discurso, mientras yo hablo con él- dijo Abdiel saliendo de la sala.

En la cabaña del Maestro Abdiel.

-¡Majestad!, ¿a qué debo el honor de su visita?- dijo Abdiel.

-Hace ya varios siglos que mi reino terminó, no hace falta que me llames de esa manera- dijo la sombra.

-¡Para mí!, ¡siempre será un gran rey!, pero, dime, ¿a qué has venido?- dijo Abdiel.

-El Libro de las Sombras ha sido abierto, y mi espíritu fue invocado- dijo la sombra.

-¡Lo sé, mi señor!, y le pido disculpas por eso, ese joven, Layonnel, abrió el Libro sin necesidad del conjuro protector- mencionó Abdiel.

-Sí, lo sé. Ese chico, lo observé desde su nacimiento, hay algo en él que me produce mucha angustia, aún no logro descifrarlo, pero ahora no es un niño, es un hombre, y parece ser que entromete sus narices en donde no lo llaman, ¡justo como alguien que tengo frente a mí!- dijo la sombra.

-Pero aún no ha contestado mi pregunta, ¿Por qué está aquí?- dijo Abdiel.

-Mi gente está preocupada y aburrida, ¡ya no existe nada que nos haga desear seguir siendo inmortales!, nuestra razón de existir está a punto de ser destruida, ¿de qué nos sirve un mundo de soledad eterna?- mencionó la sombra.

-¿A qué te refieres, mi Lord?- preguntó Abdiel.

-Te estoy ofreciendo una ayuda que no podrás resistir, te pondré a tu cargo a mis legiones de muertos vivientes, serán de gran ayuda. Como sabes, nuestra alma fue entregada a la oscuridad desde hace tanto tiempo, que no queda rastro de ella, somos cuerpos sin vida que caminan en el mundo de los vivos. Ser eternos, causa mucha soledad y aburrimiento, así que he estado conversando con mi gente, y hemos llegado a la conclusión, de que deseamos participar en esta guerra. Tenemos una ventaja sobre los ángeles y demonios, no tenemos alma alguna que disputarse, y poseemos el último suspiro de cuando alguna vez fuimos humanos, el libre albedrío, ¿Qué más puedes pedir?- dijo la sombra.

-Pero, ¿por qué harías algo así?, ¿tú señor de los muertos vivientes?, ¿rey de los fríos?- preguntó entusiasmado Abdiel.

-Si bien es cierto que alguna vez entregamos nuestra alma a la oscuridad, también es cierto que hemos causado mucho daño a la humanidad, somos una especie diferente, y queremos redimir nuestros pecados en contra de nuestro antiguo señor- dijo la sombra.

-¡Lord Rowenster!, ¡jamás en todo este tiempo que llevo de conocerte, había escuchado semejante cosa!, pero, ¿Qué sacarías de todo esto?, ¡sabes bien que el creador, no puede devolverte el alma que por tu propia mano fue entregada!, ¿Qué es lo que pretendes con esto?- dijo Abdiel.

-¡Estamos conscientes de eso!, pero si la humanidad es destruida, solo quedaremos nosotros en este lugar por toda la eternidad, ¡que aburrido!, dime, ¿qué haremos?, ¿tratar de despedazarnos los unos a los otros?, ¡sabes que eso es imposible!, ¿jugar cartas con los demonios por el resto de la eternidad?, ¡no mi buen amigo!, ¡no!, sabemos que no podemos ser destruidos, ni por unos, ni por otros, pero tampoco queremos seguir en esta vida sin una razón de existir. La humanidad y nuestra especie, ha convivido desde siempre, y ¡sí!, debo admitir que también hemos sido causantes de pecados imperdonables como es el seducirlos para obtener la vida eterna y acrecentar nuestras filas, pero también está el hecho, de que si desaparecen, se nos olvidará que una vez fuimos humanos, no tendremos modelos a seguir, nos convertiremos como perros callejeros sin un rumbo fijo.

Por esa razón he venido a ti, en una ocasión te entregue el Libro de la Sombras para que fueras el mediador entre nuestros mundos, y ahora vengo a entregarte mi legión de espíritus vampíricos para que estén bajo tu manto y los lleves a la gran guerra- dijo Lord Rowenster.

-¿Convivir, dices?, ¡ustedes más bien utilizaban el término, con beber!, ¿no es así? Pero si lo que dices es cierto, con gusto aceptaré a tu gente en mis filas, y si tenemos éxito, pediré al General Supremo que interceda por ustedes ante el Virtus Creator y encuentren el descanso eterno, ¿estás de acuerdo?- preguntó Abdiel.

-No espero ninguna recompensa, simplemente deseo que quienes han mantenido a nuestra especie, y a quienes les hemos quitado la esperanza de la resurrección, nos otorguen su perdón y podamos seguir conviviendo en un mismo lugar- dijo Lord Rowenster.

-¿Y que deseas que haga con el Libro de las Sombras?- preguntó Abdiel.

-¡Permítele al joven que lo lea!, si sobrevive a esta guerra, le ofreceré la vida eterna, para que se convierta en nuestro nuevo rey, si su decisión no me favorece, entonces lo entregaré a Baltasar a cambio de una nueva oportunidad- dijo Rowenster.

-¿Me estás pidiendo que a cambio de tu ayuda, te entregue al muchacho?, ¿es eso lo que quieres?, ¡ya sabía que no podías ofrecerme algo a cambio de nada!- dijo Abdiel.

-El chico posee una de las almas más puras que he podido sentir, tiene la dualidad perfecta en su corazón, el equilibrio entre el bien y el mal. Solo es un peón más en esta guerra, ¿de qué te servirá en el resultado de la batalla?, ¿Qué harás con él si triunfas?, o más aún, ¿Qué harás si pierdes?, ¡piénsalo!, ¡te estoy ofreciendo un ejército neutral, a cambio de uno solo de los humanos!, ¡uno por todos!- dijo Rowenster.

-No entiendo como el señor de la Oscuridad no te ofreció uno de sus reinos, ¡y te dices a ti mismo que ya no eres un rey! Tienes las características de todo un demonio de los infiernos, seduces, intrigas, mientes y pones en entredicho la voluntad de otros para satisfacer tus fines. ¡No sé cómo es que he confiado en ti todo este tiempo!- dijo Abdiel.

-¡Sí, sí!, piensa lo que gustes, pero has confiado en mí, porque no te ha quedado otra opción, y porque gracias a mis consejos, has podido mantener el orden en esta Tierra, aun siendo de distintas especies, ¡sabes que es lo mejor!, ¡no te estoy pidiendo algo que no puedas cumplir!, ¡tampoco te estoy diciendo que lo entregues al ejército infernal!, ¡ya te lo dije!, ¡le daré la oportunidad de elegir, y será él, y solo él quien determine su propio destino!, ¿o qué?, ¿prefieres entregarlo al señor de la Oscuridad?, ¿o se lo entregarás al General Supremo?, ¡tú decides!, mientras tanto, te dejaré pensarlo antes de que resuene el cuerno de Sephirot. ¡No tienes mucho tiempo!, sabes que la primera batalla será cuando el rey del inframundo llegue a la entrada de la Tierra, Sephirot se enfrentará a él y no tendrá otra opción que resonar el cuerno del Juicio Final- dijo Rowenster y se desvaneció en las sombras.

Mumiel apareció en la escena, el maestro Abdiel estaba muy consternado por el ofrecimiento de Rowenster.

-¿Era Lord Rowenster, verdad maestro?, ¿Qué es lo que quiere ahora?- preguntó Mumiel.

-¡Me ha puesto en una encrucijada, Mumiel!, y no tengo otra opción que aceptar su propuesta, es un humano, contra toda la especie, ¡no sé qué hacer!- dijo Abdiel mientras soltaba una lágrima y se recargaba sobre el pecho del maestro Mumiel.

-No debería confiar en quien le entregó su alma al rey de los infiernos, es un lacayo más de la oscuridad- dijo Mumiel.

-¡Sabes que no es de esa manera!, los vampiros ofrecen su alma a cambio de una vida nueva, y cuando la oscuridad los despoja de ésta, pierde valor para el rey del infierno, se convierten en seres autónomos, que no son controlados y regidos por nadie. ¿Qué debo hacer Mumiel?, ¿Qué debo hacer?- dijo angustiado Abdiel.

-¡Yo contestaré a esa pregunta!- se escuchó una voz detrás de los maestros.

-¿Quién está ahí?- pregunto Mumiel.

-¡Soy yo!, ¡Layonnel!- dijo el joven

-¿Pero desde cuando estás escuchando?, ¿Qué fue lo que oíste?- pregunto Mumiel.

-¡Todo!, y quiero liberarlo de esa presión, Maestro Abdiel, es mi deseo que acepte la propuesta del rey de los vampiros. Lo he leído todo, el Libro de las Sombras, y puedo sentir la profunda tristeza y agonía que hay en sus páginas, ¡es una ayuda a la que no podemos rehusarnos!, si lo hacemos, corremos el riesgo de que Rowenster le haga la misma propuesta a alguno de los ejércitos, él me quiere a mí, no a la humanidad. Y si yo puedo sacrificarme por el bien de mi gente, lo haré con gusto- dijo decidido Layonnel.

-¡Tienes un gran corazón, jovencito!, pero no podemos tomar esto a la ligera, Rowenster fue capaz de traicionar al Emperador de los Cielos, y también es capaz de traicionar al rey del infierno para satisfacer sus propios deseos. Si no actuamos con cautela, no nada más

enfrentaremos al ejército del infierno, también a los de los muertos
vivientes.

Cualquiera que sea el resultado de esta batalla, ellos sobrevivirán,
sus almas ¡no están en disputa!, ¡no son del interés de ninguno de los
ejércitos!, ¿sabes lo que significa, verdad?- dijo Abdiel.

-¡Lo sé, maestro!, y por eso le pido que me permita tomar la
decisión cuando llegue el momento, por ahora, debe aceptar la
propuesta de Rowenster- dijo Layonnel.

-Entonces, ¡así se hará!, pero agotare la decisión hasta el momento
justo- dijo Abdiel.

Mientras tanto, en la superficie.

<Álastor>

-¡Queridos hermanos!, estamos aquí, porque ha llegado el
momento de nuestra venganza, hemos vivido en las sombras y
condenados a la oscuridad eterna, por quien alguna vez nos otorgó
la vida. Rechazados, enjuiciados, despreciados y desterrados de los
grandes cielos, por temor a nuestro gran poder. Nos hemos ocultado
por siglos, y hemos reprimido nuestros deseos a cambio de un
poco de piedad. Pero a Él, jamás le importamos, simplemente nos
arrojó al infierno, sin mostrar misericordia u ofrecernos la opción de
perdonarnos, ¡Noooo!, ¡a nosotros no!, pero a sus pequeños retoños,
¡sí!, a ¡esos llamados humanos, les dio todo!, ¡todo lo que a nosotros
nos ha sido negado!

Nuestro amo y señor, el emperador de las tinieblas y del mundo de
la oscuridad eterna, nos aceptó amablemente, sin juzgarnos, sin señalar
nuestros defectos. Su majestuosa misericordia y benevolencia nos ha
cobijado todo este tiempo, nos ha permitido realizar nuestra venganza
contra el Cielo, atacando la preciada creación de "Virtus Creator",
nunca nos ha pedido nada a cambio, siempre hemos sido libres para
actuar a nuestra voluntad, hemos gobernado el Inframundo como
hemos querido, sin temor a ser castigados por la gran amabilidad de
nuestro señor Oscuro.

Una vez juramos revelarnos en contra del Virtus Creator,
traicionamos sus leyes y nos unimos en el más preciado de los reinos.
Pero ahora, ahora es nuestro turno de vivir en la luz, la inmensa luz del
más hermoso de todos los Arcángeles caídos, la misma que opacaría el
brillo de todas las estrellas juntas, y que es más intensa e incinerante
que el propio Sol de este sistema solar.

Estamos aquí reunidos para luchar por lo que le fue prometido a
nuestro señor, la humanidad será sacrificada para satisfacer el contrato
que una vez tuvo nuestro señor con el Creador, ¡nada podrán hacer

sus ejércitos!, invadiremos este mundo con la oscuridad que nos fue otorgada y los humanos sucumbirán ante nosotros.

La preciada creación, es imperfecta, y lo hemos demostrado una y otra vez, sus almas son corruptibles y fáciles de seducir, ¡aprovechemos esa debilidad para traer a este mundo a su nuevo gobernante!, ¡abandonemos la oscuridad del infierno y apoderémonos de la Tierra!

Hemos combatido batallas en las que fuimos vencidos, y todo eso, porque lo hemos hecho de forma individual, pero ahora, estamos aquí, ¡juntos!, y nuestro poder es superior al de las fuerzas celestiales.

¡Únanse a mí! Permítanme ser su líder, y los llevaré a mundo que siempre han soñado, tomen para sí mismos, todo lo que este a su paso, sírvanse de lo que será el nuevo reino de nuestro amo-

-¡Clap, clap, clap!- aplaudió Orifiel.

-¡Brillante!, ¡realmente conmovedor!, ¡no puedo controlar las lágrimas que salen de mis ojos!, ¡como siempre!, sigues siendo un gran hablador Álastor. Pero yo no me fiaría de los príncipes del infierno. ¡Eres tan obstinado e incrédulo!, pero el tiempo me dará la razón.

No eres más que un payaso en un circo, haces malabares y entretienes a la gente, pero de eso a que puedas comandar los grandes ejércitos, ¡lo dudo! Tienes un gran ímpetu, y mucho coraje, ¡que diferente hubiera sido si tu hubieras comandado un ejército celestial!, de verdad que hubiera sido impresionante- mencino Orifiel en tono de burla.

-¿Te burlas de mí?, pues esto apenas está por comenzar, ¡ya veremos quién se burla después!, y cuando haya obtenido el triunfo, me rogarás que te de un puesto en el nuevo reino de mi señor- dijo Álastor.

-¿Te olvidas que para que funcione tu sucio plan, necesitas de mi ayuda?, lamento decirte que eso no pasará por tu propia voluntad. ¡No puedo iniciar el Apocalipsis, sin que todos los elementos estén en la mesa!, ¿Cómo vas a hacer que eso suceda?- dijo Orifiel.

-¿Me tomas por iluso?, ¿crees que eso no lo tenemos ya previsto?, ¡claro que faltan los elementos y circunstancias adecuadas!, pero llegaran por si solas, no hay necesidad de forzarlas. ¿No te has dado cuenta, Orifiel?, ¡ya comenzó y tú no estás al tanto!- dijo Álastor.

-¿A qué te refieres?, ¡no pudo haber comenzado sin que me diera cuenta!, ¡Yo soy el encargado de iniciarlo! - dijo molesto Orifiel.

-¡Eso es lo que pasa, cuando le das a los humanos el poder!, ¡jajaja!, ellos lo iniciaron, y por la ley divina del libre albedrío, ni tu ni nadie pueden intervenir. Fueron ellos, los humanos, quienes han aperturado los portales por propia decisión, nos han estado invitando a pasar a su morada, ¡no podemos negarnos!, ¡sería muy descortés!, ¿no lo crees?- mencionó Álastor

-¡Eso!, ¡eso no puede ser!, ¡me estas mintiendo!- dijo alarmado Orifiel.

-Puedes creer lo que desees, no puedo afirmar o desmentir lo que te acabo de decir, sería deshonesto de mi parte, viniendo del ser más cercano al gran amo, ¡jajaja!- dijo Álastor.

-¡Esta bien!, dejemos esta absurda discusión, ahora que estoy en la Tierra, iré a conocerla un poco, llámame cuando estén listos para iniciar el ritual- dijo Orifiel.

-¿Va a dejarlo que se retire, señor Álastor?- pregunto una de las sombras.

-Por ahora, el vendrá a nosotros cuando se lo indique, ¡no tiene elección!, no puede actuar por su propia voluntad. Cuando hayamos completado cada una de las fases de nuestra llegada, y estemos listos para iniciar la guerra, él simplemente tendrá que hacer el ritual Apocalíptico, no tenemos de que preocuparnos- dijo Álastor.

Orifiel se alejó caminando por el sendero del bosque de las tinieblas, iba contemplando los edificios destruidos y la bruma de la devastación que los envolvía. Los soldados del ejército infernal, estaban listos para comenzar la segunda fase. Deberían traer a la Tierra, el vehículo que abriría el portal para que el señor de las tinieblas pudiera penetrar en el mundo humano.

En la primera fila, se encontraban los 7 duques y príncipes del infierno, los guerreros que llevarían a las sombras y demonios bajo sus órdenes:

Rofacale el primer ministro, Satanachia el gran general, Agallarept el Capitán, Fleuretty el Teniente, Sargatanás el Jefe y Niberus, dirigidos por Álastor.

Los siete más poderosos príncipes infernales estaban reunidos en el mismo lugar, faltaba uno de ellos, el cual no fue convocado a la guerra, y Álastor tomó su lugar, se trataba de Ástarot, uno de los más fieles súbditos del señor de las tinieblas, y duque principal de su reino.

-¿Y bien?, ya estamos todos aquí, ¿Qué es lo que quieres que hagamos, Álastor?- dijeron los seis comandantes.

-Se esparcirán junto con sus legiones, por toda la Tierra, sembrarán el temor y el odio para reclutar humanos a nuestra causa, mientras yo trataré que Ábbaton abra las puertas del infierno- dijo Álastor.

-¿Y el ritual?, ¿te estás olvidando del ritual?- dijo Rofacale.

.-¡Por supuesto que no!, ¿Cuántas veces tengo que repetirlo?, ¡no puedo abrir el camino para que nuestro señor ascienda, sin la ayuda de los ángeles del Apocalipsis! Orifiel, Adriel, Aker y Agaf deben ser obligados a abrir las puertas de este mundo. Pero para eso necesitamos a Paymón para que haga la ceremonia, junto con el sacrificio de una virgen, de alma pura. Así que necesito que la consigan para poder tener los elementos listos para abrirle el camino a nuestro señor.

-¡Esta bien!, si ese es el deseo de nuestro gran maestro, entonces haremos lo que pides- dijeron los comandantes dispersándose por el lugar, cada uno al frente de su legión.

Álastor se quedó con un numeroso grupo de demonios a su cargo, y entre ellos se encontraba Álocer, quien era conocido como uno de los doscientos ángeles caídos, y guardián de los secretos del cielo. Se acercó a Álastor disimuladamente y se colocó detrás de él.

-Mi señor, sabe que a mí no me puede engañar, usted ha tomado bajo su cargo al ejército infernal, cuando quien debería estar al frente, es el señor Ástarot, ¿Qué pensaran los demonios si se enteran de esto?- dijo sarcásticamente Álocer.

-¿A caso te atreves a desafiarme a mí?, ¡ten mucho cuidado de tu lengua ponzoñosa!, ¡puede que te la arranque y se la entregue a los cuervos! Tú, como todos los demás, seguirás mis órdenes, que son las mismas de nuestro señor- dijo Álastor.

<Demonio Álocer>

¡No, no!, no lo tome de esa forma, mi señor, yo soy leal a las órdenes del señor de las tinieblas, solo le comento, que no será fácil controlar al ejército, si no muestra un poco más de carácter. Le recuerdo que yo mismo le diré como corromper la voluntad de los ángeles del Apocalipsis, pero no debe estar tan confiado en el proceder de los demonios, si éstos hacen lo que se les da su gana, sin controlarlos, la batalla puede tener un final no esperado, y me temo, mi señor, que el gran maestro ¡no estará contento si esto sucede!, han pasado muchos milenios mientras estuvo encadenado por el gobernante del séptimo cielo. Debe estar furioso y con ganas de salir a la luz, no perdonará ningún error. Así que, debe ser cauteloso con sus decisiones, nuestro amo ha esperado demasiado por este momento.

Yo le recomiendo que empecemos a forzar la apertura del camino, puedo decirle como abrirlo sin la ayuda de Ábbaton, el guardián de las puertas

-¿Tú realmente puedes hacer eso?- preguntó Álastor.

-¡Por supuesto mi señor!, yo conozco todos los secretos. Pero es preciso que invoquemos a Paymón, el maestro de las ceremonias, hágalo de manera discreta, que el ejército no se entere de lo que está haciendo, o pensarán que usted no tiene el control de la situación.

-¡Esta bien!, así lo hare. Trae a Paymón y haz lo que desees- dijo Álastor.

El demonio Álocer, se retiró del bosque de las tinieblas, sólo, se dirigió hacia el extremo Este de la Tierra y conjuró a Paymón, quien apareció frente a él, en las costas del este. Álocer le pidió que iniciara un ritual para provocar un terremoto en medio del océano, y éste de inmediato ejecuto su solicitud.

Mientras tanto, en el Ojo del Ciervo, en el fondo del océano, el maestro Abdiel y sus súbditos, reunían a todos alrededor del gran pilar, estaban listos para subir a la superficie y proteger a la humanidad contra los ataques de los demonios.

-¡Amigos!, este puede ser el último instante en que nos veamos, a partir de que salgamos de la protección del Zafiro Estelar, nuestras vidas volverán a ser vulnerables, la concesión de la longevidad se ha terminado, es preciso que luchemos junto con la gente de nuestras ciudades y las protejamos contra la perversidad de los demonios, ellos tratarán de unir a los hombres a sus filas, engañándolos y prometiéndoles un sin fin de cosas con tal de ganar sus almas. Es nuestro deber esparcirnos por la faz de la Tierra para evitarlo, mientras estemos separados en grupos, deberán invocar al espíritu de Abuliel, el ángel de la oración, para que estemos en comunicación, unos con otros. Layonnel, el recién llegado, y mi fiel discípula Hilda de Hamal, serán enviados a una misión especial, pido que los ayuden y les faciliten el camino, ellos llevarán la consigna de encontrar los pergaminos sagrados para poder unir las escrituras sagradas, y así proteger a nuestra gente en la guerra santa.

¡Vayamos a defender a nuestros padres, a nuestros hijos y a nuestros nietos!- dijo el maestro Abdiel.

-¡Nunca deja de sorprenderme, maestro!, ¿Cuándo se nos unirán las fuerzas de Rowenster?- preguntó Mumiel.

-¡Ja!, ¡cuando este sediento de sangre fresca, Mumiel!, en cuanto empiece la batalla, para él y su gente, será un festín al cual no podrá resistirse, y saldrá de entre las sombras para abalanzarse sobre la sangre de los humanos. ¡No te preocupes mi buen amigo!, ¡él nos encontrará antes de lo acordado!- dijo Abdiel.

-¿No teme por la seguridad de Layonnel y de Hilda?- preguntó Mumiel.

-¿Te preocupa que los mande solos, no es así?, ¡no debes tener temor!, el medallón que lleva Layonnel en el cuello, es un amuleto, y ¡no cualquier amuleto!, al parecer, se trata de un fragmento del Zafiro Estelar, ¡no se atreverán a acercárseles!, y los demonios estarán tan ocupados esperando la llegada de los 7 jinetes, que ni cuenta se darán de la presencia de Layonnel- dijo Abdiel.

-Maestro, una última pregunta antes de partir, ¿usted sabe quién es el realidad ese muchacho, no es así?- preguntó Mumiel.

-En un principio tenía mis dudas, pero sí, es correcto, sé muy bien de quien es hijo este joven, y te sorprenderías mucho al saberlo, así como yo me sorprendí- dijo Abdiel.

-¿Va a decírmelo?- preguntó Mumiel.

-¡Mumiel!, ¿Qué no te han dicho, que la curiosidad mató al gato?, ¡No!, aún no quiero dar por sentado, una teoría. Si lo que pienso es verdad, él mismo se revelará llegado el momento, y créeme, ¡tú y yo estaremos presentes para cuando eso suceda!, ¡te lo prometo!- dijo Abdiel.

El grupo de ancianos junto con sus discípulos, unieron sus manos para crear una variación en el electromagnetismo que rodeaba al Zafiro Estelar, esto con la intención de abrir un portal que los llevara a todos a la superficie. Una intensa luz de color azul celeste, comenzaba a emanar de sus cuerpos, se hacía más grande formando una especie de burbuja que los cubría.

Cada una de las personas que estaban en el círculo se iban desvaneciendo una a una, cuando de pronto, el maestro Abdiel, estaba por desvanecerse y uno de los guardianes de la ciudad, corrió hacia él lo tomó por el hombro gritándole que debía ver algo antes de irse.

-¿Pero qué estás haciendo?- dijo Abdiel.

-¡Lo siento de verdad!, pero creo que es importante que vea esto- dijo el hombre.

Abdiel se soltó del circulo y acompaño al guardián. Lo que sus ojos veían, era algo que no podía creer. En medio del océano una gran montaña apareció de la nada.

-Esto es lo que necesitaba que viera, sucedió hace unos momentos, un maremoto se sintió y después comenzó a emerger una isla en medio del océano. ¡Y eso no es todo!, de pronto comenzó a brotar un gran coloso de tierra en la isla. He confirmado la presencia de Paymón en la zona, el debió haber causado la aparición de este fenómeno- dijo el hombre.

-¡Esto no puede ser!, aún no es tiempo, ¡se nos han adelantado! Esa montaña, es la entrada por la que el rey del infierno, llegará a nuestro mundo. Pero, ¿cómo?, ¿Cómo fue que se nos adelantaron?- decía Abdiel sorprendido.

-Y eso no es todo, maestro. Se me ha informado que una gran tormenta está azotando todo el Este de la Tierra, una tormenta con vientos congelantes, provenientes del Zebul, y han visto un corcel blanco merodear por la costa- mencionó el hombre.

-Entonces ya ha comenzado, él está aquí, el príncipe del sexto cielo se está manifestando, Sephirot el mensajero, ha llegado- mencionó Abdiel.

-El primer encuentro se dará entre Sephirot y el señor de la oscuridad, ¿no es así, maestro?, como lo dicen las antiguas creencias- menciono el hombre.

-¡Así es!, deberé quedarme en este sitio, si el señor del infierno ha preparado la puerta, entonces tendré que proteger el Zafiro Estelar- dijo Abdiel.

Mientras tanto, en la superficie en la costa Este, los demonios Álocer y Paymón se encontraban observando la gran montaña a lo lejos.

-¡Esta hecho!, hemos traído la puerta del infierno a este mundo, por este portal llegará nuestro amo, he cumplido con lo que se me encomendó, ahora debo volver a mi puesto en el reino infernal- dijo Paymón y desapareció.

Álastor se presentó en la costa Este, muy asombrado por el recién acontecimiento.

-¡Estoy sorprendido de tus habilidades, Álocer!, de verdad que me he quedado sin palabras, ¡te felicito!- dijo Álastor.

-¡Te lo dije!, ¡no hay nadie que conozca los secretos de ambos reinos, mejor que yo!, ahora es solo cuestión de tiempo. La primera batalla estará por comenzar, dejo todo en tus manos, mi trabajo ha terminado por el momento- mencionó Álocer y se desvaneció entre las sombras.

El cielo se iluminó con una intensa luz blanca que cubría todo el globo terráqueo, un destello deslumbrante se veía venir a toda velocidad desde los confines del universo en dirección a la costa Este. Entró por la atmósfera y cayó en el extremo norte de la costa Este, causando una gran explosión y emitiendo rayos de luz blanca.

Mumiel y su legión llegó a la ciudad del Este la gente parecía estar muy alarmada por los acontecimientos recientes, corrían de un lado a otro y tenían temor por lo que sucedía.

CAPÍTULO III

La primera Batalla
La llegada de Khronnos

-¿Qué es lo que sucede aquí?- dijo Mumiel preocupado, viendo la gente alterada y corriendo de un lado al otro.

-Parecen que han llegado antes que nosotros, maestro Mumiel, los demonios están en la ciudad, causando temor y caos- dijo uno de los discípulos.

-¿Qué es lo que se ve al horizonte?- preguntó Mumiel.

-Apareció hace unos momentos, parece ser que es un volcán- dijo uno de los habitantes.

Estaban en el extremo norte de la ciudad, la gente corría despavoridamente, cuando Mumiel volteo y frente a él, un grupo de cinco demonios estaban acosando a la población. Mumiel tomó un palo y trató de golpearlos, pero sus esfuerzos eran inútiles, los demonios contestaron sus ataques con hechizos, haciendo que el maestro Mumiel, terminará hincado en el suelo con las palmas sobre el mismo.

-¡Así está mejor!- dijo la voz de una mujer que se iba acercando entre los demonios. Cuando Mumiel alzó la mirada para ver de quien se trataba, no lo podía creer, era una bellísima mujer vestida en un traje escotado cubierto de conchas marinas.

-¡Tú!, ¿te atreves a levantarte contra el dueño de todas estas almas?, ¡no tendré remedio que tomar la tuya primero!- dijo la mujer tomando por la barbilla suavemente a Mumiel y poniendo su mano derecha, en la cual traía un guante negro con una especie de cristal en la palma, en su pecho.

-¡Espera!- gritó un hombre con la cabeza cubierta por una capa negra.

-¿Quién eres tú?- dijo la mujer.

-Te ofrezco mi alma a cambio de la de él- dijo el hombre.

-¿Y porque había de interesarme tu alma?, ¡a fin de cuentas, todas serán de mi amo!- dijo la mujer.

-¡Esta bien!, pero permíteme ser yo el primero, tengo curiosidad de experimentar lo que se siente que se extraiga el alma- dijo el hombre acercándose hasta donde estaba Mumiel, al llegar lo tomó por el hombro y lo empujó hacia atrás, quedando frente a frente con la mujer demonio.

-¿Qué no se supone que deberías tener un aspecto aterrador?, ¡es imposible pensar que una mujer tan hermosa, sea discípula de

Satán!- le dijo el hombre mientras observaba que los demás demonios continuaban asechando a los humanos, miraba a su alrededor y veía como la gente trataba de defenderse con todo tipo de armas, pero éstas, no les ocasionaban ningún daño. Todos llevaban consigo un guante negro con un cristal en la palma, que al ponerla sobre el pecho de las víctimas, absorbía una especie de luz y la persona caía muerta.

-No todos los demonios debemos tener un aspecto desagradable, de hecho, muy por el contrario a lo que se piensa, nuestra belleza es superior a la de los ángeles, así es como nos presentamos ante los humanos, y es la forma en la que los seducimos para que hagan sus contratos con nosotros- dijo la mujer.

-¡Interesante!, ¡muy interesante!, eso significa que no eres cualquier demonio, debes ser uno de las altas cortes, ¿no es así?, antes de aniquilarme, concédeme el deseo de saber tu nombre- dijo el hombre.

-¿Para que deseas eso?, ¡si de todas formas estarás en el infierno!- dijo la mujer demonio.

-Porque me encantaría disfrutar del resto de la eternidad en el infierno, repitiendo tu nombre- dijo irónicamente el hombre.

-¡Esta bien!, creo que puedo hacerlo, yo soy Lilith, y se me ha encomendado recoger las almas de la parte norte de la ciudad del Este, y en este momento, me llevaré la tuya- dijo poniendo su mano vestida con el guante en el pecho de aquel hombre.

-¡Mmmm!, ¡que delicia es sentir la mano de una mujer tan hermosa en mi pecho!, permíteme disfrutar de este maravilloso momento, si voy a vivir la eternidad en el infierno, por lo menos déjame sentir tu helada mano sobre mí por unos instantes. ¡Dime!, ¿con este cristal pretendes absorber mi alma?- dijo el hombre.

-Así es, nosotros los demonios, no podemos separarla del cuerpo humano por sí mismos, es un regalo especial que nos dio nuestro amo. El cristal púrpura está formado por las lágrimas del rey de los infiernos, y fue forjado con la sangre del vencido Ashriel, uno de los ángeles capaces de separar el alma- dijo Lilith.

-¡Que interesante!, ¡bueno, pues puedes proceder!, ¡enséñame de que están hechos los poderosos demonios!- dijo el hombre.

La mujer demonio, presionaba el guante contra el pecho del hombre, pero no sucedía nada, comenzaba a desesperarse, cuando el hombre, alzó su brazo derecho y la tomó por el cuello.

-¿Qué sucede criatura infernal?, ¿Dónde están tus poderes demoniacos?, ¿acaso no puedes extraer mi alma?- dijo el hombre encapotado.

Mumiel y los demás estaban observando fijamente lo que sucedía entre ellos.

-¿Qué sucede?, ¿Qué es ese aroma tan repugnante?- decía la mujer demonio

-¡Dime algo, mujer demoniaca!, ¿Cómo hicieron para estar en este mundo?- pregunto el hombre apretándole el cuello.

-¿Pero porque puedes lastimarme?, ¡ningún humano puede!, ¿Qué es lo que sucede?- se preguntaba Lilith.

El hombre enfurecido, alzo su brazo izquierdo y se quitó la capucha que cubría su cabeza, se trataba de Lord Rowenster, el rey de los vampiros.

-¡Dime!, ¿Cómo es que están en este mundo?- gritó Rowenster.

-La única manera que hay para entrar en este mundo, es la misma que utilizaron los ángeles, ¡tuvimos que encarnar en cuerpos humanos!, tomamos los cuerpos de los muertos y pusimos nuestro espíritu dentro de ellos, solo así tenemos la fuerza de estar aquí- dijo Lilith.

-¡Así que robaron los cuerpos humanos de los muertos!, ¡que interesante!, ¡entonces se cómo acabarte!

¡Mumiel!, ¡es hora de tomar una decisión!, ¿Cuál es la respuesta del maestro Abdiel a mi propuesta?, ¡sé cómo acabar con estos demonios, y solo los vampiros podremos hacerlo!- dijo Rowenster.

-¡El acepta tu ayuda, con las condiciones que pediste!, te entregará al joven Layonnel- dijo Mumiel.

-¡Entonces que así sea!- dijo Rowenster y las venas del rostro comenzaron a dibujársele por la piel, sus ojos cambiaron de un azul intenso a un gris traslúcido, abrió su boca y sus colmillos comenzaron a alargarse, dejando salir un aliento con olor a muerte, jaló el cuello de la mujer demonio y lo puso frente a su boca.

-¡Espera!, aunque me derrotes, no podrás evitar que otros más vengan, y no podrás recuperar las almas que he encerrado en este cristal, ya fueron enviadas directo a mi maestro, ¿no lo ves?, ¡estaba escrito que así sería! Cada vez que caiga un demonio, se levantará otro, jamás podrás acabar con todos nosotros- dijo riendo Lilith.

-¡Puede que tengas razón!, pero por lo menos, ¡no les será tan sencillo llevarse las almas de los humanos!- dijo Rowenster.

-¡Tú!, ¡el vampiro!, ¿Por qué haces esto?, ¿Qué no recuerdas que fue el mismo señor del infierno quien con su maravillosa bondad y misericordia, te otorgó la vida eterna?, ¡le debes tu condición!- dijo uno de los demonios que estaba cerca.

-¿Yo, deberle algo a esa criatura?, ¡jajajaja!, ¡te equivocas!, ¡ustedes no pueden aniquilarnos, porque no tenemos alma!,

¡efectivamente se la entregamos al rey del infierno!, pero ganamos nuestra propia voluntad al hacerlo, ¡somos inmortales!, ¿lo olvidas?, y tu amo ya devoró nuestras sucias y podridas almas, ¡no puede volverlo a hacer!- dijo Rowenster.

Tomó a la mujer e insertó sus afilados colmillos sobre su cuello, brotando sangre por doquier, la succionó y el cuerpo cayó al piso sin vida.

De inmediato, al sentir el sabor tan repugnante de aquella sangre, la escupió.

-¡Qué asco!, ¡en mi existencia había probado un sabor tan horrible!, ¡es sangre muerta! Muy bien Mumiel, ésta es tu oportunidad, ¡vengan a mí mis fieles súbditos, acabemos con estos cadáveres!- dijo Rowenster y de entre las sobras aparecían cientos de siluetas envueltas en capas negras.

-¡Gracias Rowenster!- dijo Mumiel.

-¡No tienes que agradecer!, ¡un pacto es un pacto!, mis legiones se unirán a las tuyas para tratar de proteger las almas de los humanos, pero cuando llegue el momento, ese jovencito me será entregado, de lo contrario, yo mismo me encargaré de todos ustedes- dijo Rowenster.

-¿Sí, sabe bien lo que está haciendo, verdad maestro Mumiel?- dijo uno de sus acompañantes.

-¡No sé quiénes son peor!, si los demonios de Satán, o los engendros de Rowenster, pero no tenemos otra opción, son los únicos que podrán retrasar a los demonios en su tarea, así que por ahora, debemos llevarnos bien- le dijo Mumiel contestando al acompañante.

-¿Pero qué clase de monstruo es ese tal Rowenster?- preguntaban asombrados los acompañantes de Mumiel.

-¡Uno muy peligroso!, no es un vampiro ordinario, en un principio su alma fue condenada bajo la maldición de una mujer, que lo forzó a vivir eternamente en la soledad, durante siglos camino por la Tierra, alimentándose de los espíritus de las jovencitas que conquistaba, pero nunca logró que alguna de ellas lo amara, así que decidió matarlas. Una hechicera lo acompañó por mucho tiempo, y le procuró un conjuro a base de su propia sangre para retener a una mujer de la que se enamoró profundamente, pero su maldición hacía que toda mujer con la que él estaba, pereciera odiándolo. Sin saberlo, procreó un hijo con esa mujer, y éste heredó su sed de sangre, de la cual se alimentaba. El joven, no sabía que Rowenster era su padre, tuvieron una gran discusión y el joven lo atacó, convirtiéndolo en lo que ahora es. Su odio y su rencor son las fuentes de su poder, y uno, que ha acumulado por muchos años. La maldición que lleva en su ser, lo hace inmortal y el ataque

que recibió de su propio hijo, lo convirtió en uno de los más grandes y fuertes señores de los muertos vivientes.

Su historia es muy triste, desoladora y perversa, le encanta jugar con la voluntad de los demás, se alimenta de los sueños, la energía y la sangre de los seres humanos, aunque ésta última, no es de gran importancia para él.

Sin embargo, se dice que su hijo, es mil veces más peligroso que el padre. Una especie muy rara entre ellos, pero de él, no se sabe nada, se cree que vive en las sombras ocultando su identidad, de la cual no se siente orgulloso. El odio que le tiene a su padre, es muy grande- mencionaba Mumiel.

-¿Y los demás vampiros?, ¿acaso son todos los que hay en este mundo?, ¿solo éstos?- preguntó un joven, señalando al grupo de Rowenster.

-¡Jajaja!, ¡no!, ¡claro que no!, desde épocas muy remotas, los vampiros han existido a la par del hombre, hay muchísimas sectas, con diferentes tipos de organizaciones. Su cualidad principal, es vivir de las tinieblas y la oscuridad, y poseen características distintas entre una y otra, lo que sucede, es que el tiempo, ¡no es factor importante para ellos!, así que cuando se aburren de la vida humana, muchos de ellos duermen por siglos, seguramente deben estar en las profundidades esperando el momento de resurgir. Rowenster ha gobernado los dos últimos siglos a estas legiones, pero su poder se fragmentó, y ahora cada uno de ellos hace lo que quiere- menciono Mumiel.

-¿En manos de quien nos hemos puesto, maestro?- dijo asombrado el joven.

-En la única especie que no es humana, que puede darnos tiempo, mi joven aprendiz, en los únicos que pueden darnos ese preciado tiempo que necesitamos- dijo Mumiel.

-¿Qué pasará con nosotros, señor?- preguntó el joven.

-¡El destino de la humanidad es incierto ahora!, sólo el gran Patriarca decidirá, lo que debe pasar con la más perfecta de sus creaciones, solo él- dijo Mumiel.

-¡Ahhhhh!, ¡me duele la cabeza!- dijo un joven tirado en el piso, en las afueras de la ciudad del Norte.

-¡Layonnel!, ¡Layonnel!, ¡reacciona!, ¡levántate!- dijo Hilda.

-¿Dónde estamos?- preguntó el joven.

-¡No lo sé con exactitud!, creo que estamos cerca de la ciudad del Norte, ¡Uff, el frío aquí es muy intenso!, ¡apresúrate!, debemos encontrar los pergaminos sagrados- dijo Hilda.

-¿Pero por dónde empezaremos?, ¡es absurdo!- dijo Layonnel.

-El maestro nos envió a esta dirección, porque seguramente por aquí deben de estar, además tienes el medallón, ¿recuerdas?, si es cierto lo que el maestro piensa, entonces el medallón nos guiará a los pergaminos- dijo Hilda.

-¡Ahhh!, ¡a ese maestro nada se le escapa!- dijo Layonnel.

-¿Qué pasa?, ¿Por qué te has quedado tan seria?- preguntó Layonnel al mirar a Hilda que observaba el cielo con una gran tristeza.

-¡Mira!, ¡mira el cielo Layonnel!, se ha cubierto por completo de nubes negras- dijo Hilda.

-¿Pero, que…? ¿Qué es esto?- dijo Layonnel asombrado.

-Eso que se ve a lo lejos, es un gran volcán, ¡nunca había visto nada igual!, ¡es enorme!, y de él está saliendo una intensa columna de humo negro- dijo Hilda.

-¿Qué podrá ser?- preguntó Layonnel.

-Las escalinatas por las que subirá el rey del infierno- dijo Hilda.

-¡Vamos!, ¡pongámonos en marcha!, el maestro Abdiel cuenta con nosotros- dijo Hilda.

Los jóvenes comenzaron a caminar en dirección al Oeste del camino, el ambiente era frío y tenebroso, toda la superficie de la tierra se había cubierto por una niebla extraña. Los jóvenes caminaron por horas sin encontrar nada ni nadie cerca.

-¡Que extraño!, ¡creo que ya hemos pasado por este sitio!- dijo Layonnel.

-No seas absurdo, hemos caminado en línea recta desde que llegamos, es imposible que ya pasáramos por aquí- dijo Hilda.

-Sigo pensando que estamos caminando en círculos, por cierto, ¿no se te hace curioso, que no exista ninguna señal de algún animal aquí?- dijo Layonnel.

-¿A qué te refieres?- preguntó Hilda.

-¡Sí!, ¡mira, te lo explicaré! Siempre se dijo que era muy peligroso ir a la ciudad del Norte, porque existían mutaciones de animales que se habían vuelto muy hostiles, se supone que si estamos cerca de la ciudad, debería estar infestado este lugar- decía Layonnel mientras caminaba detrás de Hilda, cuando de pronto, ésta se detuvo haciendo a Layonnel golpear su cabeza con su espalda.

-¡Ouch!, ¡fíjate por donde caminas!, ¿Qué te pasa, porque te detienes así de pronto?- dijo Layonnel.

-¿Te preguntabas, porque no había ningún animal?, ¡míralo por ti mismo!- dijo Hilda señalando al fondo de un valle.

-¿Qué diablos es esto?- gritó Layonnel.

Miles de animales estaban tirados en el fondo del valle, ninguno de ellos pudo defenderse de los demonios, los jóvenes se apresuraron a bajar desde el punto en donde estaban hacia el valle, para observar más de cerca lo que había ocurrido.

-¡Mira Layonnel!, a unos metros se puede ver una especie de aldea, ¿pero qué hacía una aldea fuera de la protección de los domos?- dijo Hilda.

-¡Vamos!, puede que encontremos algo ahí- dijo Layonnel y tomó a Hilda de la mano jalándola rápidamente para acudir de prisa a ese lugar.

Aproximadamente unas diez casas de madera estaban en el sitio, todas envueltas en cenizas, mientras que otras se terminaban por consumir en las llamas.

-¿Qué es lo que pasó aquí?- dijo Hilda.

Caminaban entre las casas, cuando escucharon el toser de una persona que estaba dentro de una casita en llamas.

-¡Hay una persona dentro!- gritó Layonnel y entró para rescatarla.

-¡Espera!, ¡no debes ir!- dijo Hilda preocupada por una extraña sensación que la abordaba.

Layonnel salió con una niña en brazos y la alejó de la casa en llamas, la puso sobre el suelo y se agachó para preguntarle.

-¿Quién eres, que es lo que pasó en este lugar?- preguntó Layonnel.

-¡Cof, cof!, ¡fueron muchos!..., ¡aparecieron de la nada!, ¡no los vimos venir!, los animales corrían huyendo y se agruparon en el valle, pensamos que querían atacarnos y cerramos las puertas y ventanas de nuestras casas, apagamos las fogatas, para que no se dieran cuenta de que estábamos aquí. Pero no querían hacernos daño, venían huyendo de ellos- decía la niña llorando.

-¿Quiénes son ellos?, ¡dime!, ¿de quién venían huyendo?, ¿Qué fue lo que les hicieron?- decía Layonnel angustiado.

Hilda al ver que las preguntas hacían llorar más a la niña, y que Layonnel la estaba apretando de los hombros, levantó la mano y le dio tremenda cachetada.

-¡Passs!-

-¡Ahhhhhhhh!, ¿pero qué te sucede?, ¿te has vuelto loca?- grito Layonnel.

-¡La estas asustando, torpe!- le dijo Hilda.

-¡Déjame ocuparme de esto!, ¡quieres!- le dijo Hilda a Layonnel empujándolo hacia atrás y poniéndose delante de la niña.

-Dime, por favor, no queremos hacerte daño, ¿qué fue lo que paso aquí?- dijo tiernamente Hilda.

La niña la miró a los ojos y se abalanzo hacia ella abrazándola.

-¡Fue horrible!, estábamos preparando la comida, cuando escuchamos una estampida, cerramos las puertas y ventanas, y luego aparecieron ellos, eran horribles, cambiaban de forma a cada instante, todo se moría alrededor por donde caminaban. Se pararon frente a los animales y extendieron una de sus manos, traían guantes negros, los pusieron delate de los animales y después cayeron al piso. Llegaron a la aldea y comenzaron a golpear a quien se le ponía por delante, luego les ponían la mano sobre el pecho y después morían.

Yo me escondí en el sótano de la casa, mis padres me dijeron que no saliera de ahí por ningún motivo, ellos salieron a enfrentar a esas criaturas, y vi por una rendija a una de esas cosas que entró a la casa. Después pusieron los cuerpos dentro de las casas y prendieron fuego. Escuché que alguien se acercaba, pensé que habían vuelto por mí, hasta que vi el rostro de este chico- dijo la niña.

-¡No tienes de que preocuparte!, ¡ya viste cosas más feas que el rostro de Layonnel! Dijo Hilda rompiendo en carcajadas.

-¡Oye!, ¡tú no eres una princesa, que digamos!- contestó Layonnel, y la niña sonrió.

-Entonces, ya hicieron su primer movimiento- dijo Hilda.

-¿A qué te refieres?- preguntó Layonnel.

-¡Son los demonios del rey del infierno!, han venido a recoger las almas. Pero, ¡no solo se están llevando la de los humanos!, ¡están destruyendo todo lo que encuentran a su paso!- dijo Hilda.

-¿Y ahora que haremos?- dijo Layonnel tomando a Hilda por un brazo y alejándola de la niña.

-¡No podemos dejarla aquí!, pero, ¡tampoco podemos llevarla con nosotros!- dijo Layonnel.

-Tengo una duda, ¿Por qué se fueron sin llevarse el alma de la niña?, ¡algo debió haber ocurrido!- dijo Hilda.

-Porque vinieron otros detrás de ellos, unos hombres vestidos con capas negras, parecía que los venían persiguiendo- dijo la niña.

-¿Hombres con capas negras?, se tratará de los ángeles, ¿será eso Hilda?- preguntó Layonnel.

-¡No!, para que los ángeles puedan quedarse por tiempos prolongados en la Tierra, al igual que los demonios, tendrían que pedir prestado un cuerpo humano. Solo los duques y príncipes de los reinos del infierno, así como las altas jerarquías de los siete cielos, pueden presentarse sin un cuerpo humano. Y un ángel, nunca taparía su cuerpo con una capa negra. Debió tratarse de las legiones de Rowenster, solo ellos harían desaparecer de esa manera a los demonios- dijo Hilda.

-No entiendo nada, explícate- dijo Layonnel.

-Hay muchos ángeles que decidieron vivir una vida humana, pero al hacerlo, perdieron su conciencia divina, quedo sellada en sus almas, y de alguna forma mantienen conexión con los siete cielos, pero son humanos al final de cuentas, y vulnerables a los ataque de los demonios, así que ellos no pueden enfrentarlos. El ejército celestial, aún no ha llegado, ¡lo sabría de inmediato!, para que eso pasara, los siete generales deben reunirse y abrir las puertas del cielo. Es como cuando cayó el Zafiro Estelar, se abrieron portales dimensionales, así es como van a llegar. Debió ser Rowenster, ¡estoy segura!- dijo Hilda.

-¿El personaje siniestro del Libro se las Sobras?, ¿el que me quiere para él?- preguntó Layonnel.

-¡El mismo!, solo él tiene la capacidad de mover un ejército como ese y crear temor entre los demonios.

-¿Y cuándo se supone que llegará el ejército celestial?- preguntó Layonnel.

-¡Cuando resuene el gran cuerno que trae el príncipe del sexto cielo, Sephirot!- dijo Hilda.

-¿Eh?, ¡el gran cuerno!, ¿Qué significa eso?- preguntó el joven.

-Es el anuncio del día del juicio final, la llamada del príncipe del Zebul a la guerra sagrada por las almas de la Tierra- dijo Hilda.

-¡Eso suena muy peligroso!, mejor cambiemos de tema, vayamos a otro sitio- dijo Layonnel.

-¡Esta bien!, qué te parece si vamos hacia el norte, estoy convencida de que encontraremos un lugar donde refugiarnos. Llevaremos a la niña. Por cierto, ¿cuál es tu nombre, pequeña?- dijo Hilda.

-Me llaman Luca, yo puedo llevarlos a una cueva cercana, si quieren- dijo la niña.

Caminaron junto con Luca por unos minutos, y llegaron a la entrada de una gran cueva que se encontraba hacia el norte de la aldea.

-¿Qué es este lugar?- preguntó Layonnel.

-Aquí se hacían antiguos ritos por la estabilidad de la Tierra, pero se dejó de utilizar hace mucho tiempo, en realidad yo solo he entrado hasta casi la mitad, no se nos permitía ir más allá de las antorchas que delimitan la cueva- dijo Luca.

-Está oscureciendo y es mejor que nos quedemos aquí hasta que amanezca, mañana continuaremos con nuestra búsqueda- dijo Hilda.

-¿Qué es lo que buscan?- preguntó la niña.

-Los pergaminos sagrados, fragmentos de escritos muy pero muy antiguos, que se escribieron hace miles de años- contestó tiernamente Hilda acariciando el cabello de la niña.

-¿Y para qué sirven?- preguntó Luca.

-Son las leyes divinas, olvidadas por el hombre. Se dice que fueron enviadas a nuestro planeta en diversas ocasiones por grandes profetas, fueron recolectadas y se hizo un gran libro de todos ellos. Pero cuando comenzó la última guerra de los hombres, éstos se perdieron en las batallas, varios fragmentos se esparcieron por todos lados, y es necesario que los encontremos- mencionó Hilda.

-¡Ah!, pero, ¡si son escritos de hace miles de años!, ¿para que los buscan ahora?- preguntó la niña.

-¡Pero qué curiosa eres!, ¡supongo que es normal!, a ti ya no te tocó conocer esa parte de la humanidad. Te lo trataré de explicar. Estas leyes, son parte de los regímenes de convivencia de los seres humanos, lo que está y no permitido entre nosotros, nuestra conexión con el mundo celestial. La misma que se fue alejando cada vez más y más en los corazones de los hombres y la que ocasionó la última guerra. Debemos encontrar los fragmentos para poderlos unir nuevamente, y una vez que lo hagamos, podremos devolvérselos a la gente. Se dice que su poder es enorme, y capaz de corregir nuestro camino. Y además, existe un capítulo que le interesa demasiado a mi maestro, en donde habla precisamente de la llegada del día del juicio final- dijo Hilda.

-¿Es como los cuentos que me contaba mi madre?, ¿tiene un final feliz?- dijo Luca.

-No lo sé, Luca, nunca la hemos podido leer por completo, pero, yo espero que tenga un final feliz- dijo Hilda.

Hilda sacó de su morral, algunos panes envueltos y los compartió con Layonnel y con Luca, el joven, salió a buscar un poco de ramas para hacer una fogata.

Estando en el norte de la ciudad del Este, Mumiel se dirigía hacia las puertas con su gente.

-La legión de Rowenster está luchando en la ciudad del Este contra los demonios, me pidió que le informara que ha mandado a varios grupos a las demás ciudades, pero aún necesitamos saber cómo podemos ayudar- dijo uno de sus ayudantes.

-¡Buuuuummm!- se escuchó un estruendo que salía del volcán, una gran columna de humo se esparció por el cielo, el movimiento de la tierra era tan fuerte, que la gente no podía quedarse de pie.

-¿Qué está sucediendo?- gritó Mumiel.

-¡Miren!, ¡miren hacia el volcán!, ¡parece que va a hacer erupción!- dijo uno de los acompañantes.

El volcán comenzó a emitir gases y a brotar ríos de lava por el cráter, una luz muy intensa iluminaba la cima de la gran montaña.

En la costa, un corcel blanco, esperaba pacientemente a su dueño. El volcán comenzó a rugir, era un sonido ensordecedor, mientras la presión aumentaba, la gente de las cercanías gritaba y se trataba de ocultar.

-¡Vamos a morir!- gritaban los habitantes.

-¡No deben preocuparse!, el domo nos protegerá de la erupción- gritó Mumiel para tranquilizar a la gente.

La presión ya no podía ser contenida en el volcán, de pronto, estalló liberando una gran columna de lava hacia el cielo, rocas gigantescas y una gran nube espesa, salía rápidamente dirigiéndose directamente hacia la ciudad del Este. Destruía y calcinaba todo lo que estaba a su paso, incluso todos los que estaban cerca de la costa, incluyendo a los mismos demonios, fueron destruidos.

-¡Buuummmmm!- era el sonido más horrible que la gente había escuchado en toda su vida, todos, en el piso y con los ojos cerrados, sentían el miedo más terrible que se pudieron imaginar, la explosión piro plástica, no derrumbó las grandes murallas de la ciudad, el mar que rodeaba la isla, fue cubierto por completo por una gran capa de piedra que conectaba el continente con la isla. La gente estaba temerosa, y poco a poco comenzaron a levantarse y a asomarse para ver lo ocurrido, pero cuando levantaron la mirada hacia el domo, éste, estaba completamente cuarteado y comenzó a caer pedazo a pedazo como si se tratase de un gran cristal hecho añicos.

El domo había caído, y el frio se colaba por el aire, comenzaba a nevar. Una luz muy pero muy brillante emergía del montículo de tierra, su esplendor era tal, que iluminaba la mitad de todo el continente.

-¿Qué es eso?- dijo una niña tratando de mirar hacia el frente.

-¡No miren la luz!, ¡no lo hagan!- gritaba Mumiel.

-Mama, ¿Qué es esa luz?- dijo un niño que estaba en brazos de su madre.

-¡No lo sé, mi cielo!, ¡no la mires!- dijo la madre.

-¡Es muy hermosa! ¡Es….Muy…hermosa!- mencionaba el niño, cuando su alma se desprendió de su cuerpo y se dirigía en dirección hacia la emisión.

-¡Nooooooooo!, ¡no miren hacia esa luz!- gritaba Mumiel a los ciudadanos, mientras observaba que muchos de ellos ya lo habían hecho y sucedía lo mismo que pasó con el niño.

-¿Qué es esa luz, maestro?- preguntaba la gente de Mumiel.

-El rey del infierno, es el mismo rey del infierno que ha emergido desde las profundidades hasta nuestro mundo. Pareciera ser la luz más hermosa que sus ojos pudieran ver, pero no es más que la ilusión más cruel que puede existir. ¡No se atrevan a mirarla de frente!, o perderán sus almas de inmediato- dijo Mumiel.

Uno de sus acompañantes, miraba hacia el frente, y levantó la mano hacia esa luz, como si tratara de alcanzarla.

-Pero si es tan hermosa, como resistirse al brillo tan majestuoso de ese resplandor, entre los destellos se dibuja un rostro, una cara de una persona, ¡qué hermoso!, ¡es lo más bello que he visto!, ¿Cómo puede tratarse del mismo demonio, cuando tiene el rostro más hermoso que he conocido?- decía el hombre.

-¡Nooooooooo!, ¡ya se los dije!, ¡es el rey del infierno!

Mientras tanto, la luz, se hacía cada vez más intensa, mientras varios orbes lumínicos en tonos azules y blancos se dirigían a gran velocidad hacia ella. El resplandor avanzaba hacia la costa, mientras del cráter del volcán, salían sombras que se colocaban detrás del emisor del destello.

Cuando llegó a la costa, la luz, perdió intensidad y se concentraba en su centro formando una silueta humana.

La tormenta de nieve formaba un montículo sobre la costa, y cuando alcanzó una altura de un metro con noventa centímetros, estalló liberando a un hombre cubierto con una armadura de plata.

La luz tomó por completo la forma de un hombre, con una túnica en color blanco, muy brillante y brillos dorados. Se detuvo frente al hombre con la armadura, mientras el corcel se acercaba al caballero.

-¡No pasarás por este sitio!- gritó el caballero.

-¡Sephirot!, al fin das la cara- dijo el hombre de la túnica.

-¿Cómo te atreves a vestir una túnica sagrada?- dijo en repudio Sephirot.

-¡Basta!, ¡no tengo ganas de perder mi tiempo contigo!, después de tantos milenios, por lo menos, ¡deberías saludarme!- dijo el hombre.

-¡Que descaro, tiene el señor del infierno!, ¡Khronnos!- dijo apretando los dientes.

-También me da gusto verte, no entiendo tu actitud, ¿Por qué la hostilidad?- dijo burlonamente Khronnos.

-¿Todavía lo preguntas?, ¿Cómo fue que te liberaste de las cadenas?- preguntó Sephirot.

-¡Fácil!, tu señor y yo hicimos un acuerdo, por medio de uno de sus mensajeros. Estoy aquí, para venir por lo que me corresponde, yo dormiría encerrado en el Ceol, hasta que se cumpliera el plazo y el poder de las cadenas se debilitara, subiría a recoger mi premio por la larga espera, las almas de los humanos- dijo Khronnos.

-¡Te equivocas!, los términos de ese contrato, no son como tú los mencionas. Si no mal recuerdo, no fue un acuerdo, fuiste vencido por uno de los arcángeles, ¿Cuántas veces más necesitas ser encerrado?- dijo Sephirot.

-¿Tú también has sido engañado por tu patriarca?, ¡no te culpo!, ¡puedes defenderlo cuantas veces lo desees!, ¡pero eso no cambia lo que va a suceder! Además, me preguntas por qué uso esta túnica, ¿acaso no te pareceré hermosa?, ¡cómo iba a venir a presentarme ante los hijos de Adán con un atuendo que no está a la altura del gran evento!, ¿Hermosa no lo crees?, ¡su brillo es inigualable, está hecha con los materiales, más exquisitos del universo, con la piel de millones de seres humanos que traicionaron a tu Rey, los destellos dorados, se deben a la última oración a tu señor, antes de pedirme que los admitiera en mis tierras, ¡jajaja!, ¿lo ves?, yo no soy el malo en este lugar, simplemente cumplo con lo que me fue encomendado, ¡no puedo rechazar la petición de los seres humanos, al desear un lugar en donde dejar su alma sucia y manchada!, eso sería muy descortés de mi parte- decía irónicamente Khronnos.

-¿Cómo puedes ser tan ruin y cruel?, ¿Cómo te atreves a jugar con los sentimientos de los seres humanos?, ¡tú los orillaste a traicionar el reino de los cielos!, ¡como alguna vez, tú mismo lo hiciste!- dijo Sephirot

-¡No, no, no, no!, ¡te vuelves a equivocar!, ¿acaso ya olvidaste que yo fui el arcángel más cercano al patriarca?, ¿eh?, fui creado con la más hermosa de todas las bellezas, mis alas se extendían por el universo, y no existía brillo alguno que se pudiera comparar con mi resplandor, yo no tengo la culpa que los hijos de Adán, sintieran envidia por mi belleza y quisieran imitarla. Además, ¡te lo vuelvo a repetir!, durante milenios, has sido engañado por un rey que te ha confinado a un trabajo eterno, a ti y sus demás súbditos, ¿Dónde está su gran amor, del cual todos se llenan la boca?, ¿eh?, ¿por qué hizo a los hombres y les dio el derecho a decidir sobre sus vidas, y a ustedes no?, ¿puedes explicarlo?, ¿no?, ¡yo te lo explicaré! Eso se debe a que no los ama como a los seres humanos, tiene un ejército en el cielo, que crece minuto a minuto, pero no son capaces de actuar a su propia voluntad, ¡no son más que marionetas!, ¡piénsalo!

Yo no podía ver ese sufrimiento eterno, ver como siempre era todo de la misma manera, mientras que los humanos podían incluso escupir al cielo, y ser perdonados, mientas que los ángeles eran desterrados si se oponían a sus leyes. ¡No!, ¡yo no podía dejar que eso continuara!, ¿de qué me serviría la belleza extrema y este resplandor, si no ayudaba a mis hermanos celestiales? Por eso, fui yo y solo yo, quien se sacrificó por todos ustedes para brindarles la opción de decidir. Corté mis alas y me encerré en la oscuridad para no ser descubierto, ¡porque claro!, ¡si alguien se daba cuenta de mi existencia!, ¡de seguro que tratarían de abatirme!, a tu rey no le convenía que se supiera que había un ángel que no estaba de acuerdo con su manera de gobernar el universo, así que trató de desterrarme, pero sus intentos, solo me acercaban más a los que pensaban igual que yo. ¡Abre los ojos, Sephirot!, tu rey es un emperador, déspota, autoritario, intransigente... mencionaba Khronnos.

-¡Noooooooooo!, ¡mientes!, ¡tratas de confundirme!- gritaba Sephirot.

-¿Mentirte, dices?, ¿en realidad crees que me gusta esta oscuridad, cuando podría haber lucido mi más grande resplandor en los cielos por toda la eternidad?, ¡dime!, ¿es eso lo que piensas?, ¿Qué no te das cuenta?, ¡todo lo hice por ustedes, los ángeles reprimidos del cielo!, ¡sacrifiqué mi reino eterno de luz, para darles la bendición que tu rey le dio a los humanos, el poder de decisión!- dijo Khronnos.

La túnica de Khronnos, tenía una cola muy larga, que provenía desde la entrada del infierno, subía por el volcán y llegaba hasta él. Su brillo producía una sensación de paz y tranquilidad, invitaba a todo ser vivo a no dejar de admirarla. Al igual que su rostro, que era sumamente hermoso, y sus ojos, sus ojos eran como mirar el resplandor de las estrellas bajo un cielo despejado.

-¡Digas lo que digas!, ¡no caeré en tus trucos!- dijo Sephirot.

-¿Trucos?, ¡ya me canse de esta torpe discusión!, ¡puedes pensar lo que se te da la gana!, ¡eso no cambiará, la verdad de todo lo que te he dicho!- decía Khronnos.

De pronto, una luz en el cielo apareció, un destello incandescente golpeó la superficie de la Tierra apareciendo a un lado Sephirot, otro caballero se levantaba.

-¡No lo escuches!, sus palabras son la ponzoña más mortífera que puede existir, no encontraras palabras de odio y rencor en su hablar, solo escucharás cosas lindas y tiernas, incluso conmovedoras. Te recuerdo que es el amo de la seducción, así es como siembra la duda en las personas- dijo el caballero.

-¡Azrael!, mi querido amigo, ¡que grató es que vengan a recibirme!, no esperaba esta gran bienvenida, ¡como en los viejos tiempos!, ¡que honor que el ángel de la muerte y uno de los príncipes del tercer cielo, el Shehaquim, haya venido hasta este sitio!- dijo Khronnos.

-Es una pena que no pueda decir lo mismo, Khronnos, ¿Por qué así te hiciste llamar?, ¿Qué había de malo con tu nombre real, Lucifer?- dijo Azrael.

-¡Tus palabras!, ¡tan cortantes e hirientes como siempre!, ¡no cabe duda que eres un maestro en las artes de la muerte!, ¿así es como te diriges a tu antiguo maestro?, ¡tú y yo hemos trabajado juntos por mucho tiempo!- dijo Khronnos.

-¡No te equivoques, Khronnos!, ¡no te equivoques!, yo no manejo el mismo concepto que tú, en lo que a la evolución del alma se refiere, ¡mi trabajo consiste en llevar las almas a su descanso eterno y a su regocijo en el reino de los cielos!, ¡no me las llevo para torturarlas en la eternidad!- mencionó Azrael.

-Sin duda, ¡hermosas palabras!, ¡llenas de filosofía!, pero nuevamente, vuelven a equivocarse. Jamás sería capaz de torturar las almas de los pobres humanos, ¡no, no, no!, ¡Yo les ofrezco, la oportunidad de redimir sus pecados, es la manera que ellos mismos eligen para pedir perdón al señor de los cielos, por su abandono! - dijo Khronnos.

-¿Cómo te atreves?- dijo furioso Sephirot.

-¡No lo escuches!, ¡no caigas en su provocación!- dijo Azrael.

-¡Mi bondad no tiene límites!, yo les ofrezco la libertad que tanto anhelan, ¿Por qué no pueden verlo?, ¡será porque siempre han estado siguiendo órdenes y no conocen esa palabra!, ¿será por eso?- mencionó Khronnos.

-¡No cabe duda que eres, demasiado hábil!, siéntete orgulloso de llevar el nombre de Satanás- dijo Sephirot.

-¡Jajajajajaja!, ¡Jajajajajaja!, ¡me has hecho reír!, ¡hace mucho tiempo que no escuchaba ese absurdo sobrenombre!, ¡que claro!, ¡no está a la altura de mí!, ¡al igual de quien me lo puso!- dijo Khronnos.

-¡Noooo te perdonareeeé!- gritó Sephirot y levantó su mano emitiendo un destello dorado contra Khronnos.

Khronnos, cerró los ojos para sentir el impacto de su ataque, una sonrisa se dibujaba sobre su rostro, y suspiraba mientras el destello de Sephirot era absorbido por las pupilas de Khronnos.

-¡Noooooooooooooooo!, ¿acaso que no ves?, ¡eso es lo que quiere!, ¡te está provocando Sephirot!- grito Azrael.

-¡Jajajaja!, ¿Te atreves a levantar tu sucia y pecaminosa mano, en contra del Dios del Infierno?- dijo Khronnos.

-¡A caray!, ¡eso es nuevo!, ¿ahora te autonombras "Dios", del infierno?, ¡Tu soberbia no tiene límites!- le dijo Azrael.

-¿Acaso ese no es el título que los humanos me han puesto?, ¿Hades, Baal, y muchos otros?, refiriéndose a mí con ese título. ¡El mismo que siempre he merecido!, y que la propia y más preciada creación de tu Patriarca, me ha concedido, ¿Qué irónico, no lo creen?, Lo que siempre debí haber sido, y en lo que me han convertido, en un "Dios"- dijo Khronnos.

-¡Es una pena que no seas humano!, ¡te diría que estás enfermo de poder y de ambición!, pero si mal no recuerdo, ese fue el motivo de tu traición y de tu rebelión en contra del Virtus Creator.

-¿Y te atreves a decirlo en una lengua humana?, ¿Cuál de todas es?, ¡porque las conozco de sobra!, ¿Latín?, jajajaja. ¿Y tú Azrael?, ¡deberías ser más cuidadoso de la forma en la que te diriges hacia mí! Te recuerdo que aunque no te guste, tienes la obligación de obedecerme, ¡aunque claro!, siempre y cuando no se trate de los hombres. ¿No es de esa forma?- dijo Khronnos.

Sephirot, volteo a mirar a Azrael, y con una gran confusión, le preguntó.

-¿Es eso cierto?, ¿estás obligado a ayudarle?- dijo Sephirot.

-¡Sí!, muy a mi pesar, en ocasiones debo trabajar con los ángeles demoniacos de la muerte- dijo Azrael.

-¿Ves cómo tengo razón, Sephirot?, entre tu rey y yo, hay acuerdos que solo nosotros podemos entender, ustedes solo son nuestros sirvientes, pero no debes sentirte mal, tú haces tu trabajo, y lo haces de una manera excelente, ¡claro!, ¡sin libertad propia!, y ¡sin elección alguna!, pero esa es la razón por la que fuiste creado, tu existencia solo se debe a ejecutar las órdenes de tus superiores- mencionaba Khronnos.

-¿Entonces?, ¡no entiendo bien, Azrael!, ¿cuál es nuestra razón de existir?- dijo confundido Sephirot.

-¡No puedo creerlo!, ¡Volviste a caer en sus trucos!, ¿Qué no te das cuenta?, ¡no existe la duda en nuestro existir! ¡No la hay! ¿Por qué quieres buscar algo donde no lo hay?, ¡vuelve a ti Sephirot de Zebul, y transfórmate en el mensajero del Virtus Creator, en el arcángel Gabriel. ¡Nunca debes dudar de tu señor!, ¡tú no!, ¡eres uno de sus siete generales!, ¡Jamás se te hubiera encomendado una misión tan importante, si nuestro creador no confiara en tu temple de hierro!- dijo Azrael.

-¡Basta ya!, Azrael, te ordeno que reúnas a Orifiel y a los otros y comiences el Juicio Final- dijo Khronnos.

-¿Pero que está diciendo este pobre loco?- dijo Sephirot volteando a ver a Azrael, el ángel, se quedó de pie con la mirada perdida en el horizonte, mientras escuchaba la voz de Sephirot, levantó su mano hacia el cielo y giró su rostro a mirar a Sephirot.

-A partir de ahora, tengo la obligación de ejecutar su orden, parece que las condiciones son las óptimas para eso. Los demonios sacrificaron a una virgen, ¡no logro entender cómo se enteraron de eso!, Sephirot, ¡no caigas en sus provocaciones!, mientras tu estés aquí sin moverte, el no podrá pasar. Si te dejas manipular, tarde o temprano, el llegará a pisar la Tierra y será el fin- dijo Azrael levantando el rostro al cielo y pronunciando una letanía en otro idioma. De la palma de su mano, salió un rayo en color violeta que se dirigía hacia el cielo, cruzándolo y conectándose con las estrellas.

-¡Mi querido Sephirot!, de todos los arcángeles, siempre fuiste el que más luz tenías, tu carácter y la nobleza de tu espíritu, acercaban a los humanos con el reino de los cielos. Por eso siempre te envió a ti, a dar sus mensajes, y yo no tengo más que agradecerte, el magnífico trabajo que siempre has desempeñado, cuando esto termine, te daré el más grande de mis ducados del infierno, y te haré regidor de este planeta. ¡No he venido a pelearme con mis antiguos hermanos!, ¡solo estoy haciendo lo que me fue prometido!, ¿es eso malo?, ¿para qué hacer esto más difícil?, ¿acaso crees justo derramar la sangre de tus queridos hermanos?, cuando lo único que tienes que hacer, es dejarme pasar y resonar el cuerno. ¡Piénsalo!, ¡te daré el tiempo que necesites!, ¡no me moveré de aquí! ¡Tengo toda la eternidad para que gobernemos juntos!, como cuando estábamos en el cielo. Te daré la libertad para decidir lo que quieres que suceda con este planeta y todo lo que hay en él, solo tú serás el gobernante supremo. Lo único que tienes que hacer, es resonar tu cuerno y te prometo que nadie sufrirá, tomaré lo que me pertenece sin lastimar a nadie- dijo Khronnos.

Sephirot, tomó su cuerno que lo traía amarrado de una cintilla en la cintura, lo observaba y pensaba en las palabras de Khronnos, ¡nadie sufrirá!...

De pronto, sintió como Haizum, su corcel, lo golpeo con la trompa en el brazo.

-¡Noooooooooo!, ¡no te dejaré pasar!, ¡no hasta que llegue el Gran General!, ¡él te ha derrotado en muchas ocasiones, y volverá a hacerlo!- dijo Sephirot.

-¡Está bien!, Nos quedaremos aquí hasta que estés listo- dijo Khronnos y puso su mano frente a su rostro dirigiéndola hacia Sephirot, lanzó una especie de polvo con partículas muy brillantes, un hechizo alucinante.

-¡Álastoooooor!- gritó Khronnos, y el demonio apareció de inmediato a su lado.

-¡A tus pies, mi gran maestro!- dijo poniendo una rodilla sobre el suelo y llevando su mano al pecho haciendo una reverencia.

-¿Y ese cometa?, ¿en qué dirección, va?- preguntó Khronnos.

-¡Parece ser que proviene del Wilon, mi señor!, y viene acompañado de un gran número de esencias celestiales.

-¡Así que han enviado al príncipe del primer cielo, Sidriel!, pero esa luz que veo, no se trata solo de él, viene en compañía de uno de los generales. ¡Escúchame bien!, mi fiel Álastor, tú eres el más cercano a mí, has cumplido con todas las cosas que te he encargado, y eres el más hermoso de entre todas mis legiones de sirvientes, seguramente estarán próximos a llegar los generales, y la batalla será inminente. ¡Ya cumpliste con mis deseos!, es mi voluntad, que regreses al infierno y me esperes ahí, ¡jamás podría perdonarme, perderte!, mándame a Sargatanás y a su ejército, los espíritus demoniacos que salen del volcán, necesitan un comandante- dijo Khronnos.

-¡Pero mi señor!, ¡yo no puedo estar lejos de usted!- dijo Álastor.

-¿Acaso no lo ves?, ¡es por tu propio bien!, ¡me causaría un gran dolor, si te perdiese en esta batalla!, ¡tú que eres el más fiel y leal de todos mis demonios!, ¡solo deseo que tengas todo preparado para cuando establezca mi gobierno en este mundo!, ¡y como siempre!, ¡tú estarás a mi lado!, no puedo darme el lujo de no contar contigo para el nuevo reino, para la batalla, están los demás- dijo Khronnos.

-¡Haré lo que me pide!, ¡enviaré a Sargatanás de inmediato! mi señor, debo preguntarle, ¿quién es esta persona, porque esta inmóvil?- dijo Álastor.

-Es uno de los más grandes ángeles del reino de los cielos, el mensajero celestial, príncipe del Zebul, y uno de los siete jinetes del Apocalipsis, el arcángel Gabriel. Se encuentra momentáneamente en un sueño creado por mí, pero no durará mucho, solo fue para poder llamarte.- dijo Khronnos.

-¡Deme la orden y de inmediato lo despedazaré!- dijo Álastor.

-¡No, no, no!, mi fiel Álastor, no estás a su nivel, no puedo arriesgarte de esa manera, un arcángel no puede ser derrotado por ninguno de los demonios, aunque fueran los más poderosos, sólo otro arcángel puede hacerlo, y ese, seré yo. Yo me encargaré de ellos, tu solo cumple con lo que te ordeno. Y algo más. Debes mostrar más respeto a los generales del ejército celestial. No por nada son los gobernantes de los siete cielos y tienen a su cargo este planeta. ¡No lo olvides!, si lo haces, tendré que reprimirte- dijo Khronnos.

-¡No lo olvidaré mi señor! Mostraré el respeto que se merecen, y ahora cumpliré con su mandato- dijo Álastor y se desvaneció entre las sombras.

-¡Sin duda, no permitirás que me lleve sus preciadas almas sin una batalla!, ¿verdad?, ¡ni siquiera aunque ya me las han ofrecido!, ¡lucharás por protegerlo hasta el último minuto!, me estas enviando a toda la corte celestial, ¡digno de admiración!, no puedo esperar menos del rey de los cielos, pero yo tampoco desistiré, y si he de destruirlo todo, lo haré sin piedad alguna. Mi fuerza, no es la misma que milenios atrás, ahora no tiene límites, dudo mucho que tus preciados generales, puedan con mi poder, vuelves a desafiarme, y con gusto acepto el reto- dijo en voz alta Khronnos.

-¿Hablas con alguien, Khronnos?- preguntó Sephirot.

-Veo que mi sueño, no es ninguna amenaza para ti, Sephirot- contestó Khronnos.

-¡Tu soberbia no tiene fin!, le hablas a mi rey como si se tratara de tu igual, ¡no tienes comparación con él!- dijo Sephirot.

-Me encanta como lo defiendes, y me fascina la idea de que en el cielo, no solo existan ángeles, sino también perros guardianes- dijo Khronnos.

-Comienzas a sonar como al Lucifer que conozco- dijo Sephirot.

-Y tú comienzas a lucir cansado, ¿no te cansas de sostener ese gran peso?, ¡me parece que tu barrera se está debilitando! Te lo he dicho antes, ¡no tienes que hacerlo, simplemente estás gastando tus energías sin razón!, de todas formas la batalla será inminente, ¿Por qué no dejas que fluya como debe de ser?, ¡tal vez así lo quiere el rey de los cielos!- dijo Khronnos.

-¡Yo también te lo he repetido!, ¡no te dejaré pasar!- dijo Sephirot.

-¡Esta bien!, parece que esto llevará más tiempo de lo previsto, entonces esperaremos juntos- dijo Khronnos.

CAPÍTULO IV

La segunda Batalla
El resonar del cuerno

La noche estaba en todo su esplendor, no había ruido en ningún sitio, era como si la vida, permaneciera en un completo estado de alerta, para sentir, lo que venía. La gente de toda la Tierra, casi no podía dormir, la intensa tormenta de nieve, cubría la cuarta parte del globo terráqueo, mientras que tres cuartas partes, permanecían bajo la niebla originada por la llegada de Khronnos.

Frente a él, Sephirot oraba sin cesar, con los ojos abiertos para visualizar los movimientos de su agresor, mientras éste último, llamó a varios de sus súbditos, que estaban detrás de él, y les ordenó, poner sus cuerpos para que formaran una silla, donde él pudiera sentarse.

Khronnos sabía que debía apresurar su llegada a la costa, antes del amanecer, la cual custodiaba fervientemente Sephirot. Su poder se acrecentaba minuto a minuto, las almas que tomaban sus demonios por medio de los cristales púrpuras, eran enviadas de inmediato al cuerpo del Rey del infierno.

Azrael seguía en un estado de trance, con los brazos levantados hacia el cielo y con las palmas mirando hacia el universo, de ellas, se emanaba un rayo de luz, que no era más que el llamado a los tres ángeles restantes que iniciaran el ritual, ya que Orifiel, fue traído a la Tierra por Álastor.

Khronnos cerró los ojos, y de pronto todo se detuvo, la tormenta de nieve dejó de caer, el silencio se hizo presente sacando de concentración a Sephirot.

Mientras tanto, en una cueva, descansaban sobre el piso, Hilda, Luca y Layonnel. Cuando de pronto, una sombra apareció y caminaba cerca de ellos, otra sombra le siguió y llevaba consigo tres piedras en forma de moneda que colocó en sus frentes mientras dormían.

-¿Por qué colocas los quirines en ellos?- dijo una de las sombras.

-Tengo la impresión de que estas personas, son muy importantes para el bando de los humanos, tal vez pueda revelar sus sueños con el quirín, y podamos llevarle buena información al capitán Agallarept- menciono una de las sombras.

-Se nos dio la orden por parte del señor Álastor, que siguiéramos a estos jóvenes, no podemos hacer otra cosa, podríamos molestarlo, y el señor Álastor, ordena los deseos de propio amo, no debemos desafiarlo- dijo la otra sombra.

-¡Es solo un momento!, no tardaré- dijo la otra sombra mientras ponía su mano encima de las piedras.

En el sueño de Hilda, toda la información obtenida del maestro Abdiel, era revelada, los secretos de sus planes y la manera de proceder de la legión de humanos.

En el sueño de Luca, aparecía el incendio de su aldea, pero nada en particular que les sirviera.

Pero cuando se detuvo a observar el sueño de Layonnel, su asombro fue muy grande. En él se veía a un hombre rubio con el cabello largo ondulado hasta la altura del hombro, con los ojos en color azul turquesa sosteniendo una espada de oro, con el torso desnudo y manchado de sangre.

-¿Qué pasa?, ¿Qué te sucede?- le dijo la otra sombra a la que observaba el sueño de Layonnel.

-¡Ahhhh!, ¡me quema!, ¡me está quemando!- gritaba la sombra tratando de quitar la mano del quirín.

-¿Cómo que te está quemando?, ¿Qué sucede?- decía desesperada la otra sombra.

Cuando de pronto, su mano se incendió y en cuestión de segundos, las llamas consumieron el cuerpo de la sombra, dejándolo en cenizas. La sombra restante, tomó una vara y quitó los quirines de las frentes de los jóvenes, las guardo y se volvió a ocultar entre la oscuridad.

-¡Hilda!... ¡Hilda, despierta!- decía una voz en la mente de la joven.

La muchacha abrió los ojos y vio la silueta de su maestro Abdiel, reflejada sombre la fogata, haciendo que ésta se encendiera de nuevo.

-¡Hilda!, escucha con atención, no puedo ir con ustedes por ahora, debo quedarme a proteger el Zafiro Estelar. El medallón de Layonnel, es un fragmento del Zafiro Estelar, él te llevará a donde se encuentran los pergaminos sagrados.

¡El tiempo se agota!, pero tenemos una oportunidad. He descubierto una debilidad en los demonios, cuando llegue el amanecer, Khronnos y los demonios desaparecerán hasta que la noche vuelva a surgir, solo un día más, y todo comenzará. Después de que llegue la noche de mañana, habrá tres días de completa oscuridad sobre la Tierra, es el momento en que el rey del infierno cobrará por completo su poder, Sephirot ya no podrá detener que pise la costa.

Debes encontrar los pergaminos, antes de que llegue el momento, es la única oportunidad que tenemos para defendernos, confío en que lo harás- dijo Abdiel y desapareció.

Los demonios continuaban recolectando almas, hasta que la oscura noche se transformaba en un cielo azul marino, un indicio que comenzaba a amanecer.

En cuanto el primer rayo de sol toco la superficie de la Tierra, la bruma de Khronnos desapareció, al igual que sus sirvientes, la gente despertaba y salía a las calles, era el amanecer más hermoso que habían tenido desde hace días.

Sephirot, abrió sus ojos y la imagen del rey del infierno, había desaparecido, al igual que el gran volcán por donde emergió.

-Azrael, tampoco se encontraba en el lugar. El corcel de Sephirot, tocaba su trompa con el brazo de su amo, para indicarle que lo montara. El caballero montó sobre su hermoso caballo blanco y se dirigió hacia las puertas de la ciudad del Este.

Mumiel organizaba a la gente, que estaba muy confundida y asustada. ¡No deben temer, estamos aquí para ayudarlos!- decía mientras la gente lo miraba con recelo.

-¿Tu eres Mumiel, el ángel de la sanación que encarnó en un ser humano?- dijo Sephirot.

-¡Así es, mi señor!- dijo inclinando la cabeza en señal de respeto.

-Se te ha permitido vivir por muchos años, bajo la apariencia humana, pero es momento que regreses a servir al reino de los cielos- dijo Sephirot.

-¡Si ese es su deseo!, así lo hare- dijo Mumiel.

-¡No!, ¡no es una orden!, no puedo obligar a un hijo de Adán, debes decidirlo por ti mismo, si quieres ayudarnos, entonces muéstrame tu voluntad. Y algo más, ¡no soy tu señor!, tú al igual que yo, somos hijos del mismo padre, y nuestro señor, es un solo Rey sobre todo el universo, al cual servimos. Nuestra misión fue encomendada al cuidado y al auxilio de la humanidad. Una vez que decidas, no podré otorgarte nuevamente la vida humana, toda tu conciencia se perderá y volverás a tu estado celestial. ¿Estás de acuerdo con eso?- dijo Sephirot.

-Pero si pierdo mi conciencia humana, ¿entonces como ayudaré a Abdiel?- dijo Mumiel.

-Tengo conocimiento que un sinfín de ángeles, renunciaron a sus reinos y solicitaron permiso para vivir como hombres. Abdiel es uno de ellos, entregó su más grande trabajo como serafín del cielo, a cambio de guiar a los humanos para prepararse para esta batalla, es un hombre sabio, se le han concedido grandes bendiciones, él lo entenderá y podrás ayudar a los hijos de Adán, sanando sus heridas mientras tratan de defenderse de los demonios. También estoy enterado del acuerdo que hizo Abdiel con el rey de los muertos vivientes, él está combatiendo con sus legiones a los demonios, podrás moverte como la luz, y abarcar toda la Tierra en cuestión de segundos, y me mantendrás al tanto de los movimientos del Duque de Rowenster- dijo Sephirot.

-¡Esta bien!, ¡acepto la propuesta!- dijo Mumiel.

-Cierra los ojos, te daré una muerte humana, para que tu alma sea enviada a los cielos y puedas regresar como el espíritu que debes ser- dijo Sephirot, levantando su brazo y poniendo su mano sombre la frente de Mumiel.

Un cúmulo de destellos dorados salía de la palma de su mano, mientras el cuerpo de Mumiel se desvanecía en completa paz, y su alma era enviada a los cielos.

-¡Señor Mumiel!.... ¡Noooooooooo!- gritaba uno de sus discípulos.

-¿Qué eres tú?, ¡lo han matado!- seguía gritando.

-¡Calma!, hijo de Adán, que soy yo, el arcángel Gabriel que ha venido a dar un mensaje del cielo. Mumiel se ha unido al ejército celestial, deberán quemar su cuerpo para que los demonios no puedan utilizarlo, y así, él cumpla con la nueva misión que le fue encomendada- dijo Sephirot.

Sus discípulos lloraban su muerte, pero al ver el aura que emanaba la figura que estaba delante de ellos, comprendieron que les decía la verdad, así que con tristeza, levantaron el cuerpo de Mumiel y lo llevaron dentro de una casa.

Sephirot, recorría la ciudad montado en su corcel. Observaba la muerte y la desesperación de la gente. Mientras pasaba por las calles, iba hablando en voz alta.

Hijos de Adán y de Eva, ¡no deben temer!, hemos venido para proteger sus preciadas almas, el enemigo es fuerte y más lo será si en sus corazones se siembra la duda y el temor, deben tener confianza y seguridad en el ejército celestial que está por venir. La batalla será fría y sangrienta, y muchos de ustedes perecerán, pero en el reino del cielo, tendrán una morada, si ponen su fe y esperanza en las manos de nuestro señor, y de su inmenso amor y poder, ustedes deciden, si desean ser nuestros invitados en la mesa del cielo, o dejarse engañar y perder su preciada existencia entregando su alma a la oscuridad eterna. No puedo obligar a nadie a que nos apoye, son solo ustedes quienes deben decidir, ¡el momento ha llegado! y es tiempo de levantar una barrera- dijo Sephirot.

-¿Y cómo vamos a levantar la barrera?- dijo uno de los habitantes.

-¡Con el poder de la oración!, pase lo que pase, ¡no dejen de orar y de creer en nosotros!, que de ahí tomaremos las fuerzas para vencer al rey del infierno. Yo mismo les enseñaré a orar, mientras mis palabras recorren por los vientos, cada rincón de la Tierra y esperamos la llegada de los generales- dijo Sephirot y bajó de su caballo.

La gente se acercaba y formaba un círculo hincándose sobre el suelo, unían sus manos y comenzaron a repetir las palabras de Sephirot, que cada vez se tornaban en una hermosa melodía que se intensificaba haciendo eco. Como lo mencionó Sephirot, el viento se llevaba la melodía y la esparcía por todos los rincones de la Tierra, incluso en la cueva donde estaba Hilda, Luca y Layonnel.

-¿Qué es eso?- preguntó Luca.

-¿Es una canción?- preguntó Layonnel.

-¡No!, ¡es una oración, proveniente de la ciudad del Este!, ¡escúchenla!- dijo Hilda

"Padre Nuestro, que están en el cielo, santificado sea tu nombre…" se escuchaba en un tono lleno de armonía como si un enorme coro se levantara uniendo sus voces formando una alabanza. Hilda sentía un gran regocijo en su corazón, se conmovió al punto en que empezó a llorar.

-¡Es la oración más hermosa que he escuchado!, ¡démonos prisa en encontrar esos pergaminos!- dijo Hilda.

Comenzaron a adentrarse más allá de los límites de las antorchas dentro de la cueva.

Luca estaba temerosa y muy inquieta.

-¡Tranquila pequeña, no debes temer!, ¡sé que está muy oscuro, pero debes confiar en nosotros!, ¡a nuestro lado, nada te sucederá! ¡Toma mi mano!- dijo Layonnel.

-Layonnel, no puedo ver nada- dijo Hilda.

-¡Tranquila!, yo las guiaré, te recuerdo que puedo ver en la oscuridad- dijo Layonnel tomando de la mano a Hilda y a Luca.

Caminaron por un espacio de dos metros de ancho en un túnel poco a poco, el calor aumentaba, y el aire se hacía cada vez más difícil de respirar.

-Este lugar, es muy caluroso, creo que no estamos en el sitio adecuado- mencionó Hilda.

-¡Confía en mí!- dijo Layonnel, sacando de entre sus ropas el medallón que traía colgado del cuello, éste brillaba con más intensidad conforme se iban acercando por el túnel.

De pronto, un fuerte estruendo se escuchó.

-¡Buuummmmm!-

-¿Qué fue eso?- gritó Luca.

-¡No lo sé, pero debemos continuar!- dijo Layonnel

-¿Estás seguro de que debemos seguir en este camino?- preguntó Hilda.

-¡Tengo miedo!- dijo Luca.

-¡Tranquilas!, ¡debemos confiar!, no hay otro camino, y no podemos regresar- dijo Layonnel.

El calor cambiaba repentinamente a un frio intenso. El aire se volvía más ligero y llevaba una fragancia con olor a flores de lavanda.

-¿Qué es ese aroma?, ¡huele como a lavanda!- dijo Hilda.

El eco del túnel retumbaba en sus paredes, cada ruido se intensificaba y lo hacía muy desagradable.

-¡Sh!, traten de no hablar- dijo Layonnel mientras continuaban por el camino.

El camino se iba ampliando conforme avanzaban, hasta el punto en donde llegaron a una especie de cámara redonda sin salida.

-¿Qué significa esto?, ¿Dónde estamos?, ¿Por qué no hay camino?- preguntó Hilda.

-¿Es esto todo?, Luca, alguna vez tu gente te menciono algo al respecto, ¡no hay más camino que seguir!, ¡es una pérdida de tiempo!- dijo Layonnel molesto.

Cuando dieron la vuelta para poder entrar de nuevo al túnel, el techo se vino abajo dejándolos encerrados en aquella cámara.

-¡Esto no puede estarnos sucediendo!, ¿y ahora que es lo que vamos a hacer?- dijo Hilda muy molesta.

-¡No lo entiendo!, hace un momento el medallón brillaba, y ahora, parece estar muerto. ¡No sé lo que pasa!- dijo Layonnel.

De pronto, de la oscuridad, una sombra apareció delante de ellos, emanando una luz en un tono púrpura.

-¿Así que tú tienes el medallón que buscaba el señor Álastor?, ¡que conveniente haberlos seguido sin que se dieran cuenta! ¡Este lugar será su tumba! - dijo la sombra.

-¿Qué?, ¿Qué es lo que estás diciendo?, ¡Álastor buscaba este medallón!, ¿para qué lo quiere?- preguntó Layonnel.

-¡No fue una casualidad, niño!, el que el señor Álastor se encontrara con ustedes en el bosque de las tinieblas. Y ahora que lo he encontrado, me recompensará por llevárselo. ¡Morirán en este sitio!- gritó la sombra, apuntando su guante negro con el cristal púrpura hacia el pecho de Layonnel, arrancó de su cuello el collar, mientras que Hilda se replegó hacia la pared muy angustiada.

Luca, la pequeña niña, parecía no temerle al demonio, estiró su pequeña y delgada mano, y la clavo hasta el fondo del cuerpo del demonio, empujándola hacia el corazón.

-¡No te permitiré que lo mates!, ¡maldito infeliz!- gritó Luca, mientras Hilda y Layonnel no podían creer lo que miraban sus ojos.

-¿Pero qué estás haciendo?, ¡niña estúpida!, no puedes aniquilarme- dijo el demonio poniendo su guante contra el pecho de la pequeña.

-¡Déjala en paz!- gritó Layonnel.

-¡No!, ¡ahora que tengo el medallón en mis manos, me llevaré a esta niña si es necesario!- dijo el demonio.

Luca, muy molesta, movía de un lado al otro su mano que estaba en el interior de las entrañas del cuerpo del demonio, y en cuanto sintió que el corazón rozaba sus dedos. Lo agarró y lo jaló hacia afuera del cuerpo, haciendo caer al demonio.

-¡Aquí está, Layonnel!, ¡aquí está tu medallón!- dijo la niña jadeando por el esfuerzo.

-¿Pero qué estás haciendo?, ¿Acaso estás loca?, ¡pudiste haber muerto por ese arranque!- dijo Layonnel.

Hilda se acercó lentamente mientras observaba el cuerpo del demonio ensangrentado con el corazón en el suelo.

-¡Tenía razón!, ¡no podemos matarlo!, su cuerpo es el de un hombre que ya falleció, por lo que en poco tiempo volverá a despertar, es un demonio, ¡no lo olviden!, tenemos que hacer algo, o nos matará- dijo Hilda preocupada.

-¡Levanta el medallón y conjura su luz!- dijo Luca a Layonnel.

-¿Pero qué estás diciendo?- preguntó Layonnel.

-¡Solo haz lo que te digo!, ¡levanta el medallón!- gritó Luca.

Layonnel tomó el medallón y lo alzo hacia el techo, éste de pronto lanzó un destello en color azul y una frase en un dialecto desconocido, brotó de su boca. El rayo de luz se dirigió hacia el demonio, que se estaba levantando, y en cuanto lo tocó, se convirtió en polvo.

Hilda y Layonnel, se quedaron sin habla, lo que acababa de suceder, era algo que ni el propio maestro Abdiel conocía respecto a ese medallón.

-¿Pero, cómo?- preguntó Layonnel, cuando de pronto, un fuerte estruendo se escuchó y un derrumbe estaba por caerles encima, el suelo se abrió y los tres cayeron en un pozo muy largo.

Sephirot, recorría cada rincón de la Tierra, llevando su mensaje de esperanza y ánimo a la humanidad, montado en su fiel Haizum. Mirando hacia el cielo, despejado de un azul muy intenso, varios puntos de luz se alcanzaban a ver a lo lejos. Estos puntos se comenzaron a transformar en cometas que venían a una gran velocidad hacia la superficie de la Tierra.

Al caer el primero, protegido por una esfera de luz, era el ángel Mumiel, quien presentó su respeto al general Sephirot.

-¡Estoy aquí como me fue indicado!, me pongo a sus servicios y a los de los reyes del cielo- dijo Mumiel.

-Es bueno verte de nuevo, mi buen Mumiel, ahora si estás en condiciones de ayudar en esta batalla, pero antes, dime, ¿ya están aquí?- preguntó Sephirot.

-¡Así es mi general!, he venido acompañado con la primera legión de ángeles dispuestos a la batalla, mil quinientos en total, pero aún están por ser enviado muchos más- dijo Mumiel.

De pronto, miles de destellos caían sobre la faz de la tierra en diferentes puntos, eran los mil quinientos ángeles que llegaban a unirse a las filas junto con Mumiel. Sephirot, miró al cielo y vio como un gran cometa con destellos en tonalidades verdosas que brillaban como una gran esmeralda, caía delante de él causando un gran agujero en la tierra.

El polvo levantado por la caída del meteoro, se difuminó, dejando ver una gran esfera cubierta por un humo en color verde. La esfera se desvanecía y un hombre cubierto con una capa y una armadura con esmeraldas incrustadas, se levantaba.

-¡Ah!, has traído a tu gran maestro, Mumiel- dijo Sephirot.

-¡No iba a dejarte a Khronnos para ti solo!, ¡Cuánto tiempo sin materializarnos en este mundo, Sephirot!- dijo el caballero.

-¡Así es, mi buen amigo Israfil!- dijo Sephirot.

Israfil, nombre en árabe con el que se le conoce al arcángel Rafael, El que sana.

-¡Veo que el señor de las tinieblas, nos ha dado una tregua!, ¡No queda mucho tiempo para su despertar!, tenemos que alistarnos. ¡Una vez más, debemos unir nuestras fuerzas para vencer la oscuridad!- dijo Israfil.

-¡No es una tregua, Israfil!, ya dio su primer movimiento, ordenó a Azrael, llamar a los cuatro ángeles de la muerte, para iniciar el juicio final- dijo Sephirot.

-¡Sí!, ¡estoy enterado!, ¡pero este tipo no pierde el tiempo!, ¿verdad?, pero no debemos preocuparnos. Te he traído un regalo proveniente del quinto cielo- dijo Israfil.

-¿Vino contigo?, ¿dónde se encuentra?- preguntó Sephirot.

-¡Ya lo conoces!, ahora debe estar impregnando todo lugar con su peculiar bruma violeta, se dirigió a la ciudad del norte para cubrir con su manto transmutador, a la gente de aquel sitio, que por cierto, estaban muy aterrorizados y es el único lugar en donde tus plegarias no han sido escuchadas, se niegan a escuchar tu oración, prefieren doblegar su espíritu y entregarse a la derrota- dijo Israfil.

-Por cierto, ¡me entere que tu compadre, está más loco que nunca!, ¿Qué se presentó con una túnica hecha por piel humana?, ¡que loco!, ¡creo que el encierro lo perturbó demasiado!- dijo Israfil.

-¡Tu como siempre!, ¡no pierdes oportunidad para tus bromas!- dijo Sephirot.

-¡Alguien debe ponerle sabor, a este ambiente tan desagradable!, ¿no lo crees?, además, esta será una de las más grandes batallas que se ha dado en toda la eternidad. ¡No me la puedo perder!- dijo Israfil.

-Está bien, es bueno saber que estás listo- dijo Sephirot.

-He traído conmigo, estos arcos y flechas, llevan la protección del cielo, con esto podremos vencer a nuestros enemigos- dijo Israfil.

-¿Y qué hay de los humanos?, ¿Cómo ayudaremos a los hijos de Adán y Eva?- preguntó Sephirot

-Solo existe alguien con el poder para poder intervenir en su auxilio, mientras tanto, nosotros no podemos ayudarlos, mientras no despierten la fuerza y el valor que se necesita en sus corazones y nos pidan ayuda. Sephirot, ¿lo olvidaste?, ¿acaso olvidaste nuestra última misión con los hijos de Ádan?- preguntó Israfil.

-¡Es que simplemente, detesto la idea de no poder intervenir directamente!- dijo Sephirot.

-¡Tú has intervenido en diversas ocasiones!, cuando en realidad, ¡no debiste haberlo hecho!, pero no se trata de señalar los errores de otros, se trata de que unidos podemos vencer a Khronnos y a su ejército, siempre y cuando estemos conscientes de lo que hemos venido a hacer a este mundo. ¡Tampoco me agrada la idea!, pero es un deseo de nuestro gran Rey del Universo, y es solo él quien decidirá el destino de la humanidad- dijo Israfil.

-¿Y entonces?, ¿Qué caso tiene esta lucha?- preguntó Sephirot.

-¿Estas dudando?, ¡no cabe duda de que el señor de la Oscuridad, te sembró la incertidumbre!, ¡pero tú eres mucho más que todo esto!, ¡no puede permitirte, tales cuestionamientos! Nuestra misión consiste en proteger las almas humanas, que son de nuestro señor, no significa que debemos proteger su vida. Ante ese destino, ninguno de nosotros seis podemos hacer algo al respecto- mencionaba Israfil cuando un ángel apareció frente a ellos.

-¡Mis maestros!, ¡me presento ante ustedes!, mi nombre es Orifiel, uno de los cuatro ángeles del juicio final. He venido ante ustedes para darles la más cordial bienvenida a este mundo y a informarles que hemos sido convocados por las fuerzas de Khronnos, para iniciar el ritual sagrado, una de las cuatro llaves ha sido abierta, y las otras tres restantes, ya estamos en posibilidad de hacerlo- dijo Orifiel.

-¿Cómo es posible que sigan los designios de Khronnos?, ¡esto es inaudito!- gritó Sephirot.

-¡Ellos no son los culpables!, debes entender, que no siguen los mandatos de Khronnos simple y sencillamente cumplen con su trabajo. Las condiciones son las óptimas para iniciar el juicio, si esto sucede, no queda otro remedio que actuar, sea una orden del cielo, o de cualquier lado. ¡Así fue escrito!- dijo Israfil.

-¡Así es, maestro Sephirot!, nosotros cuatro, pertenecemos al reino de los cielos, pero nuestra única razón de existir, fue consagrada a la misión de abrir el portal para que dé inicio el juicio final. En poco tiempo el señor de las Sombras, volverá a aparecer junto con su ejército, y nosotros tendremos que abrir las llaves forzosamente. ¡No queda más tiempo!, solo he querido avisarles que sus ejércitos ya están por llegar, al igual que los demás generales- dijo Orifiel.

-¡Aun tenemos un poco de tiempo!, todavía no anochece- dijo Israfil.

-¡Me temo, maestro!, que el señor de las Sombras, nos ha vuelto a engañar. En este mundo hay una gran cantidad de disturbios y distorsiones en el tiempo y el espacio. Khronnos estaba consciente de esta situación, y por eso decidió ascender a la tierra, precisamente en una distorsión. En unos minutos la distorsión traerá la noche, y junto con ella, al rey del Infierno. Ahora bien, Azrael está en el Este junto con Adriel, Aker en el oeste, Agaf en el norte, y yo me dirijo hacia el sur. En cuanto esté en posición, abriré la llave y junto con ésta, el camino para llamar a los ejércitos celestiales- dijo Orifiel y desapareció.

-Bueno, creo que no tenemos otra opción, iré al oeste para defender a los humanos junto con mi legión. ¡Recuerda!, ¡no te dejes engañar por la sutileza y falsa ternura de sus retorcidas palabras!, su capacidad de engañar es muy poderosa, así es como hizo que doscientos ángeles cayeran rendidos a sus pies- dijo Israfil, lanzándole el arco y un costal de flechas doradas.

Estaba por retirarse, cuando miró hacia el cielo, y observó una lluvia de estrellas.

-¡Mira Sephirot!, por fin han llegado, ¡no estamos solos!, solo debemos esperar a que nuestro gran general venga- mencionó Israfil.

-¡Él ya está aquí!- dijo Sephirot.

-¿Cómo dices?, ¡pero si no puedo sentir su presencia!, ¿Cómo es eso posible?- preguntó Israfil.

-Él ha estado en este mundo desde siempre, nunca lo ha abandonado, solo que ha estado durmiendo oculto, lejos del alcance de Khronnos. Solo está esperando el momento para su despertar, y cuando eso suceda, ¡me encantará ver cómo le parte la cara a ese engreído de Khronnos!- dijo Sephirot.

La lluvia de estrellas caía suavemente sobre la faz de la Tierra, como si se tratara de plumas que caían del cielo. Las legiones de ángeles se iban poniendo en posición, unas en el norte, otras en el sur, en el oeste, en el centro, y la legión de Sephirot, en el este, esperando las órdenes de su comandante.

Como bien dijo Orifiel, en un segundo, las condiciones del clima y del tiempo cambiaron. La noche cubrió por completo el globo Terráqueo, y una intensa nubosidad invadió el cielo, no permitiendo que pasara la luz del sol en ninguna parte del planeta.

Orifiel llegó al sur, como lo había predicho, levantó sus brazos con las palmas de sus manos mirando al cielo, y tras pronunciar una letanía, un rayo de luz salió directo al cielo. La intensidad era tal, que atravesaba la atmósfera de la Tierra, y se conectaba con los planetas y todas las estrellas de la galaxia. El volcán volvió a aparecer, y una luz muy potente surgía de la nada al pie de la costa del Este, iluminándolo todo a su alrededor, cegando a quien la miraba de frente, y causando un gran temor a los habitantes de tierras cercanas.

Sephirot se dirigió de inmediato a la costa Este, su ejército ya lo estaba esperando, al igual que el ángel Mumiel, vestido con una armadura plateada. Llegó a la costa cabalgando, y bajó de su hermoso caballo para ver la aparición de Khronnos.

La intensidad de la luz, iba descendiendo y se acumulaba en el centro, formando una figura con aspecto humano. La gran túnica que llevaba puesta, se conectaba con el cráter del volcán, y de ésta, poco a poco fueron saliendo sombras que cobraban formas y cuerpo humanos, detrás de Khronnos.

-¡Nos volvemos a encontrar!, mi buen Sephirot, espero que hayas tenido el tiempo suficiente para pensar en lo que hablamos.

-¡No me dejaré engañar por ti, otra vez!- dijo Sephirot.

-¿Engañar?, ¡por favor!, ¿Cuántas veces tendré que repetírtelo?, ¡es más! ¡Ya me cansé de tratar de razonar contigo!

¡Sargatanás!, Te ordeno que acabes con la barrera de Sephirot- dijo Khronnos.

El comandante del ejército demoniaco, levantó sus manos hacia el cielo, y tras pronunciar varias frases, encima de ellos se creó una especie de agujero negro, permitiendo que salieran de él, tres grandes bestias, un dragón de tres cabezas, una gran serpiente, y un toro mitad hombre.

-¡Ataquen mis fieles bestias!- gritó Sargatanás, y las fieras se lanzaron hacia la costa. El ejército de Sephirot, no pudo detenerlos, eran enormes y su objetivo parecía ser los seres humanos, no se detuvieron a luchar contra el ejército celestial.

-Pero, ¿Qué son estas cosas?- preguntó Sephirot,

-Los ayudantes de Khronnos, maestro, no podemos hacerles frente, porque no nos están atacando directamente a nosotros van directo a la ciudad, ni Rowenster podrá detenerlas- dijo Mumiel.

El ejercito que se formaba tras Khronnos, comenzaba a avanzar hacia la costa, una gran cantidad de ellos era comandada por el fiel sirviente del señor de la Oscuridad, Sargatanás.

-¡Es tu momento, mi fiel asistente!, es tu gran oportunidad para mostrarme una vez más, él porque me siento ¡tan orgulloso de ti!, ¡Retíralos de mi camino!- dijo Khronnos.

Sargatanás, montó un caballo negro, con el pelo de fuego, alzando su espada y dirigió a su legión contra la de Sephirot.

La batalla comenzó, los ángeles lanzaban sus flechas doradas y hacían caer a los demonios, pero estos, no estaban indefensos, portaban espadas forjadas con la sangre de los pecadores, que penetraban los cuerpos celestiales de los ángeles, haciéndolos transformarse en piedra.

-¿Estatuas?, ¡pero qué hermosas estatuas!, ¡las coleccionaré todas!, y con ellas adornaré mis nuevos jardines- decía Khronnos.

Sephirot, montó su caballo y comenzó a dar órdenes para envestir a los demonios.

-¡Vamos!, no les permitan avanzar, si perdemos esta frontera, el señor de las sombras tocará la tierra protegida, ¡tomen sus arcos, espadas, lanzas y dagas, enséñenles el gran poder de la luz celestial y envíen sus almas al arrepentimiento!- gritaba Sephirot.

-¿Qué pasa Sephirot?, ¿tu voz no es lo suficientemente fuerte para ser escuchada por tus ejércitos?, ¿Dónde está la supremacía del cielo en estos momentos?, ¡no te preocupes!, ¡cuando todos los reinos caigan ante mi poder y este mundo me pertenezca, yo seré tu nuevo rey!- decía Khronnos.

-¡Yo no tengo otro rey, que el Dios absoluto, y su Virtus Creator!- dijo Sephirot, sacando el arco que le había dado Israfil, pero en vez de poner las flechas doradas, extendió sus hermosas alas formadas de millones de partículas luminosas en forma de plumas y comenzaba a apuntarlas contra los demonios, que caían uno a uno ante la paz y tranquilidad que sentían cuando éstas atravesaban su corazón.

Cada vez salían más y más sombras del cráter del volcán y se transformaban en soldados de Khronnos, estaban haciendo retroceder al ejército celestial. El señor de la oscuridad, observaba pacientemente de pie frente a ellos, sonreía y demostraba una actitud soberbia y dominante.

Muchos ángeles se convertían en piedra, y muchos demonios caían ante las flechas divinas, la masacre era inminente, mientras la gente de la ciudad del Este gritaba a lo lejos, cuando las bestias, destruían las grandes murallas, el dragón incendiaba todo lo que estaba a su paso, mientras la serpiente devoraba a todo humano que tenía por delante. El minotauro agarraba a sus presas del cuello y lo retorcía, perforando su pecho con sus garras y extrayéndoles el corazón.

-¡Estamos perdidos!-

-¡Corran por sus vidas!-

-¡No hay esperanza!

-¡Este es el fin!- gritaban los habitantes.

-¡Señor!, ¿Qué hacemos?- dijo uno de los súbitos del rey de los vampiros.

-¡Matarlos!, ¡no me importa cómo!, ¡pero hagan algo!- gritaba Rowenster desesperado.

-¡No podemos!, ¡no tienen sangre!, ¡no son humanos!- gritaba el súbdito cuando de pronto detrás de él, se paró el dragón, y con la cabeza de en medio, se inclinó hacia el súbdito y lo devoró.

-¿Acabas de tratarte a uno de mis fieles sirvientes?, ¡Sucia, asquerosa, rata con alas!, ¡te haré pagar por esto!- gritó Rowenster, le quitó a un ángel que venía corriendo, su espada, lanzándolo por los aires, corrió hacia el estómago del dragón y clavó la espada.

-¡Ahhhhhhhhhh!, ¡tennnn esssstoooooo!, ¡sucia rata!- gritó en su ataque Rowenster.

El Dragón se molestó muchísimo, y con su garra golpeó a Rowenster haciéndolo volar a kilómetros de ahí, el enojo de la bestia provocó un inmenso terror en la gente, haciendo que el cuerpo del dragón creciera constantemente.

-¡Mumiel!, ¡ve a la ciudad!, ¡lanza tus poderosas bendiciones a esa gente!, ¡debemos protegerla!- gritó Sephirot.

En ángel acudió de inmediato, llegó a las puertas destruidas de la ciudad, y cuando estaba a punto de entrar con parte de la legión de Sephirot, un demonio apareció frente a él.

-¡El ángel de la curación!, ¡fiel sirviente del arcángel Israfil!, por fin tengo el gran gusto de verte cara a cara, mi nombre es Ábigo, señor del futuro y los secretos de guerra- dijo el demonio.

-¡Quítate de mi camino o no respondo!- dijo Mumiel.

-¿Tú?, ¿Qué puede hacer un ángel de sanación, contra el señor de las artes de guerra?- dijo orgullosamente Ábigo.

-¡Ya lo verás!- gritó Mumiel, extendiendo sus alas y abalanzándose sobre el demonio, lo envolvió con ellas despidiendo un polvo en color verde sobre él.

-¡Ahhhhhhh! ¿Qué es esto?- gritaba el demonio, mientras los soldados celestiales entraban a la ciudad.

-¡Veo que tienes muchas heridas causadas por las guerras!, ¡esas son tu fortaleza!, ¡es lo que te permite conocer los secretos de la guerra!, ¡pues las haré desaparecer y perderás tu poder!- dijo Mumiel.

-¡No seas tonto!, ¡no puedes vencerme tan fácil!, además, si me dejas en paz, puedo ofrecerte información para que ganes el combate- dijo Ábigo.

-¡Empieza a chillar, sucia rata del infierno!- dijo Mumiel, mientras lo apretaba emanando una gran cantidad de polvo que se convertía en una gran nube que los envolvía.

-¡Si quieres vencer al ejercito de los demonios!, ¡tendrás que tener una estrategia!, ¡y yo puedo dártela!, ¡pero déjame en libertad!- gritaba Ábigo.

-¿Por qué habría de creer en un demonio, sucio y traicionero?- gritaba Mumiel.

-¡Pruébame!, y verás que lo que te digo, será realidad, recuerda que conozco los secretos del futuro también- dijo Ábigo.

La nube comenzó a desintegrase, Mumiel seguía sosteniendo a Ábigo, pero éste último, al no sentir más dolor por sanar sus heridas, suspiró y dijo.

-¡Solo el poder de la palabra escrita con sangre, romperá la fuerza de los demonios, y se harán vulnerables ante tus ojos! "De la carne y la sangre, de un humano brotará, el más hermoso de los destellos, que a la luz a la humanidad guiará, de la manos de un niño, la esperanza entregará, y así en su destino, Mumiel morirá"- dijo Ábigo, sacando una daga para enterrarla en el cuello de Mumiel.

-¡Muy mal!, ¡muy mal!, ¿Qué no sabes que un ser de luz, jamás debe confiar en la oscuridad?, ¿Qué diría tu maestro si te ve en estas condiciones?, ¡jajajaja!, ¡caíste!- dijo riendo a carcajadas Ábigo dándose la vuelta para ir a la ciudad, mientras Mumiel tirado en el piso, se convertía poco a poco en piedra, con mucho esfuerzo se puso de pie.

-¡Espera!, ¡esto aún no ha terminado!- le gritó a Ábigo, mientras este otro giraba su cuerpo para mirarlo.

-¡Mira que eres muy perseverante!, ¡pero de nada te servirá!, ¡Khronnos lleva milenios haciendo una estrategia muy efectiva para el combate!, ¡mientras ustedes, solo miraban desde lo lejos!- dijo Ábigo.

-¿En realidad crees, que puedes derrotarme?- dijo con medio cuerpo hecho piedra.

-¡Mírate a ti mismo!, ¡tu luz está a punto de apagarse!, serás una más de las colecciones de mi amo. ¡Que yo mismo le entregaré!- dijo Ábigo.

Mumiel, tomó fuerza, y gritó a todo pulmón las palabras de Ábigo, "De la carne y la sangre, de un humano brotará, el más hermoso de los destellos, que a la luz a la humanidad guiará, de la manos de un niño, la esperanza entregará", extendió sus alas nuevamente, y provocó una ventisca enorme en color verde que cubrió varios metros a la redonda. Cuando Ábigo abrió los ojos, Mumiel lo tenía tomado del cuello y abrazado por sus enormes alas.

-¡Te dije que sanaría todas tus heridas y te llevaría a la luz!, ¡desaparece Ábigo!- gritó y emanó el más poderoso de los vientos que brotaba de su propio cuerpo.

Desde la costa, Sephirot, miró hacia la ciudad, y una gran explosión en tonos verdosos se vio.

-¡Ha caído uno de los grandes!- dijo Sephirot llevándose la mano hacia el pecho.

-Uno de los más fieles y leales súbditos de Israfil, fue derrotado por un simple peón de mis legiones, ¡es una pena!, ¡creí que sería más fuerte!- dijo Khronnos.

-¡No todo es lo que aparenta, Khronnos!, ¡observa con atención!, ¡verás que la muerte de Mumiel, no fue en vano!- dijo Sephirot.

Khronnos miró hacia la ciudad, una nube en color verde estaba encima de ella, y las bestias, excepto el dragón, salían corriendo de la ciudad, los demonios, cayeron, y la gente que aún estaba con vida, sanó sus cuerpos por completo.

-¡Pero no puede ser!, ¡Sargatanaaaaaaaaaas!- gritó furioso Khronnos al ver que sus bestias huían del lugar.

El Dragón estaba inmóvil, golpeado por el humo verdoso de Mumiel, dio la vuelta y vio a un pequeño niño que estaba hincado dándole la espalda, al verlo, estaba a punto de devorarlo, cuando al acercarse, una melodía taladraba sus tres cabezas.

-"Padre nuestro que estás en el cielo...."- repetía el niño formando una tonada.

-¡Arrrrrrggggg!- gemía el Dragón, el poder de las palabras de la oración del pequeño, lo hacían perder su fuerza.

-¡Es eso lo que trató de decirnos Mumiel en sus últimas palabras!-dijo Sephirot.

-¡Lo tengo!- dijo Sephirot, dando la vuelta cabalgando hacia la ciudad.

-¿A dónde crees que vas?, ¡no hemos terminado aún!- dijo Khronnos, levantando su mano y dirigiéndola hacia él, cerró su puño, y al abrirlo, un rayo en color púrpura lo golpeó haciéndolo caer de su caballo.

Al caer, Sephirot causó un gran estruendo que se escuchó en grandes extensiones de tierra, incluyendo la ciudad del Este. El niño, al escucharlo, volteo para ver lo que era, y al ver al dragón, el miedo se apoderó de él, causando que la bestia cobrara fuerza nuevamente y de su cabeza de en medio, abriera el hocico y lanzara un potente fuego destruyendo todo a su paso. El humo de Mumiel, poco a poco era sustituido por el humo negro del fuego del dragón.

Khronnos estaba esperando cerca de la costa, pero su molestia fue tal, que decidió adentrarse más allá de la orilla. Al poner un pie sobre la arena, un fuerte estruendo se escuchó en todo el planeta, las nubes que cubrían el cielo, comenzaron a crear relámpagos que al caer, originaban incendios, la tierra se estremecía con cada paso que daba.

-¿Cómo te atreves a darme la espalda?, ¡no perdonaré más tus insultos!- decía Khronnos furioso. Sargatanás se acercó a él, y al sentirlo cerca, Khronnos alzó su mano y lo tomó por el cuello, levantándolo del piso.

-¡Tráeme a ese infeliz!- gritó Khronnos enterrándole las uñas en el cuello a su sirviente.

-¡Cof, cof!, ¡si mi señor!, ¡enseguida se lo traeré!- dijo el demonio agarrándose el cuello.

En seguida, mandó un ejército a rodear a Sephirot, que se encontraba tumbado con la cara hacia el suelo. Desvanecido por el golpe fatal de Khronnos, fue llevado ante el señor de las tinieblas.

-¡Túuuuu, miserableeee!, ¡te atreviste a darme la espalda!, ¡te hare arrepentirte, de tu insulto!- dijo Khronnos poniendo su mano sobre la cabeza de Sephirot y diciendo frases en otros idiomas.

-¿Dónde estoy?, ¿Qué es lo que sucede?- se preguntaba Sephirot estando en un sueño profundo.

-¡No tienes nada que temer!, ¡estás aquí!, con nosotros, ¡mira a tu alrededor!- decía una voz, que provenía de una silueta de una persona que estaba parada frente a él, a su alrededor, se encontraba un jardín hermoso con las más bellas flores existentes, el sonido de pajarillos cantando y el correr del agua del rio, estaban presentes.

-¿Quién eres tú?- preguntó Sephirot.

-¿Acaso no me reconoces?, ¡mírame bien!- dijo la persona, quien se acercó hacia él y le extendió su mano para ayudarlo a levantarse, la luz del sol, impedía que le viera el rostro. Era un hombre de cabello rizado castaño y largo, con barba y bigote, vestido en una túnica blanca.

-¡Soy yo!, el que por designio divino se ha hecho carne y ha caminado sobre las llamas del infierno para controlar a Satanás y hacer la voluntad de nuestro padre- dijo el hombre.

-¿Tú?, ¿Qué es lo que deseas de mí, mi señor?- dijo Sephirot.

-El mal se apodera rápidamente del último de los rincones del gran reino de mi padre, y el más sagrado para él, debemos detenerlo- decía el hombre.

-¿El último rincón del reino de los cielos?, ¿te refieres a la Tierra?- preguntó Sephirot.

-¡No!, ¡no al planeta!, me refiero al corazón de los seres humanos, está siendo invadido por las fuerzas oscuras, que una vez controlamos. Se hace cada vez más fuerte, y tú debes ayudarme a detenerlo- dijo el hombre.

-¿Pero cómo?, ¡dime!, ¡yo haré lo que tú me comendes, mi señor!- dijo Sephirot.

-¡Su fuerza es sumamente poderosa!, ¡no podrás hacerlo por ti mismo!, ¡ni los ejércitos del cielo podrán ayudar!, ¡si tu no los dejas entrar! Tú mismo pudiste ver las millones de estrellas que cayeron en la Tierra, son el ejército de mi padre, pero no tendrán la fuerza suficiente, a menos que los convoques a la batalla- dijo el hombre.

-¿Qué es lo que me quieres decir?- preguntó Sephirot.

-Solo tú, puedes llamarlos, se te concedió la bendición de utilizar el instrumento que hará que todo el ejército sea convocado, y cuando éste aparezca, el gran General, el arcángel de la protección y señor del séptimo reino de los cielos, vendrá en tu ayuda.

Junto a él, tendrán la fuerza suficiente para vencerlos, y tú volverás a convertirte en el más grande de los mensajeros celestiales- dijo el hombre.

-Pero, ¡no entiendo!, ¿Qué es lo que quieres que haga?- preguntó Sephirot.

-¡Solo tienes que hacer resonar el gran cuerno!, ¡y entonces!, el ejército celestial será convocado por completo, y te levantarás como uno de sus comandantes, podrás dirigirlo mientras llega el general, y tendrás una ventaja sobre el ejército infernal- dijo el hombre mientras se desvanecía.

-¡Espera!, ¡no te vayas!- gritaba Sephirot tratando de alcanzar su figura de aquel hombre.

Los gritos de la ciudad se escuchaban por todos lados, la angustia, desesperación y desesperanza, hacían crecer cada vez más el poder de las bestias, los ejércitos se enfrentaban uno a uno, mientras los humanos corrían a protegerse bajo las ruinas de los edificios, huían hacia el bosque de las tinieblas con sus hijos en los brazos, y mucho otros se escondían en cuevas tratando de no ser encontrados por las gigantescas y horribles criaturas.

La legión de los vampiros, parecía no poder ayudar mucho contra estas criaturas, mas seguían luchando cuerpo a cuerpo con los demonios, tratando de evitar que absorbieran más almas en sus guantes.

Mientras tanto, cerca de la ciudad del norte, en un lugar desconocido, dentro de unas ruinas, Hilda, Luca y Layonnel, se encontraban inconscientes en el suelo.

-¡Ahhh!, ¡me duele mi cabeza!- dijo Layonnel despertando y tratándose de poner en pie.

-¡Hilda, Luca!, ¿están bien?- gritó Layonnel al verlas tiradas en el piso

Las dos, abrieron los ojos y se levantaron con mucho esfuerzo.

-¿Dónde estamos?, ¿Qué es este lugar?- preguntó Luca.

Hilda comenzó a caminar hacia el frente, mientras Layonnel auxiliaba a la pequeña.

-¡Es una ciudad antigua!- dijo Hilda señalando hacia el frente.

-¿Qué es todo esto?- dijo Layonnel.

Frente a él, las ruinas de una ciudad de la época romana lucían delante de ellos. Luca sorprendida, preguntó por qué la ciudad se encontraba en ese lugar. Hilda les explicó sobre la distorsión entre el tiempo y el espacio que había creado el Zafiro Estelar, muy probablemente, se encontraban en una especie de otra dimensión, alguna, que existió en su momento en la Tierra.

El lugar era sorprendente, se encontraban a varios miles de metros por debajo de la superficie, y el sitio, parecía estar incrustado dentro de una especie de burbuja. Las grandes columnas de piedra y mármol, vestían los alrededores, era toda una ciudad en completo abandono, mas curiosamente, había vegetación, muy similar a la que alguna vez existió en el planeta.

-¡Sin duda!, ¡estamos en otra dimensión!, este tipo de flores, ya no existen en la Tierra- dijo Hilda mientras acariciaba una rosa.

-Pero, ¿Qué hace un lugar como este, aquí?- preguntó Layonnel, mientras el medallón brillaba con intensidad.

-Tengo la sensación, de que aquí están los pergaminos perdidos. ¡Vayamos al templo que se ve en el fondo!- dijo Hilda.

Caminaron por las ruinas observando todo a su alrededor, era muy curiosa la manera en que se encontraba colocado cada uno de los objetos en ese lugar, perfectamente alineado e incluso, las columnas destruidas, estaban acomodadas formando una especie de armonía.

Al llegar a la entrada del templo, la tierra se estremeció y dos gigantes de piedra aparecieron frente a ellos.

-¿Quiénes son ustedes, y que es lo que hacen aquí?- preguntaron los gigantes.

-Yo soy... Hil....da- gritó la joven mientras el gigante la tomaba levantándola

-¡Oye!, ¿Qué te sucede?, ¡bájame!- gritaba la joven moviendo las piernas y los brazos.

-¿Qué es lo que están hacien....do?- dijo Layonnel y el otro gigante lo agarró con su mano del torso y lo levantó. Ambos gigantes dieron la vuelta y se llevaron presos a Hilda y a Layonnel.

-¡Corre Luca!, ¡corre!- le gritaron a la niña, más los gigantes no tenían interés en la pequeña, curiosamente, ella se quedó mirando cómo se los llevaban hacia el gran templo.

Los gigantes, al llegar a la entrada del templo, generaron una luz muy intensa y desaparecieron ante los ojos de Luca, junto con Hilda y Layonnel.

Un gran salón, revestido con figuras de mármol y objetos de oro, se presentó delante del par de jóvenes. Una gran cortina en color rojo colgaba del inmenso techo, hasta rozar el suelo.

La cortina se abrió, y una luz muy cálida apareció delante de ellos.

-¿Quiénes son ustedes y a que han venido hasta este sitio prohibido?- dijo la luz.

-¡Mi nombre es Layonnel, y ella es Hilda!, ¡hemos venido por órdenes del maestro Abdiel, para encontrar los pergaminos sagrados!- dijo Layonnel.

-¿Abdiel, dices?, ¡eso es imposible!- dijo la luz, lanzando un rayo hacia los jóvenes, el impacto los lanzó por los aires golpeando sus cuerpos contra las columnas.

Layonnel, con las rodillas y las palmas de las manos sobre el suelo, levantó la mirada hacia la luz y dijo.

-¿Qué es lo que quieres de nosotros?, ¿quién eres?- mencionó.

La luz, comenzó a materializar una silueta humana, vestido con una armadura, un arco y una flecha dorada.

-¡Mi nombre es Zagzaguel!, ¡soy uno de los asistentes del príncipe Sephirot!, ¡protector de las leyes divinas que residen en el sexto cielo!, y yo soy aquí, el que hace las preguntas. ¿A que han venido?, ¿Cómo es que llegaron hasta este lugar?, y ¿Qué es lo que pretenden?- dijo el ángel.

-¡Zagzaguel!, ¡Espera un momento, por favor!, déjame explicarte- dijo Hilda levantándose con el cuerpo adolorido.

-Mi nombre es Hilda Hamal, discípula del maestro Abdiel, uno de los ángeles encarnados, protector y vigilante de la humanidad. Estamos aquí, por su mandato. Nos envió a buscar el resto de los pergaminos perdidos, para poder unirlos y llevarlos hacia la humanidad de nuevo- dijo la joven.

-¿Hamal?, ¿o sea que tú eres una de las estrellas de Aries?, ¡mmm!, ¡interesante!, pero de nada te servirá tus mentiras, muchos demonios han querido aprovechar la distracción de la batalla, para conseguir las escrituras sagradas- dijo Zagzaguel levantando sus brazos y haciendo aparecer, cientos de cadáveres de demonios apilados por todo el salón.

La escena era terrorífica, las expresiones de esos cadáveres era de un miedo intenso, y su muerte parecía haber sido muy violenta.

-¿Tú los venciste?- preguntó Layonnel.

-¡No!, mi deber es proteger las escrituras, para eso tengo a mis sirvientes, las estatuas de los antiguos dioses griegos, que me sirven como soldados. Y bajo mi influencia, están las almas de todos aquellos romanos que traicionaron y dieron muerte al enviado divino, fueron perdonados por su ignorancia, a cambio de sus servicios eternos para el reino del sexto cielo- dijo Zagzaguel.

-¿Entonces, tú sabes dónde están los pergaminos sagrados?, ¿no es así?- dijo Layonnel.

El ángel, puso la mano sobre uno de sus costados, la introdujo entre la carne de su cuerpo y sacó un rollo dorado.

-¿Es esto lo que buscas?, ¡pues aquí están!, ¡y están en las manos que deben protegerlas!, si las quieres tendrás que mostrarme que eres digno de ellas- dijo Zagzaguel.

-¿Cómo deseas que te muestre, que lo que decimos es verdad?- preguntó Layonnel.

-Tendrán que luchar con mis gigantes, y demostrar que son dignos de tocar con sus manos, las escrituras. Si lo logran, permitiré que se las lleven. Pero debo advertirles algo. Llegado el momento, me mostrarán el camino en donde se encuentra su maestro Abdiel, si él es la persona que creo, entonces tendrá que responder por sus acciones ante los jueces celestiales- mencionó Zagzaguel.

-¿Qué pasará con la niña?, ¿la dejarás libre?- pregunto Hilda.

-¿Cuál niña?, ¿a qué te refieres?- preguntó con cara de sorpresa Zagzaguel.

-¡Luca!, la niña que nos acompañaba- mencionó Layonnel.

-¡No había ninguna niña cuando mis gigantes los tomaron!, ¡no se dé que me hablan!- dijo Zagzaguel.

Los jóvenes se voltearon a ver en señal de sorpresa, ¿sería posible que no la pudieran ver?, o tal vez, Luca había podido alejarse del alcance de los gigantes. Lo único que sabían, era que no tenían elección, arriesgarían sus vidas para obtener los pergaminos sagrados.

-¡Esta bien!, ¡aceptamos el reto!- dijo Layonnel.

Zagzaguel, levantó su mano izquierda emanando una luz muy intensa, ante los ojos de los jóvenes, aparecieron dos arcos con flechas y dos espadas, a su alrededor, doce gigantes de piedra, cada uno simbolizando uno de los antiguos dioses griegos.

-¡Que empiece el combate!- gritó Zagzaguel, y los gigantes comenzaron a golpear a los jóvenes, que corrían de un lado al otro para protegerse de los ataques.

Mientras tanto, en la superficie, en la costa de la ciudad del Este, se encontraba acostado en el piso, el cuerpo de Sephirot, y frente a él, con una actitud dominante y mirándolo fijamente, estaba Khronnos, sosteniendo una lanza con su mano derecha.

-¡Te queda poco tiempo!, ¡debes despertar antes de que esta lanza atraviese tu corazón!, ¡te creí más poderoso, Sephirot!, ¡ahora, acude a mi llamado!- gritó Khronnos, levantado la lanza y dirigiéndola hacia el pecho de Sephirot.

La punta de la lanza, estaba por tocarlo, cuando Sephirot, abrió los ojos y se rodó hacia el lado izquierdo para evitar el ataque. Se puso de pie, mirando fijamente a los ojos grises del rey del infierno le dijo.

-¡Ya no podrás seguir actuando a tu voluntad!, ¡No te lo permitiré!- grito Sephirot y sacó de su costado derecho, un cuerno el cual tomó entre sus dos manos y lo colocó en su boca.

-¡Buuuuummm, Buuummmmm, Buuuuummm! Sopló el artefacto, causando una gran ventisca que provocaba que todo lo que estaba cerca, volara por los aires, Khronnos enterró la lanza en el suelo sosteniéndolo de ella para no ser arrastrado por el viento.

De inmediato, el cielo se iluminó con brillantes orbes doradas que caían como gotas de agua en la superficie, la tierra se estremecía y una gran tormenta de granizo del tamaño de una pelota de ping pong, golpeaban con mucha fuerza al planeta.

El ejército de demonios, volaba por los cielos, formándose un gran huracán que los arrastraba hacia él. El aire provenía del resonar del cuerno, el llamado celestial a la guerra, por fin, se materializó. Las nubes negras de Khronnos, que cubrían toda la superficie terrestre, se transformaban en un tono blanco resplandeciente, miles de destellos brillaban en toda la galaxia, y como lluvia de estrellas, comenzaban su recorrido hasta cruzar la atmósfera.

Los mares desataban su furia contra la tierra, grandes terremotos cimbraban la superficie, cientos de volcanes emergían de las profundidades del suelo mientras el granizo azotaba fuertemente cada parte de la tierra. La gente angustiada, corría a refugiarse, el temor se hacía más grande y su esperanza se esfumaba al ver los recientes acontecimientos.

Khronnos, agarrado de su lanza, reía a carcajadas mientras observaba a millones de seres de luz, que se materializaban frente a él, detrás de Sephirot.

-¡Por fin!, ¡por fin lo has entendido!, cumpliste con tu función, le has traído la muerte a quienes trataste de proteger, y todo se debe, a tu propia mano, ¡jajajajajaja!- reía Khronnos.

Sephirot, al escucharlo, dejo de soplar el cuerno. Israfil, Jophiel, Camaél, Uriel y Zadkiel, aparecieron a un costado de él.

-¡Jajajajajaja!, ¡eso es!, ¡eso es!, ¡por fin!, ¡una batalla a la altura de mi gran poder! ¡Sí…, síiiiiiiiiiii!, ¡vengan a mí!- gritaba Khronnos.

-¿Convocaste a los generales?, ¡aquí estamos!- dijeron los cuatro arcángeles restantes.

-¡Parece que tardaron mucho en llegar!, ¿Qué no se suponía que estarían aquí, antes?- pregunto Israfil.

-¡Khronnos logró crear una barrera!, impidió la entrada a la Tierra, pero con el resonar del cuerno, su barrera perdió su poder- dijo Camaél.

Khronnos se regocijaba de placer al ver la gran cantidad de ángeles que se mostraban ante él y su ejército infernal, pero al notar que uno de los arcángeles faltaba, su felicidad se esfumó por completo, y mostró una expresión de repudio absoluto.

-¿Qué está pasando?, ¿Dónde está el general supremo de sus fuerzas?, ¿por quién me toman?- dijo Khronnos.

CAPÍTULO V

La tercera Batalla
La misión no esperada

El ejército celestial, estaba reunido por completo en la costa del este, alineados y esperando las ordenes de Sephirot. Mientras que frente a ellos, las legiones del infierno, también estaban esperando el momento en que su comandante, Sargatanás, diera la señal para el ataque.

-¿Qué pasa Khronnos?, ¡pareces no estar muy contento de volvernos a ver!- dijo Jophiel.

-¿Dónde está?, ¿Dónde demonios, está?- decía muy molesto.

-¿A quién te refieres?- preguntó Israfil.

-¡No te hagas el tonto!, ¡quiero saber!, ¿Dónde está el grandioso, majestuoso, y magnánimo señor protector de los humanos? ¡El que alguna vez, tuvo la osadía de vencerme!, el arcángel supremo, príncipe de todos los arcángeles, ¿Dónde está?, ¿acaso tiene miedo de mí?- decía Khronnos.

-¿Para qué lo necesitas?, ¡nos tienes a todos muy emocionados por patearte el trasero!, ¿o será que eres tú, quien nos teme?- dijo Zadkiel.

-¡Ustedes no son dignos rivales para mí!, ¡deseo luchar con quien se jacta de haberme vencido en el pasado!- dijo Khronnos, sacando su lanza del suelo y transformándola en una Hoz de media luna mirando hacia arriba, la agitó y los terremotos, así como los fuertes vientos, las grandes marejadas, y el granizo, se tranquilizaron quedando en completa calma.

-¡Ahora el ejército actuará de manera uniforme!, basta con que lo órdenes y todos te seguirán en un solo sentimiento. Comanda bien las fuerzas celestiales, mientras el general se presenta- le dijo Uriel a Sephirot.

De pronto, Khronnos volvió a agitar su Hoz, y congeló el tiempo por espacio de unos segundos, volteo a mirar a Sargatanás y le dijo.

-¡Esto, no es lo que esperaba!, te dotaré a ti y a Rofacale, Satanachia, Agallarept, Niberus y al Fleuretty, de mis más grandes poderes destructivos, se esparcirán por la faz de la Tierra y aniquilarán todo ser viviente sobre este mundo. Tráeme ante mi presencia al Gran General, y serás recompensado- dijo Khronnos invocando a sus demás duques infernales ante su presencia, inclinó la Hoz y la ensarto en cada uno de ellos, provocando que sus cuerpos tomaran un aspecto terrorífico, con las venas salidas por la piel, garras en lugar de uñas, y en la espalda, un par de alas negras de dragón, y los baño con la sangre que brotaba después de haberse infringido una cortada en su muñeca izquierda.

Sus vestiduras cambiaron a una armadura negra con siete cristales púrpuras en el pecho, y sus espadas, las transformó en largas Hoz, de un filo sobrenatural.

-¡Vayan y destruyan todo lo que este a su alcance!, ¡llenen de muerte y desolación este mundo!, por cada grupo de ángeles que lleven al infierno, les daré la oportunidad de continuar en mi gran reino y poblarán la Tierra, ¡harán lo que les plazca, a voluntad propia!, y cantarán el himno de la victoria- dijo Khronnos.

Agitó nuevamente su Hoz, y su figura se transformó en un destello cegador que iluminó todo el planeta.

El tiempo regreso a la normalidad, y Sargatanás dio la orden de envestir a los arcángeles. Sephirot, tomó su cuerno nuevamente, y lo hizo sonar, esa era la señal de ataque.

La batalla comenzó, los demonios se arrojaban con todo su odio hacia los cuerpos celestiales, tomaban su Hoz y cortaban a los ángeles que tenía por delante. En un inicio, éstos eran convertidos en piedra, ahora, al sentir el filo de las navajas infernales, sus cuerpos explotaban en destellos de luz. Los ángeles utilizaban arcos con las flechas doradas, y les eran otorgadas espadas hechas con millones de partículas de luz, que al tocar a los demonios, los desintegraban convirtiéndolos en cenizas.

El encuentro fue devastador, pasaron tres días en constante lucha, tres días en completa oscuridad, y al finalizar el tercer día, el cielo comenzaba a tornarse en un color gris oscuro.

Sephirot, montado en su caballo, reunía a sus fuerzas que se encontraban replegadas en los bosques de las tinieblas, más allá de la ciudad del Este. Los ejércitos comenzaron a dispersarse, y él sentía la necesidad de regresar a la ciudad.

-¡Maestro!, ¡tenemos noticias del ejercito del Este!, ¡nada ha quedado en pie!- dijo Uriel a Sephirot.

-¿Cómo dices?, ¿Qué sucedió con nuestra legión?- dijo Sephirot.

-¡Fue abatida por completo!, parece que una de las bestias, el dragón, los tomó por sorpresa. ¡No pudieron hacer nada!, toda la ciudad ha quedado en ruinas- dijo Uriel.

-¿Y los seres humanos?, ¿Qué fue de ellos?, ¿sus cuerpos deben continuar ahí?, ¿Khronnos quiere sus almas, no es así?- preguntó Sephirot.

-¡No!, ¡no quedó nada!, ¡fueron calcinados por el fuego infernal!- contestó muy penosamente Uriel.

-¡No entiendo!, los demonios, solo absorbían el alma de los humanos, ¿Qué es lo que está pensando Khronnos?- preguntó asombrado Sephirot.

-¡No es el alma de los humanos lo que Khronnos desea en realidad!, su verdadera intención es destruirlo todo por completo, ¡fue uno más de sus engaños!- dijo Israfil.

-¡Nooooooooo!, ¡eso no puede ser!, ¡él mismo dijo que venía a cobrarse con el alma de los hijos de Ádan y de Eva!- gritaba desesperado Sephirot.

-¡Una vez más, una vez más, Sephirot!, ¡nos ha engañado a todos!, y lo peor está por venir. ¡Debo decirte!, ¡con mucho pesar!, que fuiste manipulado para hacer sonar el cuerno del juicio final. ¡Eso es lo que realmente deseaba, el rey del infierno!- dijo Israfil.

-¿Qué estás diciendo?, ¡Claro que no fui manipulado!, ¡es lo que se debía hacer!, ¡no quedaba otra opción!- dijo Sephirot.

-¡Eso fue lo que te hizo pensar!, al sonar el cuerno, todo ángel está obligado a seguir el llamado. Abriste los portales en el universo y destruiste la supuesta barrera que Khronnos tenía encima de la Tierra, ¡date cuenta!, ¡lo fraguo todo desde un inicio!, al invocar el llamado celestial, hemos dejado al descubierto los reinos del cielo, ahora están vulnerables y sin la protección de sus guardianes. Si Khronnos se hace más fuerte, utilizará el espíritu de los ángeles caídos en batalla, para abrir el camino hacia el reino de los cielos. Su objetivo, no es reamente apoderarse de la Tierra, sino llegar al cielo a través de ella. ¡No es tu culpa!, ¡no te atormentes!, es solo que debemos actuar, como nos fue ordenado- dijo Israfil.

-¿A qué te refieres con eso?- preguntó Zadkiel.

-¡Este breve tiempo, que no estamos en plena batalla, tiene un significado!, ¡el mismo, que Khronnos sabe que tendremos que realizar!- dijo Israfil.

-¡Habla ya!, ¿a qué te refieres con eso?- dijo Uriel.

-¿Aun no se han dado cuenta?, ¿Por qué querría el señor del infierno, traernos a todos al juicio final?, ¿Cuál es nuestra misión, en este acontecimiento?- dijo Israfil.

-¡Proteger las almas de los humanos, para que no sean arrastradas al infierno!- dijo Jophiel.

-¡No!, ¡esa no es nuestra misión verdadera!- contestó Israfil.

-¡Y entonces!, ¿Cuál es, según tú?- dijo Sephirot.

-Todo esto, de la batalla, es solo una distracción. Khronnos elaboró su plan demasiado bien, ¿Qué no se dan cuenta?, mientras nos convoca a una guerra, nos ha manipulado para crear las condiciones perfectas para iniciar el juicio final. Se nos ha confundido con los jinetes del Apocalipsis, en muchas ocasiones, cuando en realidad, ellos ya empezaron a hacer su trabajo, y no nos hemos percatado de su presencia- mencionaba Israfil.

-¿Qué estás diciendo?, ¡eso no puede ser verdad!, ¿Por qué lo mencionas?- dijo Camael.

-¡Así es!, Israfil, tiene razón- dijo un caballero que apareció.

-¿Y tú quién eres, y porqué afirmas tal cosa?- preguntó Sephirot.

-Mi nombre es Azbogah, son el ángel de la vida eterna, que será entregada a los elegidos del Virtus Creator. Todos hemos sido engañados por el rey del infierno, él estuvo preparando durante milenios, la caída de los seres humanos, debo admitir, que su plan ha sido exitoso. Mientras la humanidad misma caía bajo la influencia de Khronnos, nosotros aguardábamos el momento de actuar, sin darnos cuenta, que orilló a los hijos de Ádan a propiciar el rompimiento de los sellos celestiales. Es por eso que me encuentro aquí, he sido convocado para recoger a los elegidos, cuando la batalla termine- dijo Azbogah.

-¿De qué está hablando?- preguntó Camaél.

-¡Justo es lo que trato de decirles!, Esta batalla no tiene ningún sentido, la está utilizando para llegar a los reinos celestiales, la humanidad ya estaba perdida desde el primer momento. Ellos abrieron los sellos, se dejaron seducir por las falsas promesas del infierno, permitieron oscurecer sus corazones y destruir su propia organización, su política, su diplomacia, y su economía. Después se abrió el segundo sello, y se mataron unos a otros. El tercero de ellos, fue cuando la hambruna arrasó con la humanidad después de la última guerra. El cuarto de ellos se abrió, cuando Sargatanás trajo a sus bestias, que por lo visto, ya habían estado en este mundo. El quinto se abrió con la llegada de Sephirot, cuando se convocó a la protección y juicio del cielo. Mientras que el sexto sello, se abrió en presencia del propio Khronnos, cuando sonó el gran cuerno y los terremotos azotaron la tierra, los volcanes hicieron erupción, el cielo se tornó oscuro y la luna roja.

Y ahora estamos aquí, seis de los arcángeles, esperando la llegada de nuestro general, y cuando éste aparezca, el séptimo y último sello, se abrirá- dijo Israfil agachando la cabeza.

-Lo que menciona Israfil, es verdad. Han actuado conforme a la voluntad del emperador del universo, y sin darse cuenta, están en medio de una batalla, que solo es una pantalla que aprovechará Khronnos para abatirlos, y así subyugarlos a su poder- dijo Azbogah.

-¡Noooooooo!, ¡me niego rotundamente, a creer eso!, ¿y entonces?, ¿Qué será de los humanos?- preguntó Sephirot.

-¡Ellos han elegido su destino!, perdieron la esperanza y han roto las leyes del cielo, se dejaron convencer por la oscuridad de sus corazones, y no hay otro camino, que la purificación de este planeta. Ante ello, nada podemos hacer, pero si podemos actuar en la lucha en la que nos ha metido Khronnos. Debemos evitar que consiga su propósito real- dijo Azbogah.

-¿Me estás diciendo que ya no hay nada que podamos hacer por los humanos?, ¿es eso lo que quieres decir?, ¿fui convocado a una batalla sin sentido?- preguntó Uriel.

-¡La batalla si tiene un sentido, Uriel!, y es la de no permitir que Khronnos encuentre el camino para llegar el reino de los cielos. Con respecto a los hijos de Adán y de Eva, no nos queda más que seguir las instrucciones de las leyes divinas- dijo Israfil.

-¡Es por eso que Zagzaguel, el ángel encargado de las leyes celestiales, está en este mundo!, existe una última posibilidad para los humanos, pero son ellos quienes deben tomar la decisión de aceptarla, nosotros no podemos intervenir- dijo Azbogah.

-¡Me siento traicionado!, ¡humillado y manipulado por ese ruin y molesto Khronnos!- decía Sephirot.

-¡Mucho cuidado con tus sentimientos, Sephirot!, ¡son los mismos que llevó a Khronnos a convertirse en lo que es ahora!, si esta es la voluntad de nuestro rey, así debemos afrontarla, no podemos dudar, ni caer en los trucos cobardes del rey del infierno- dijo Israfil.

-¡Tienes razón!, si no podemos hacer nada por los hijos de Adán y de Eva, entonces haremos lo nuestro, ¡defenderemos el reino de nuestro señor!- dijo Sephirot.

-¡Algo más!, Deben recordar las palabras de Mumiel, las que mencionó antes de desaparecer. Sólo con la palabra escrita con sangre, y repetida con la voz de los hijos de la carne, ellos se salvarán. Mientras tanto, ustedes solo deben destruir a los demonios y darle tiempo al discípulo de Abdiel, para que se haga de la sagrada escritura- dijo Azbogah.

-¿El discípulo de Abdiel?, ¿te refieres a nuestro Abdiel?, ¿el que hace milenios nos abandonó por cumplir su sueño de ser humano?- preguntó Zadkiel.

-¡Así es!, Abdiel, uno de nuestro serafines. Se hizo carne y ha tratado de guiar a los humanos por milenios, él se encuentra en este mundo tratando de juntar los fragmentos de las sagradas escrituras-mencionó Azbogah.

El día había llegado, pero la espesa niebla que cubría el planeta, no permitía ver la luz del sol, a lo lejos, solo se alcanzaba a ver la sombra de la luna, que parecía tener un tinte en color rojizo. Por unos instantes, todo parecía estar en calma, los ejércitos demoniacos se ocultaban entre las sombras aguardando el momento de atacar, mientras que los ángeles, también estaban dispersos, esperando la llegada de sus generales, quienes se habían puesto en marcha para reunirse con sus legiones. Patrullaban lo que quedaba de las ciudades, mientras que una cortina de humo caía lentamente sobre la Tierra.

-¿Qué es eso?- preguntó Israfil.

-¡Es una de las siete pestes que caerán sobre los humanos!- mencionó Zadkiel.

Israfil, veía como la gente que aún sobrevivía tras los ataques de los demonios, se retorcía al entrar en contacto con esta peste.

-¡No puedo continuar!, ¡lo siento!, ¡pero no puedo seguir!, ¡debo hacer algo!- dijo Israfil bajando de su caballo y acercándose a la gente.

-¡Israfiiiiiiillllllll!, ¡no puedes intervenir!, ¡Azbogah ya te lo dijo!- grito Sephirot.

-¡Lo siento!, ¡si he de ser enjuiciado por esto, entonces que así sea!, pero no dejaré a esta gente en el sufrimiento- dijo Israfil, extendiendo sus hermosas alas, que aparecieron al momento, llenas de preciosos destellos en color verde. Las agitó, cerró los ojos y pronunciaba cánticos celestiales, sus alas desprendían un polvo en color dorado, el prana divino que lo sanaba todo.

-¡Déjalo, Sephirot!, ¡es su decisión!, y ante eso no podemos hacer nada, continuemos con nuestra misión. Enviaré a la legión de Israfil para que lo auxilie- dijo Zadkiel.

Minuto a minuto, el panorama iba cambiando, respecto a la batalla. El verdadero motivo, ahora estaba claro, y por más que lo intentaran, el resultado sería el mismo. Debían detener la sucia ambición de Khronnos, e impedirle el acceso al reino de los cielos, que ahora, estaba a merced del señor de la Oscuridad, lacerando y destruyendo lo que tanto ha odiado, no solo a la humanidad, sino a todo aquel que estuviera cubierto por el manto sagrado del creador.

Israfil, el arcángel de la sanación, mostraba todo su poder al tratar de ayudar a los habitantes de la Tierra, mientras que los demonios se ocultaban celosamente entre las sombras y en los corazones incrédulos de los humanos.

-¡No teman!, ¡yo les ayudaré!- decía Israfil emanando una luz cálida y constante que provenía desde su propio corazón.

-¡Este es el amor más grande que ha mostrado nuestro rey!, ¡el rey del universo!, y yo debo mostrar compasión y lealtad, a quienes él eligió para gobernar este mundo- dijo en voz alta Israfil.

Una mujer, que estaba gravemente intoxicada por la peste, se retorcía del dolor en el suelo, pero al sentir el cálido espíritu de Israfil, sus dolencias comenzaron a cesar. Sentía una paz y un gran regocijo. Cuando de pronto, una luz púrpura se mostró delante de él. Del destello, comenzaron a salir unas alas negras que se iban moviendo provocando que la peste se esparciera rápidamente por el sitio.

-¿Quién está ahí?- preguntó el arcángel.

La luz se hacía más intensa, y un brazo sosteniendo una Hoz, salía de ella.

-¡Soy el comandante de las fuerzas de Khronnos!, ¡Sargatanás!, y he venido para luchar contra ti- dijo el demonio acercándose a la mujer, y tomándola por el cuello.

Los demonios comenzaron a aparecer alrededor de Sargatanás.

-¿Qué piensas hacer ahora, que estás solo?, ¡no eres tan valiente sin tus compañeros!- dijo Sargatanás.

-¡Noooooooooo!, ¡suéltaaaaame!- gritaba la mujer.

-¡Déjala ir!, ¡yo seré tu oponente!- dijo Israfil.

-Te propondré un trato, mi ejército ha llegado a la ciudad, te ofrezco la oportunidad de decidir, ¡la vida de esta mujer!, o ¡la vida de los demás ciudadanos!, ¡tú eliges!, ¿a quién quieres salvar?- dijo Sargatanás.

La legión de Israfil, estaba en las afueras de la ciudad, pero la peste, creaba una barrera impenetrable, dejándolo solo, frente al demonio y su ejército.

No soportaba la idea de que tuviera en sus manos la vida de la mujer, que al parecer, estaba esperando un hijo.

-¡Déjala te digo!, a quien quieres es a mí, ¡ven y enfréntame si puedes!- dijo Israfil.

-¡No cabe duda!, ¡mi señor tiene razón!, ustedes son tan predecibles, cuando de los humanos se trata. ¿Qué importancia tiene una vida, cuando puedes salvar a los demás?, ¡Tomaste tu decisión!

¡Demonios!, ¡ataquuuuueeeeennnnn!- gritó Sargatanás, aventando a la mujer hacia un lado tomando su Hoz y poniéndola en el cuello de Israfil.

-¡No me vencerás!, ¡no mientras en el corazón de los hijos de Adán, exista la esperanza!- dijo Israfil.

El arcángel estiro su brazo y apareció una espada dorada, golpeo en el rostro al demonio y comenzaron el enfrentamiento, mientras que el ejército demoniaco, perseguía a los habitantes.

-¡Te cortaré tus preciadas alas!, ¡y jamás podrás volver a tu hermoso paraíso!, ¡te llevaré conmigo al infierno!- dijo Sargatanás, moviendo rápidamente la Hoz hacia el ala derecha de Israfil. El dolor fue muy intenso, de inmediato, su ala se hizo polvo, podía sentir el rencor y odio que la Hoz le infringía. Siguieron luchando cuerpo a cuerpo, pero Sargatanás parecía hacerse más fuerte. Se detuvieron un momento, e Israfil, dejó caer su espada.

-¿Qué pasa, arcángel?, ¿ya te diste por vencido?- dijo Sargatanás.

-¡Jamás!, pero veo que las armas, no funcionarán contigo, así que no necesito la protección de esta espada. ¡Lo haré con mis propias manos!- grito Israfil y se impulsó hacia arriba de Sargatanás saltando, tomó sus alas con sus manos, y abrazó el cuello del demonio con sus piernas. El demonio se sentía asfixiado y soltó la hoz.

-¡Tú no eres digno de portar el instrumento para volar!, ¡así que te las arrancaré!- gritó furioso Israfil, y con toda su fuerza, apretó las alas negras del demonio jalándolas hacia atrás para desprenderlas.

-¡Ahhhhhhhh!- gritaba el demonio.

De pronto, se vio volar por el cielo, un par de alas negras que al caer al suelo se convirtieron el polvo. Un líquido brotaba a chorros en las heridas del demonio, de tonalidad morada, como si se tratara se sangre podrida, y despedía un olor asqueroso, el olor de la muerte.

El demonio se arrodilló sobre el suelo gimiendo del dolor. Israfil estaba parado detrás de él.

-¿Ese es todo tu poder?, ¡creí que uno de los sirvientes de Khronnos, sería más fuerte!- mencionó el arcángel.

De pronto, del lado izquierdo en el suelo, estaba la hoz de Sargatanás, éste, estiró lentamente sus dedos para alcanzarla, sin que Israfil se diera cuenta.

-¡Todavía no has terminado conmigo!, ¡te dije que te llevaría conmigo al infierno!- dijo y se paró de prisa, volteo rápidamente ensartándole la hoz en el abdomen.

-Pero, ¿Qué es esto?- dijo Israfil, mirando el filo de la Hoz que estaba atravesando su cuerpo. El dolor era muy intenso, los sentimientos con los que estaba forjada la navaja, no pertenecían a Sargatanás.

-¿Puedes sentirlo?, ¡el odio, rencor, ambición, avaricia, y la desesperanza!, ¡jajajaja! Esta lanza me fue concedida por el propio señor del Infierno, y está hecha de los sentimientos de los seres humanos. ¡No podrás seguir combatiendo!, ¡son ellos los que te causan este gran dolor, insoportable!

¡No te preocupes!, ¡no terminaré contigo!, dejaré que los sentimientos oscuros de quienes tanto proteges, lo hagan- dijo sacando la lanza y caminando hacia el lado contrario de donde estaba el arcángel.

-¡Ahh!, ¡que dolor!- decía Israfil apretándose la herida, una, que ni él mismo se podía sanar.

La mujer se acercó y tiernamente le acaricio el rostro, se hincó ante él, y con una mirada de admiración le dijo.

-Tú, fuiste destinado a un futuro mejor que todo esto, ¿Por qué sigues ayudándonos?, ¿por qué?, si sabes que nuestro destino, ya fue escrito. ¡No tienes que hacer esto!, ¿lo sabes, verdad?, ¿Qué te hemos dado nosotros, para que nos defiendas con tanto fervor?, ¡dime!, ¿por qué continuas haciéndolo?, ¡si tu mueres, no habrá más esperanza en nuestros corazones! Eres la luz, que nos ilumina y nos llena de amor. Pero dime algo, ¿tú has sentido el amor?- dijo la mujer sentándose en el suelo y abrazando firmemente las piernas del arcángel.

Los ojos de Israfil se llenaron de lágrimas al escuchar las palabras de aquella mujer.

-Tengo el amor que necesito, no deseo ningún otro- contestó Israfil.

-¿Es eso cierto?, ¿acaso nunca has estado en brazos de una mujer?, una que te diga al oído lo mucho que te ama, y que desea permanecer el resto de sus días a tu lado. Contéstame, ¿Qué es ese amor, que dices que tienes?, ¿es acaso uno parecido al que te menciono?- decía la mujer.

-¡No!, ¡no es como el que mencionas!, es uno muy diferente. Uno que nos hace sentirnos necesarios para todo lo existente, es cuando nuestras fuerzas son empleadas para proteger lo que nos fue encomendado- mencionó Israfil.

-¿Proteger lo que te ha sido encomendado?, ¿no puedes elegir a quien o a que amar?, ¡qué tristeza me da escuchar esas palabras! Un ser tan maravilloso, y a la vez tan vació. ¿No te gustaría, vivir una vida humana, al lado de la persona a la que amas?, ¿despertarte cada día, al lado de tu ser amado?, ¿sentir el calor de sus besos y de sus tiernas palabras?, ¿acaso no quieres sentir lo que es el verdadero amor?- dijo la mujer poniéndose de pie, tomó las mejillas de Israfil con las palmas de sus manos y lo miró fijamente a los ojos.

-¡Eso es algo, para lo que no fui creado!, mi función es otra, ¡yo no soy humano!, y por eso, no tengo derecho a vivir esos sentimientos de los que hablas- dijo Israfil, soltando lágrimas por sus ojos.

-¡Si vas a continuar en esta batalla, y todo desaparecerá!, ¡déjame mostrarte el último aliento de la humanidad!, ¡permíteme mostrarte el amor!- dijo la mujer acercando sus labios a los de Israfil.

El arcángel, cerró los ojos. Sus pensamientos se turbaron, y un gran deseo brotó de su corazón, anhelaba con todas sus fuerzas, vivir aunque sea un poco, de la gran dicha que tenían los hijos de Adán, al poder sentir ese amor que tanto mencionaba la mujer.

La mujer, lo besó, y el arcángel le respondió. Era la sensación más extraordinaria que había sentido. Su voluntad se desquebrajó y comenzó a besar a la mujer apasionadamente, no podía resistirse a los impulsos que generaban las maravillosas sensaciones que experimentaba.

-¡Ven conmigo, tan solo unos minutos!, permíteme agradecerte la ayuda que nos brindaste, déjame corresponderte- dijo la mujer, tomando de la mano al herido arcángel y llevándolo a la entrada de un edificio en ruinas que estaba cerca.

Confundido y extasiado, el arcángel se despojó de sus ropas y tomó a la mujer en sus brazos.

Al paso de varios minutos, los cuerpos desnudos de ambos, yacían acostados en el suelo, cubiertos por una cortina de polvo verde. La mujer acariciaba con ternura el rostro del arcángel, cuando de pronto, su cara comenzó a transformarse, una luz púrpura brotaba de él. La mujer se paró y su cuerpo se transformó en una sombra.

-¡Jajajajaja!, ¡no eres más que otro simple peón insignificante, Israfil!- se escuchó una voz masculina.

-¿Qué?, ¿Quién eres tú?- dijo sorprendido levantándose.

-¡Jajajajaja!, ¡te he vuelto a engañar!, ¡y ahora, tu espíritu vagará eternamente en mi reino!, ¡traicionaste a tu rey!- dijo la voz cobrando forma.

Las alas de Israfil se desquebrajaron, y su cuerpo se cubrió de millones de espinas.

-¿Qué es lo que estás diciendo?- dijo angustiado Israfil.

-¡Ahora eres mi prisionero!, ¡estarás en mi infierno por siempre!, tus alas, ahora son mías- dijo la sombra.

-¡Khronnos!, ¿Cómo he sido tan estúpido?, ¡noooooooooooooo!- gritó Israfil.

La habitación se llenó de una bruma negra que envolvía el cuerpo de Israfil.

-Tu pasión por la humanidad, fue tu perdición. Está claro que le tienen envidia a la creación perfecta de tu señor. Fue tal tu deseo de ser como los humanos, que caíste en mi trampa. ¡Jajajaja!, ahora, ¡piérdete en la oscuridad!- gritó Khronnos y alzo su mano hacia el cielo, la bruma cubrió por completo a Israfil, y desapareció junto con él.

Khronnos, mando llamar a Sargatanás.

-¡Me llamó, mi señor!- dijo el demonio.

-¡Hiciste bien tu trabajo!, ¡te felicito!, pero por poco y no logras nuestro objetivo, ¡es imperdonable que haya tenido que actuar por mi propia cuenta!, ¡Mírate!, despreciaste el poder que te concedí. ¡Debías destruirlo!, y tan solo le cáusate una herida, mientras que él destruyó las hermosas alas que te di.

¡Ya no me eres útil!, ¡volverás al infierno y pagarás por tu incompetencia!, ¡te condeno al castigo eterno de la soledad!, ¡vagaras eternamente cargando gigantescas y pesadas rocas hasta que te cuerpo se despedace, una y otra vez!- dijo Khronnos.

-¡Noooo!, ¡no mi señor!, ¡deme otra oportunidad!- gritaba Sargatanás.

Khronnos hizo aparecer su gran Hoz, la dirigió hacia el demonio, y lanzó un destello haciéndolo desaparecer.

-¡Rofacaleeeeeeee! ¡Ven a mi presencia!- gritó Khronnos.

Un caballero vestido con armadura negra, de gran altura apareció ante el rey del infierno.

-¡A sus servicios, mi señor!- dijo el demonio.

-Ocuparás el cargo de Sargatanás, llevarás al ejército a la siguiente ciudad. ¡Busca al siguiente arcángel y tráelo ante mí!, con un arcángel en mi poder, la fuerza de los demás se vendrá abajo. ¡Ve!, ¡busca el deseo más profundo de su corazón y ocúpalo a tu favor!- dijo Khronnos y desapareció.

Mientras tanto, los cinco arcángeles llegaban a la costa del este.

-¿No les parece extraño?, ¡se supone que estamos en medio de una batalla!, ¿Dónde estarán todos?- dijo Uriel.

-Tengo la sensación que somos observados, nuestro ejército está peleando en el bosque de las tinieblas, en el norte, oeste y sur del continente. Pero cuando nos movimos de este lugar, aún estaban peleando, ¿Qué habrá pasado con ellos?- preguntó Sephirot.

-¡Aquí es donde estaba la legión de Israfil!, ¿no es así?- preguntó Camaél.

-¡Sí!, ¿Por qué preguntas?- dijo Sephirot.

-¡Mira a tu derecha!- dijo Camaél.

-¿Qué es eso?- dijo Sephirot bajando de su caballo.

Miles de ángeles se encontraban en el fondo de un valle, cubiertos en su totalidad por una especie de lodo.

-Me temo que nuestro hermano Israfil, ha sido derrotado, los espíritus de su legión han sido atrapados por las fuerzas de las tinieblas. Debo ir al norte, defenderé ese punto hasta la llegada del general- dijo Camaél jalando las riendas de su caballo y marchando hacia la ciudad del Norte.

-¿Será posible? ¿Israfil cayó en la oscuridad?, ¡no puede ser!, ¡Él mismo me advirtió de los trucos de Khronnos!- decía Sephirot.

-¡No emitas un juicio sin saber lo que pasó!, ¡recuerda que esa no es nuestra misión!, ¡pase lo que pase, debemos continuar!- dijo Jophiel.

-Es momento de separarnos, nos repartiremos el continente, y nos volveremos a encontrar cuando sea el momento de abrir el último sello- dijo Zadkiel.

A Sephirot lo invadió un sentimiento de dolor y de tristeza, Uriel volteo a mirarlo y le dijo.

-Estando en este mundo, somos vulnerables a los sentimientos humanos, ¡no permitas que éstos te envuelvan!, ¡deshazte de ellos y se firme!, o terminarás como Israfil. ¡Esa!, ¡es la mayor arma de Khronnos!, ¡no lo olvides!- dijo y tomó su caballo dirigiéndose hacia el sur.

-También yo debo partir, me dirigiré al centro, y ahí reuniré nuestras fuerzas hasta volvernos a encontrar- dijo Zadkiel.

-¡Nuestra misión!, ¿es eso todo, no existe nada más?- pensaba en voz alta Sephirot.

Al irse los demás arcángeles, la legión de Sephirot aparecía detrás de él. Se iban formando creando líneas de batalla, esperando la aparición de los demonios, que se encontraban ocultos en el lugar.

Zadkiel llegó al centro, todo se encontraba cubierto de polvo, y parecía que no había nadie en las cercanías, el silencio que envolvía la ciudad, era muy sospechoso. Recorría en su caballo las calles de la cuidad, cuando por detrás de él, se arrastraba una gran masa alargada. De pronto, alcanzó a ver a algunos habitantes, ocultos bajo los escombros de la ciudad. Uno de ellos, al ver al arcángel, salió corriendo hacia él.

-¿Es usted el enviado del cielo?, ¡lo hemos estado esperando!, la gente que sobrevivió en la ciudad del Este, ¡está refugiada con nosotros!, no hemos podido salir de nuestros escondites, la gente tiene hambre, frio y mucho miedo. Una gran serpiente, nos acecha. Devora todo lo que esté a su alcance. Y luego aparecen esas sombras con alas negras, ponen sus sucias manos sobre nuestros cuerpos, para extraer sus almas. ¡Ayúdenos señor!, ¡ayúdenos por favor!- decía llorando el hombre.

-¿Cuánto tiempo llevan en estas condiciones?- preguntó Zadkiel.

-¡Desde que apareció el destello en la costa del Este!, ¡no hemos visto la luz del sol en días!, ¡no tenemos nada que comer!, ¿viene a ayudarnos?- dijo el hombre.

Zadkiel se acercó hacia donde estaban ocultos algunos de los habitantes, bajo de su caballo, y se metió bajo los escombros.

-¡No teman!, ¡no les haré daño!, necesitan cambiar su actitud, hay una esperanza, y debemos esperar a que ésta llegue a nuestras manos, unámonos en oración y estaremos bien- dijo Zadkiel animando a la gente a formar un circulo, sentándose él en el centro, tomaron sus manos temblorosas y comenzaron a orar.

De pronto, el corcel del arcángel, fue envestido por la gran serpiente y tragado vivo. La gente observaba por una pequeña ranura, y el miedo se apoderaba de ellos.

-¡Señor!, ¡su caballo, señor!- decía un hombre.

-¡No debemos temer!, ¡quien muere en la misión sagrada, vivirá en el reino de los cielos!- decía Zadkiel.

El arcángel extendió sus alas emitiendo un poderoso humo color violeta, que llenaba por completo la habitación, las personas comenzaron a relajarse, olvidar sus penas y sus temores. La energía era tan relajante, que muchas de ellas, cayeron dormidas ante el majestuoso poder del arcángel.

-¡Señor, señor!, ¡mi madre no despierta!- gritaba un pequeño.

-¡No debes temer, pequeño!, ¡ha caído en el sueño eterno, su alma está en paz y ahora puede ir al reino de los cielos!- dijo Zadkiel.

-¿Nos está tratando de ayudar?, ¿o también viene por nuestras almas?- dijo un hombre.

-¡Mi misión, es de guiar a las almas que están listas para partir!, ¡yo no vengo a robarlas!, solo las encamino hacia el reino de nuestro señor, quien es quien las llama ante su presencia- dijo Zadkiel.

La gente al escuchar esto, se paró de inmediato y mostraron desconfianza.

-¡No!, ¡es uno de los demonios!, ¡no le crean!- gritaban empujándolo hacia la salida.

-¡No es verdad!, ¡yo vengo a protegerlos!- decía Zadkiel.

Lo sacaron del escondite, cuando de pronto, escuchó un cascabel que sonaba cerca de él. A su espalda, la sombra de una gigantesca serpiente apareció, seguida de cientos de demonios vestidos con sus armaduras.

-¡Así que tú eres el arcángel de la trasmutación!- dijo el comandante del ejército infernal.

-¿Tú quién eres?- preguntó Zadkiel.

-¡Yo soy Rofacale, uno de los duques del infierno!, y vine por tu cabeza- dijo el demonio

La gente angustiada al notar que la serpiente se encontraba cerca de ellos, gritaba y se escondía.

-¡Gente de esta ciudad!, ¡miren con atención!, este individuo que se hace llamar, enviado del cielo, solo ha traído la destrucción, el miedo y la agonía para todos ustedes. Desde que llegaron, aparecieron estas bestias, el hambre y los desastres invadieron su ciudad.

Yo he venido a salvarlos, únanse a mí, y yo los defenderé del escabroso destino al que los están orillando.

Y para muestra, les daré lo que más necesitan- gritaba Rofacale.

En seguida la serpiente hizo su aparición y se mostró delante del arcángel, el demonio sacó su espada y brincó hasta la cabeza del animal, la clavo justo en el centro, haciendo retorcer del dolor a la bestia, hasta que cayó en el suelo. Rofacale, volvió a tomar su espada y recorrió todo el cuerpo de la serpiente, cortándola a lo largo.

-¡Aquí tienen!, ¡No solo he matado a la bestia!, sino que también, está llena de carne, ¡vengan y aliméntense! ¡Yo les he dado la comida que tanto necesitan!, y no vengo con promesas falsas que no puedo cumplir. ¡Únanse a mí!, ¡vengan!- gritaba el demonio.

La gente, al ver la carne de la serpiente, corrió de sus escondites y se abalanzaron sobre el cadáver del animal, utilizando sus uñas para arrancar los pedazos.

-¿Y tú que les puedes ofrecer?, ¡esta gente está hambrienta, llena de desesperación!, y tú solo vienes aquí a causarles más dolor. ¿Qué clase de arcángel eres?- dijo Rofacale.

-¿Un demonio, con sentimientos?, ¡eso sí que es una sorpresa! Pero a mí no me engañas, como lo hiciste con esta gente. Tú lo que quieres, es que se unan a ti, para así poder tomar sus almas sin ningún remordimiento. ¡Qué extraño proceder!, ¡de verdad muy extraño!, digno de admirarse de un demonio- mencionó Zadkiel.

-¡No eres rival para un duque del infierno! –dijo señalando hacia el arcángel.

-¡Mis queridos humanos!, él es quien les ha traído esta desesperación que atormenta sus corazones, él se ha llevado a sus seres queridos, es el responsable de todo su sufrimiento, ¡vayan por él y destrúyanlo!- gritó el demonio, y la gente dejó de comerse los pedazos de la serpiente, con los ojos llenos de lágrimas y sus corazones llenos de rencor, se levantaron tomando palos y piedras para golpear al arcángel.

-¡Sí!, ¡tiene razón!, desde que llegaron, solo han traído la desdicha a nuestra tierra, ¡Mátenlo!- grito un hombre.

La gente comenzó a agruparse frente a Zadkiel, formando un círculo, comenzaron arrojándole piedras para después golpearlo con astillas, palos, y pedazos de varillas de los escombros. Zadkiel intentaba convencerlos de su error, pero el rencor de sus corazones, era demasiado grande para poder hacerlos entender.

El arcángel estiró sus alas y levantó una plegaria al ciclo, emanó un humo en color violeta que cubrió por completo toda la ciudad. Por un momento los habitantes, se quedaron inmóviles, sintiendo una gran paz y tranquilidad, sin embargo, de entre las siluetas de la gente, una sombra se acercó y con una espada cruzándole el abdomen al arcángel.

-¡No te servirá de nada!- dijo Rofacale.

-¡Yo!, ¡yo tengo esperanza!- dijo Zadkiel sintiendo un profundo dolor causado por la espada diabólica.

-¡Quiere engañarlos!, ¡no se lo permitan!- gritó el demonio, y la gente continuo atacando al arcángel.

-¿Qué se siente derramar tu sangre, por las propias manos de quien tanto amas?- le decía el demonio.

-¡Derramaría hasta mi última gota, si fuera necesario, con tal de que encuentren la luz!- dijo el arcángel estando en cuclillas.

Los habitantes no daban tregua, y al ver al arcángel en el suelo, comenzaron a arrancarle las plumas formadas por destellos de luz, una a una. La sangre de Zadkiel manchaba el suelo, mientras que él lloraba de la impotencia de no poder salvar las almas de sus amados hijos de Adán.

-¡Basssssstttttttttaaaaaa!- grito un niño.

-¡Es suficiente!, ¡ya déjenlo en paz!- gritaba el niño, mientras que todos se asombraban.

La legión de Zadkiel, estaba presente, sacaron sus espadas y comenzaron a luchar contra los demonios a nombre de su maestro.

El niño se acercó llorando, al ver al ángel cubierto de sangre, lo miró con su pequeña carita a los ojos, y le acarició el rostro.

-¿Por qué lo haces?, ¡ni siquiera saben lo que están haciendo!, ¿Por qué sigues defendiéndolos?, ¡ellos ya le entregaron su alma al demonio!, ¡no sigas por favor!, ¡ya no!, ¡no puedo ver cómo te lastiman!, ¡y tu sin hacer nada al respecto!- dijo el niño con lágrimas en sus ojos.

-¡Yo!... ¡yo debo continuar!, ¡no puedo permitir que sus almas se pierdan en la oscuridad!, si uno de ellos, puede ver la luz, cumpliré mi misión- decía el arcángel.

-¿Entregar tu vida, por quienes jamás han hecho nada por ti?, ¿sacrificarte a cambio de qué?, ¡no están siendo justos, ni razonables!, ¡huye, vete lo más lejos de aquí!, ¡no permitas que te sigan lastimando!- decía el pequeño.

-¡No!, ¡no puedo huir!, si en mi destino está que debo morir, a cambio de que sus almas sean purificadas, ¡así lo haré!- contestó Zadkiel.

-Si tu mueres, ¿quién nos protegerá de estos demonios?, tú eres la única esperanza. ¿Qué será de nosotros?- decía el niño.

-¡No te preocupes!, ¡te perdono por lo que vas a hacer!, sé que no eres tú el que realmente comete este pecado, estas siendo manipulado- dijo Zadkiel abrazando al pequeño.

-Entonces, ¡muere!- dijo el niño enterrándole una daga en el corazón al arcángel.

-¡Nooooooooo!, ¡no lo permitiré!- grito Zadkiel levantándose y estirando sus heridas y maltratadas alas, invocando una lluvia de estrellas y una gran peste que brotaba del humo de sus alas.

El niño salió disparado por los cielos, y la gente al ver esto, remitió con odio y coraje contra el arcángel.

El ejercito de Zadkiel, era determinado y no dudaba en atacar a quien se le pusiera frente a ellos, fuera un demonio, o un humano. La peste cubrió por completo la ciudad, y la mayoría de los ciudadanos, cayeron en el sueño eterno.

-Pero, ¿Cómo?, ¿Qué has hecho?, ¿Cómo te atreviste a aniquilar a los humanos?, ¿pero de que estás hecho?- dijo con sorpresa Rofacale.

El herido ángel, levantó la mirada hacia el cielo, y soltando una lágrima respondió.

-¡Padre!, tu obra está cumplida. Te envío las almas perdidas de esta gente, para que tú, con tu misericordia las recibas en tu reino, y las purifiques del sello de Khronnos.

-¿Qué es lo que estás diciendo?- decía Rofacale.

Zadkiel, bajo la mirada y frunció el ceño, introdujo su mano en uno de sus costados, penetrando su cuerpo, se arrancó una costilla, y con los ojos llenos de determinación, se aventó contra el cuerpo de Rofacale.

-¡Ahora conocerás el verdadero poder de los príncipes del cielo!, llevarás en tus entrañas mi costilla de luz, que iluminará tu corazón y te alejará de las sombras- dijo Zadkiel enterrando su costilla en la fuerte coraza de la armadura de Rofacale.

El demonio, lo empujo, y con su espada cortó la mano derecha del arcángel.

-Pero, ¿qué?, ¿Qué me está sucediendo?- gritaba el demonio, su cuerpo comenzaba a despedazarse, su corazón se iluminaba de una luz violeta, mientras su cara se desfiguraba. Unos cuernos comenzaron a salirle por la frente, su boca se transformaba en un hocico con dientes afilados, y su cuerpo comenzaba a sufrir modificaciones.

-¡No te dejaré libre!- gritaba el demonio cambiando el tono de voz.

-¡Manifiesta tu verdadera forma, Khronnos!- gritaba Zadkiel, hincado sombre el suelo.

-¡Te arrepentirás!- grito el demonio que se había transformado en un dragón negro.

Los ángeles abatieron a los demonios, y los pocos que quedaban, salieron huyendo del lugar, una bruma espesa y de color negro, salía del cuerpo de Rofacale con rapidez y cubría la zona.

Zadkiel, herido, cansado y con un intenso dolor causado por sus heridas, se puso de nuevo de pie, y movió sus rotas y lastimadas alas hacia el frente a manera de proteger su cuerpo. Su legión se formó detrás de él, y comenzaron a cantar, sosteniendo un arco y una flecha dorada, apuntando al demonio.

-¿Crees que puedes vencerme?, ¡no seas estúpido!, ¡soy uno de los más poderosos reyes del infierno!, soy uno de los miles de brazos del señor de las tinieblas, y él, será tu nuevo rey- dijo el demonio bufando, solo se veían unos ojos rojos en la espesa bruma.

La respiración del arcángel, era agitada, observaba lado a lado en espera del ataque del demonio, que se ocultaba tras la espesa bruma, los ángeles cantaban una oración que hacía eco, retumbando en cada rincón de la ciudad.

De pronto de entre la bruma, apareció el brazo retorcido y putrefacto del demonio, sosteniendo del cuello al niño que se la había acercado al arcángel, clavando sus garras en la piel del pequeño.

-¡Déjame!, ¡déjame!- gritaba el pequeño.

-¡Dime, Zadkiel!, dijiste que con tan solo una persona que viera tu luz, cumplirías tu misión, ¿será acaso este pequeño?- decía el demonio.

El arcángel se sintió atrapado, sabía que el pequeño fue manipulado por Khronnos para atacarlo, la inocencia se veía en sus ojos, era un alma pura y la única esperanza de un mundo futuro.

-¿Vas a atacarlo, como lo hiciste con los demás?- dijo el demonio.

-¡Eres un cobarde!, ¡déjalo libre!, ¡ese niño no tiene nada que ver con nuestra batalla!- dijo Zadkiel.

-¿Qué no tiene nada que ver?, ¡lo tiene todo!, si tú no me atacas, ¡le romperé el cuello!, y entonces, tu misión habrá fallado.

¡Vamos!, ¿Qué pasa?, ¿acaso me tienes miedo?- decía el demonio acercando su horrible rostro y sacando la lengua saboreando la mejilla del pequeño.

Los ángeles apuntaron hacia el demonio, y lanzaron una fila de flechas.

-¡Nooooooooo!, ¡esperen!, ¡pueden matar al niño!- gritó Zadkiel.

Varias flechas se incrustaron en el cuerpo del demonio, pero ninguna de manera letal.

-¡Eres demasiado débil, arcángel!, ¡por eso jamás ninguno de ustedes ha podido superar el poder de mi señor!- dijo el demonio.

-¡Dile que me suelte!- gritaba el pequeño.

-¿Qué es lo que quieres a cambio de su vida?- preguntó el arcángel.

-¡Mmmm!, ¡interesante propuesta!, ¿Qué estarías dispuesto a darme a cambio?- dijo el demonio.

-¡Te daré la mía, a cambio de la suya!, ¡pero debes dejarlo en libertad!- dijo el arcángel.

-Sabes que de hacerlo, te unirás al otro arcángel, y caerás en los dominios de mi señor. Y yo continuaré haciendo lo que me fue solicitado. ¿Estás seguro que entregarás tu vida, por una sola, de las muchas que aun te falta por salvar?- dijo el demonio.

-¡Arráncale el corazón!- escuchó Zadkiel en su mente.

Al escuchar estas palabras, el arcángel sintió confusión, y una gran ira hacia el demonio, su corazón palpitaba con rapidez, y su enojo aumentaba cada vez más.

-¿Qué estas esperando?, ¡quiero una respuesta!- dijo el demonio.

-¡Ahhhhhhhhhhhhh!- gritó el arcángel y se arrojó contra el demonio introduciendo su única mano en el hocico de la bestia, agarró la lengua y la arrancó, el demonio soltó al niño, mientras que el arcángel luchaba ferozmente.

El demonio estaba siendo despedazado por el arcángel, que poco a poco se convertía en la misma bestia a la cual estaba enfrentando.

-¡Jajajajaja!, ¡de una u otra forma, hemos ganado!- decía el demonio.

Cuando Zadkiel, miro, sus brazos, éstos se habían transformado en los de un dragón, con manos y garras negras, volteo a mirar a su legión, y vio una flecha dorada que venía directo hacia su frente.

Los propios ángeles atacaron a quien había dejado de ser su maestro, y sin pensarlo, había caído en los trucos de Khronnos, permitió que su ira y odio lo cegara, y se transformó en lo que tanto odiaba en ese momento.

Al caer el cuerpo de Zadkiel, un gran destello cegador, apareció. Los ángeles se quedaron inmóviles, y la luz fue concentrándose en el centro, formando la figura de un cuerpo humano.

-¡Lo hiciste muy bien, mi fiel sirviente!, ¡muy bien!- dijo Khronnos.

-¡Hemos vencido al segundo de los arcángeles!, pero estuviste a punto de echar a perder todo, ¡cómo se te ocurre hacer tales propuestas sin mi autorización! Si este arcángel, hubiera decidido dar su vida por el niño, ¡hubieras perdido la batalla! ¡Te castigaré por tu pecado!- dijo Khronnos poniendo su mano frente al demonio y emitió una luz púrpura haciéndolo desaparecer.

El niño seguía en el lugar, estaba escondido bajo una piedra, mirando lo que sucedía.

Khronnos dio la vuelta, y con un rostro hermoso y lleno de dulzura se acercó.

-¡Ven pequeño, ven!, ¡estás a salvo!, ¡no tienes nada que temer!, ¡yo te cuidaré!, ¡no dejare que nadie te haga daño!- dijo Khronnos, extendiendo su mano hacia el pequeño.

Su mano, era muy hermosa y brillante, tenía la piel más sedosa y suave. El niño lo miró, y vio tanta ternura en su rostro, que accedió a salir de su escondite y tomar la mano del rey del infierno.

Los ángeles comenzaron a dispararle a Khronnos, pero cada una de sus flechas, se hacía polvo al tocar sus vestimentas.

-¿Ves, mi pequeño?, ¡nos atacan!, sin saber que nosotros solo queremos que esta guerra termine. ¡Yo solo quiero la paz, y un mundo mejor!- le decía Khronnos protegiendo al niño con su cuerpo.

-¡Deténganse traidores!, ¡les ordeno que bajen sus armas!, muestren respeto al nuevo rey de este mundo- dijo Khronnos poniendo al pequeño delante de él y sosteniéndolo por los hombros.

Los ángeles al ver al niño frente al cuerpo del rey del infierno, bajaron sus armas.

-¿Quieren proteger a esta pequeña semilla sin culpa?, ¡entonces les daré la oportunidad de hacerlo!, ¡solo deben jurarle lealtad a este pequeño, y dejaré que sean sus fieles sirvientes!- mencionó Khronnos.

La legión sabía que el niño era un pobre inocente que estaba bajo la influencia de las circunstancias, no podían actuar contra una semilla pura de un hijo de Adán.

Los ojos de los ángeles se llenaron de lágrimas, y se hincaron frente al pequeño, poniendo sus arcos a un lado en el piso.

-¡Así está mejor!, ¡ya ven lo sencillo que es todo esto!, ¡no entiendo porque la violencia!

¡Ven hijo mío, yo te haré el rey más poderoso de todo el universo!, ¡a mi lado nada debes temer!, ¡yo siempre te protegeré contra los que se levanten en tu contra!- mencionó Khronnos, tomando al pequeño con su mano izquierda, y levantando la derecha en dirección a la legión de Zadkiel.

-¡Yo les otorgo el perdón, por levantarse contra los hijos de Adán!, y a cambio, ¡sus vidas serán mías!, protegerán a este niño, por toda la eternidad, y su voluntad, será la única ley que encaminará sus pasos de ahora en adelante- dijo Khronnos.

Lanzó un rayo de luz púrpura, hacia la legión, y las alas de éstos, comenzaron a desintegrarse, sus armaduras doradas, se hacían polvo, y en su lugar, aparecían unas en color gris y negro. Khronnos, tomó uno de los pequeños dedos del niño, y lo pinchó con una de sus uñas, tomó la gota de sangre y agitó su mano, lanzándola por el aire. La gota de sangre se transformó en una lluvia que cubrió a toda la legión, sellando así, el pacto de su traición hacia el cielo.

Khronnos tomo al pequeño y lo besó en la mejilla, lo cargó y envolvió en su túnica mirando a la legión.

-¡Miren bien al heredero del infierno!, ¡su nuevo rey!, bajo la carne y la sangre del hijo de Adán, haré que este pequeño me ame y me lleve en el fondo de su corazón, ¡yo seré su padre!, y el mundo verá a un príncipe de carne, levantarse para gobernar el mundo de los mortales- dijo Khronnos emitiendo un destello muy intenso, su cuerpo y el del pequeño, se desvanecían en la luz, mientras que la legión se iba ocultando entre las sombras.

Mientras tanto, en un lugar de la Tierra, en un palacio oculto, Layonnel luchaba contra los gigantes de piedra de Zagzaguel, Hilda, su compañera, estaba en el piso golpeada y muy cansada.

-¡Será imposible!, ¡cada vez que derrotamos a uno, aparece otro!, ¡esto será un cuento de nunca acabar!- decía la joven.

-¡No me iré de aquí sin las escrituras!- gritaba Layonnel corriendo con una espada hacia un gigante.

-¡Veo que tienes las agallas y la fuerza para enfrentarte a mis súbitos!, ¡pero eso no es suficiente!, ¡debes demostrarme que eres capaz de sobrepasar tu propia voluntad!- gritaba a lo lejos el ángel.

-¡Arrrrrrrggggg!, ¡no importa cómo!, ¡pero lo conseguiré!- decía Layonnel cuando fue envestido por una mano gigantesca y golpeado en la cara.

-¡Ya me hartaste!, ¡serás un ángel, pero nos estás haciendo perder demasiado tiempo!- gritó Hilda, tomó la espada que tenía en el suelo, y corrió directo hacia Zagzaguel.

-¡Noooooooo!, ¿Qué estás haciendo?- gritó Layonnel.

Hilda corrió y lanzó su mortal golpe contra el cuello del ángel. Éste agarró el filo de la espada deteniendo el golpe, y los gigantes se despedazaron.

-¡Lo hiciste bien, mujer!, tienes la fuerza, el coraje, y lo que hace falta para vencer a Khronnos, ¡no te dejas intimidar por alguien como yo!- dijo Zagzaguel aventando la espada al suelo.

-¿Qué significa eso?- dijo Hilda.

-¡Acérquense a mí!- dijo Zagzaguel, tomando de un pedestal de estatura media, un cofre de oro.

<Zagzaguel>

Desde que el hombre fue creado, un gran disturbio se originó en el reino de los cielos, muchos de los ángeles no daban crédito a la grandiosa decisión de nuestro patriarca. Acostumbrados a ser creados para una misión específica, la idea de que una creación majestuosa, que fuera hecha a imagen y semejanza del creador, no era del todo aceptada, esto provocó el celo de muchos de nuestros hermanos. Y más aún, cuando se les concedió a la raza humana, la capacidad de actuar bajo su propia decisión, cosa que no se conocía en el reino de los cielos. Pero después de que los primeros hijos de Dios, Adán y Eva, fueron señalados por desobedecer sus órdenes, los ángeles esperaban un castigo ejemplar, más sin embargo, sus pecados fueron perdonados, y con esto creció la división entre las opiniones y la lealtad de los ministros del cielo, hacia nuestro patriarca.

Khronnos, ha existido desde el mismo momento en que se dio la creación principal de nuestro señor, ha llevado muchos nombres, mismos, que la humanidad le ha concedido a lo largo de la historia, y cada vez que hace su aparición y el hombre le ha dado importancia, su poder ha crecido sin medida y se nutre de las carencias y sentimientos bajos de la humanidad.

Su historia, es bien conocida por todos, desde épocas remotas, era el arcángel más hermoso de todos, su luz, no se podía igualar a ninguna otra, su misma energía podía iluminar todo el universo. Pero su arrogancia y vanidad, crearon la soberbia en él, era alagado por todos, y admirado por su belleza descomunal. Sin embargo, un día, sus oscuros sentimientos llenaron su alma, se opuso a continuar con las leyes divinas, y se autoproclamó como el ser más hermoso, y perfecto de toda la existencia, por encima del propio creador. Organizó una rebelión en contra de nuestro patriarca uniendo a su causa a muchos de nosotros.

Su desafío, fue tal, que fue enviado a la oscuridad eterna, en donde nunca más pudiera presumir de su hermosa luz, Luzbel era llamado cuando estuvo en el reino de los cielos.

El que es como el lucero de Dios, pero en la oscuridad fincó su reino, y unió a sus filas a todos aquellos que fueron desterrados, jurando vengarse. Se armó de todas las debilidades de los hombres para crear su fuerza, uno de los puntos más débiles del patriarca, ¡su más perfecta creación!, "El hombre". Durante siglos, ha seducido a los hombres a actuar a su favor, sometiendo su voluntad y su corazón para que el reino de los cielos perdiera fuerza.

Al ver el caos que Khronnos podía desarrollar, varios mensajes fueron enviados a los hombres, con la intención de poner en sus manos las leyes del cielo, y así establecer el orden perfecto, pero el señor de la oscuridad, se las ingeniaba para llegar siempre a ellos, con una sola persona que le permitiera la entrada, él tomaba poder. Utilizó la oscuridad de la noche para llevar a los hombres a las tinieblas, y fue creando un ejército para cobrar su venganza contra el cielo.

Primero, destruir la creación más preciada del patriarca, ¡el hombre!, pero la tarea no era fácil, él no podía acercarse a menos que existieran sombras en el corazón de los humanos, así que se disfrazaba de los deseos más perturbadores de los hijos de Adán, y se los concedía a cambio de sus almas, y así, como una enfermedad, fue contaminando poco a poco, hasta tener la suficiente fuerza para salir de la oscuridad y mostrarse ante el mundo.

Dos grandes batallas se han registrado en el Zebul, la primera, cuando el general de los ejércitos del cielo, lo abatió con la espada sagrada y lo encerró, y la segunda, cuando el hijo de Dios, se enfrentó a él. Pero dejó muchas semillas en la tierra, listas para anunciar su retorno.

Su poder creció de tal forma, que los humanos, olvidaron las leyes divinas y se dejaron controlar por la lujuria, gula, avaricia, pereza, ira, la envidia, y el peor de todos, la soberbia. El mismo pecado que provocó el oscurecimiento del corazón de Luzbel, el que utiliza para manipular a los humanos.

Las constantes perturbaciones en el orden humano, la sobrepoblación, el desabasto de alimentos, vivienda, el uso excesivo de los recursos de la naturaleza, y demás, provocaron que la gente, fuera perdiendo la esperanza, y se refugiara en los sueños oscuros que Khronnos les ofrecía, y un buen día, sin darse cuenta, ellos mismos provocaron la apertura de los sellos de la destrucción, se les olvido, que si tienen el poder de actuar por sí mismos, es porque les fue otorgado por el Virtus Creator, y que al alejarse de él y de sus leyes, sería darle la espalda a la luz, y permitir que la oscuridad gobernara sus almas.

Yo soy, el ángel encargado de salvaguardar las leyes divinas, las mismas que tengo en esta caja, y que con gusto, entregaré a la promesa de los hombres, por tratar de redimir su inminente destino, pero debo decirles, que aún con las escrituras sagradas, no serán capaces de detener la destrucción, si en el corazón de los hombres, no existe la esperanza y el deseo auténtico de ser perdonados.

Tomen, lleven esto con ustedes, y proclamen el dominio absoluto del único rey del universo, la única luz capaz de crear y destruir algo, el principio y el fin de todo.

Khronnos, es muy hábil, se presentará en todas las formas posibles, para hacerlos dudar, su rostro, no es el que muchos creen, no es aquel con cuernos y rostro desfigurado, ¡no!, ¡tengan cuidado!, porque puede parecer lo más hermoso que sus ojos puedan ver, mostrarse con los más sutiles y bellos pensamientos y sentimientos, que en realidad están llenos de intriga y corrupción. Tiene la capacidad de envolver y convencer a quien se muestra delante de él. Pero no deben temer, lean y aprendan de las leyes del cielo, y cuando en sus corazones no exista la duda, entonces, ¡entonces se mostrará como realmente es!, y no podrá ocultar más, su verdadera imagen.

Zagzaguel tomó los pergaminos sagrados del cofre, y se los entregó a Layonnel.

-Cuiden de esto, y multiplíquenlo en el corazón de su gente- dijo el ángel.

Los jóvenes guardaron los pergaminos y salieron del recinto, se dirigieron a la entrada el túnel, cuando vieron a Luca, la niña que los acompañaba, oculta tras una columna.

-¿Ya se fueron esos gigantes?- decía la niña con una voz temerosa.

-¿Dónde te metiste todo este tiempo?- le gritó Hilda.

-¡Déjala!, seguramente le dio miedo y corrió a ocultarse, ¡no le hagas caso!, ¡vámonos de aquí!- dijo Layonnel tomando a la pequeña de la mano.

Mirando a su alrededor, una escalera apareció de su lado derecho, tenía un escalón de inicio, pero por más que se asomaban, no podían ver su final, parecía infinita, desde el punto en donde estaban. Hilda supuso que ese era el camino que debían seguir, así que fue la primera en subir, seguida de Luca, y al final, Layonnel.

CAPÍTULO VI

La cuarta Batalla
Entre luces y sombras

Subían las escaleras, paso a paso. La escalinata parecía no tener fin, en algunos fragmentos, ésta se formaba en espiral, y el camino se hacía cada vez más cansado.

De pronto, una gran luz, se veía al final del último escalón.

-¡Layonnel!, ¡mira!, parece que por fin hemos llegado, ¡miren!, ¿será la luz del sol?- decía muy emocionada Hilda.

Al salir de aquel lugar, una intensa luz brillaba en todo su esplendor, impedía ver con claridad el horizonte.

-¿Qué es esa luz?, ¿Dónde estamos?- preguntó Layonnel.

Luca, la pequeña que los acompañaba, se sentía muy extraña, comenzó a mirar sus manos, las cuales eran de una mujer.

-¡Creo que me pasa algo!- dijo Luca con una voz más gruesa.

Layonnel, volteo a mirarla, y la pequeña niña que encontraron, ahora se había convertido en una hermosa mujer.

Hilda la miró y les comentó que tal vez, habían pasado por una distorsión del tiempo, haciendo crecer a Luca, sin embargo, ni Hilda, ni Layonnel, sufrieron algún cambio, lo cual parecía extraño. La luz comenzó a bajar su intensidad, y cuando se dieron cuenta, se encontraban en la cima de una montaña, y a unos metros, el cuerpo de una persona yacía en el piso. Se acercaron con cautela, y trataron de reanimar al individuo.

-¡Cof cof!- tosía el hombre.

Se reincorporó, sacudiendo la cabeza y cubriendo sus ojos.

-¡Cielos!, ¡creo que he estado inconsciente por varios días!- dijo el hombre.

-¿Rowenster?, ¿eres tú?- preguntó Hilda.

-¡Sí!, parece que sigo siendo yo, ¿pero qué fue lo que ocurrió?- preguntó Rowenster.

-¡No lo sé!, ¿Dónde se supone que estamos?, ¿Qué fue esa luz?, ¡creí que se trataba del sol!, pero veo que solo fue mi imaginación- dijo Layonnel.

-Estamos en la cima de una montaña, desde este lugar, se pueden ver las cuatro ciudades, ¡miren!- dijo Rowenster.

Los tres se acercaron a mirar, y lo que sus ojos pudieron observar, les causaba un gran dolor.

-¡Nooooo!, ¿Qué es esto?- dijo llorando Hilda.

-¡No llores!, ¡es el destino de este planeta!, ni tu maestro Abdiel hubieran podido evitarlo. Parece que los demonios, se están apoderando con rapidez de la Tierra. Lo que pueden ver hacia su izquierda, es lo que era la ciudad del Este, destruida por completo, y por allá, pueden ver la ciudad del Sur, envuelta en esa nube negra.

Mis legiones, parece que ya no son de mucha utilidad, siguen luchando contra los demonios, pero éstos han cobrado fuerza y tienen otro tipo de armas. ¡Siento no poder ayudarlos más!- dijo Rowenster.

-¡Ahora tengo lo que necesitamos!, ¡ya no será necesaria tu ayuda!- dijo Layonnel.

-¿Y esta criatura, de donde salió?- preguntó Rowenster.

-Su nombre es Luca, es una niña que nos encontramos en el camino- dijo Hilda.

-¿Niña, dices?, ¡pues que desarrolladita está!- mencionó Rowenster.

-¡Quieres callarte!, debemos encontrar la forma de ir con el maestro Abdiel- dijo Layonnel.

-¡Es simple!, solo tienen que usar, las plumas del fénix, ¿no es así, Hilda?- dijo Rowenster.

-Pero tú, ¿Cómo sabes eso?- dijo Hilda desconcertada.

-Jovencita, tengo siglos conociendo a tu maestro y sus trucos baratos, pero si no les gusta la idea, pues pueden usar el medallón, también los guiará al Ojo del Ciervo. ¡Yo debo continuar con mi tarea!, me reuniré con mi gente, y seguiremos combatiendo. ¡Nos veremos después!- dijo Rowenster y saltó hacia el precipicio.

-¡El medallón!, ¡es cierto!, podemos utilizarlo- dijo Layonnel.

Sacó la joya de entre sus ropas, y se iluminó. En un abrir y cerrar de ojos, Hilda, Luca y Layonnel, fueron transportados a la habitación del maestro Abdiel.

-¡Hemos llegado!- dijo Hilda corriendo hacia el centro.

Hilda se acercó hacia donde se encontraba el maestro Abdiel, refugiado en la entrada del pilar, miraba con detenimiento hacia el interior de la cámara. Lo acompañaban algunas personas que se quedaron para proteger la ciudad, sin embargo, el ambiente era desolador. Las imágenes de los recientes acontecimientos, se proyectaban a través del Zafiro Estelar, hacia el techo, en el domo protector de la ciudad.

-¡Maestro, hemos vuelto con las escrituras!- dijo Hilda acercándose gustosamente.

-¡Me alegro mucho, que hayan regresado con bien!, pero, ¡mira Hilda!, mira lo que está pasando afuera, ¿será posible que estemos condenados?- decía el Maestro, mientras Layonnel y Luca se acercaban hacia donde estaban los demás.

-¿A qué se refiere, maestro?, ¡tenemos en nuestro poder las escrituras!, ¡todavía hay una alternativa!- decía entusiasmada la joven.

-Me gustaría creer eso, mi pequeña discípula. Pero Khronnos ha avanzado demasiado, ha invadido cada rincón de la tierra, con su aliento, ni siquiera es necesaria su presencia física. ¿Será que de verdad tenemos una última posibilidad?- decía el maestro decepcionado.

-¡Sí maestro!, ¡estamos seguros de que existe esa posibilidad!, ¡no debemos perder la esperanza!, ¡usted nos lo ha dicho siempre!, ¿Qué lo hace cambiar de opinión?-

-Los caballeros más fuertes del ejército celestial, han rendido sus armas y nos han traicionado. ¡Mira por ti misma!, ¡han entregado su voluntad a Khronnos!- decía el maestro.

-Maestro, ¡sé que lo que voy a decir, pareciera ser egoísta!, pero creo que lo entenderá. Usted, nos dijo que en esta batalla, nada podíamos hacer con el enfrentamiento entre el ejército demoniaco y el de los cielos. Estábamos solos en esto, Rowenster se unió a nuestra causa, pero su ayuda no es suficiente.

Zagzaguel nos entregó las escrituras sagradas, con ellas ¡podemos darle una nueva esperanza a la gente de la Tierra!, ¡no tenemos que preocuparnos por los ejércitos!, ¡que se destruyan mutuamente, si eso les parece correcto!, ¡nosotros tenemos que luchar por nuestra especie, por la raza humana!- dijo Hilda.

El maestro volteo, y con ternura le acarició la mejilla. Se sentó sobre una banca de piedra, cerca de un árbol, llevó sus manos hacia su cabeza, y con mucha tristeza, comenzó a llorar.

-Hilda, he vivido por siglos en esta Tierra, he intentado por todos los medios acercarme a nuestra gente, instruirla y guiarla por un mundo de paz y de armonía. Sacrifique mi estado como serafín de los cielos, por mi deseo de vivir una vida como ser humano, ¿y ahora?, y ahora, ¿Qué?, ¿de qué ha valido la pena todo ese esfuerzo?- decía Abdiel.

-Maestro, ¡no me salga con eso, ahora!, ¡usted me ha enseñado a continuar pase lo que pase!, ¡no puede estarse dando por vencido!, ¡no ahora que más lo necesito!- dijo Hilda.

-¿No te das cuenta, verdad? ¡Hilda!, ¡tarde o temprano, tendrás que acabar con mi existencia!, Khronnos, no se detendrá hasta haber reclutado a todos los ángeles que le son fieles al gran patriarca. ¡Vendrá por mi cabeza!, y yo, y yo tendré que sacrificarme nuevamente por ustedes- dijo Abdiel.

-¿A qué se refiere maestro?, ¿Qué es todo eso de sacrificarse?, ¿Por qué querría Khronnos llevárselo?- mencionaba Hilda.

-No tiene caso seguir hablando de esto, llegado el momento, ¡lo sabrás! Ahora, si quieres realmente intentarlo, debes empezar por ti misma, ¡ve a la biblioteca y junta las escrituras!, ¡arma de nuevo el libro sagrado y léelo de principio a fin!, cuando hayas terminado y tu corazón esté listo para recibir la luz, déjalo entrar y entonces, solo entonces, deberás trasmitir su mensaje de luz.

El tiempo es escaso, Khronnos se aprovecha de esa circunstancia para avanzar constantemente. Utiliza el péndulo del tiempo, que se encuentra dentro de la cámara del pilar, él te permitirá detenerlo, y avanzar en la lectura. ¡Asegúrate de que Layonnel y tú, lo lean juntos!, ¡es importante que el hombre y la mujer, estén más unidos que nunca!- decía Abdiel.

-Haré lo que me pide, maestro, pero...- decía Hilda.

-¡Basta de sentimentalismos!, ¡ha llegado el momento de tomar esta ciudad!- dijo Luca sosteniendo por el cuello a Layonnel con una daga, y con las escrituras en la otra mano.

-¿Qué?, ¿Qué estás haciendo Luca?- dijo sorprendida Hilda.

-¿Qué pensaste, tonta?, ¿en verdad creíste que me habías salvado de la perdición?, ¡jajajajaja!, ¡Yo soy una de las comandantes del ejército de Khronnos!, ¡yo me encargue de destruir el poblado en donde me encontraron! Mi nombre es Aluca.

-¡No le hagas caso!, ¡quítale las escrituras y mátala!- gritaba Layonnel.

-¡Que absurdo!, ¡fue demasiado fácil que me enseñaras el camino hacia esta ciudad!, ¡ahora mis ejércitos, saben dónde encontrarlos, nos han estado siguiendo todo este tiempo- dijo la demonio.

-Pero, ¿Cómo fuiste tan ruin?, ¡Claro!, ¡esta es tu verdadera forma!, ¡cómo no me di cuenta antes!, ¡no eras una niña!, por eso cuando subimos hasta la montaña, fuiste la única que sufrió cambios- decía Hilda.

-¡Suficiente!, no tengo tiempo para perderlo contigo, ahora sé cómo detenerlos. Tomaré el péndulo del tiempo y se lo entregaré como un obsequio al gran Khronnos.

-¡Así que eres una de las bestias de Khronnos!, ¡qué lástima!, ¡tan hermosa que te veías!- dijo un hombre que se acercaba caminado lentamente por la espalda de Aluca.

-¡Eres el mismo hombre que vi en la montaña!- dijo la mujer.

-Así es, ¡y me parece que debería tenerme un poco de más respeto!, a diferencia de tu clase, yo soy muy superior- dijo Rowenster.

-¿A qué te refieres con clase?- gritó Layonnel.

-Ella es un demonio de baja categoría, no pertenece realmente al ejército demoniaco, es un peón del infierno, basta con que yo me le enfrente- dijo Rowenster.

-¡Se te olvida que tengo las escrituras en mis manos!, intenta algo y las destruiré- dijo Aluca.

-¡Piénsalo!, ¿acaso crees que con el hecho de llevarle las escrituras a Khronnos, él va a recompensarte?, ¡no!, ¡sabes bien que te hundirá en la profundidad de la oscuridad, en cuanto se las des. En ese caso, que te parece si mejor, te propongo un trato- dijo Rowenster.

-¡Basta!, quien debe decir lo que se tiene que hacer, ¡soy yo!, ¡Vengan a mi demonios!- grito Aluca.

Las sombras comenzaron a aparecer, y poco a poco rodeaban a los demás. Abdiel estaba muy confundido, Layonnel estaba de pie, sosteniendo en la mano izquierda el medallón y pensando en cómo distraer al demonio.

-¿Qué debo hacer?- pensaba Layonnel.

Abdiel lo miró y con el pensamiento le dijo.

-¡Úsalo!, ¡usa el medallón!, tú sabes cómo, simplemente piensa en el lugar donde quieres ir, ve a la cámara del péndulo y consíguelo-

Layonnel, aprovechó la distracción de Aluca discutiendo con Rowenster, tomó el medallón y cerró los ojos. Su figura se desvaneció en un instante, y cuando volvió a abrir los ojos, se encontraba en la cámara del Zafiro Estelar, frente al péndulo del tiempo, era una extraña gema en forma de rombo, con una cadena dorada que parecía estar colgada de alguna parte, pero el joven, por más que trato de observar en qué lugar estaba amarrado, no veía ninguna atadura, u objeto que lo sostuviera. Simplemente, estaba colgado en el aire.

Se acercó lentamente, y estiró la mano para tomar el péndulo, al tocarlo, éste, emitía un fuerte calor que impedía ser removido de su sitio. Pero Layonnel, debía conseguir el preciado objeto, trato una y otra vez de agarrarlo, pero cada vez que lo intentaba, su mano era quemada por la protección de la gema. Se estaba desesperando, cuando de pronto, observó que el medallón, al acercarse al péndulo, emitía un destello en color azul. Metió la mano y sacó el medallón de entre sus ropas y lo acercó al péndulo, éste último, al sentir la presencia de un fragmento del Zafiro Estelar, comenzó a balancearse y a brillar en un tono rojizo. El piso comenzó a moverse precipitadamente, el joven cayó al suelo mientras rodaba de un extremo a otro.

-¡Levántate muchacho!, sostén el medallón bajo el péndulo, justo cuando este en el centro, y éste será tuyo. ¡Date prisa!- escuchó Layonnel las palabras del maestro Abdiel en su mente.

El joven trató de levantarse y caminar de un lado al otro para mantener el equilibrio, cuando pudo mantenerse en un mismo sitio, puso el medallón cara arriba, justo debajo del paso del péndulo, y cuando llegó al centro, desapareció.

-¡Pummmmmm!- se escuchó afuera.

El tiempo quedó detenido por completo, era como si el joven fuera el único que pudiera moverse. Salió de prisa en ayuda de Hilda y del maestro Abdiel, y pudo observar que todo estaba detenido. Se acercó hacia Aluca, quien tenía tomado por el cuello a Abdiel, y trató de separarla de él, pero sus esfuerzos fueron en vano. De pronto, nuevamente escuchó unas palabras en su mente.

-¡Llévate a Hilda de aquí!, ¡es preciso que utilices esta ventaja para sacarla con vida de este lugar!- dijo el maestro Abdiel.

Layonnel, tomó la mano de Hilda, y ésta, enseguida pudo moverse.

-¿Qué está pasando?- dijo Hilda

-¡No hay tiempo para explicarte, debemos salir de aquí!- dijo Layonnel

-¡No puedo dejar al maestro!- dijo preocupada la joven.

-¡Vámonos!, son instrucciones del mismo maestro- decía Layonnel jalándola de la mano.

El tiempo retomó su ritmo, y todos de volvieron a mover.

-¿A dónde creen que van?, ¡no pueden irse sin ver el último instante de su querido Abdiel!- dijo Aluca con las escrituras en la mano.

La mujer demonio, apretó fuertemente las escrituras y con un conjuro las insertó en el pecho de Abdiel.

-¡Jajajaja!, ¡ahora nunca más podrán tener acceso a esas escrituras!, si las quieren, tendrán que matar a su querido maestro- dijo Aluca.

-¿Pero qué hiciste?- preguntó Abdiel sorprendido y mirando su pecho.

-¡Ahí lo tienes!, si tanto querías las escrituras, ¡son tuyas!, ¡jajaja!, pero tendrás que perder la vida, si quieres que tu discípula las obtenga. Te llevaré conmigo ante mi amo, y él se encargará de ti, seguramente obtendré una buena recompensa por esta hazaña- dijo riendo Aluca.

-¡Basta!, ¡eres una tonta!- se escuchó una voz que provenía de la superficie.

-¿Quién dijo eso?- se preguntó Aluca.

-¿Quién te crees para intervenir en mis asuntos?- dijo la voz

-¿Quién eres?, ¿Qué es lo que quieres?- decía angustiada Aluca.

De pronto, una luz muy brillante se podía observar en el techo, cada vez se hacía más intensa, al grado que era insoportable mirar, así que tuvieron que cerrar los ojos, y cuando los abrieron, la figura de un hombre de tez blanca, cejas pobladas, cara afilada, nariz recta, larga y respingada, con los ojos grandes color púrpura y cabello negro, apareció vestido con una armadura en color plata, frente a ellos.

-¡Mi señor!- dijo Aluca.

-¡Como te atreves a interferir en mis planes!, ¿Quién diablos te has creído?, ¡no eres más que una súbdita más de mis dominios!

¡Eres una tonta!, ¿Por qué hiciste tal estupidez?- dijo Khronnos.

-Así que, ¡por fin te presentas ante mí, Khronnos!- dijo Abdiel.

-¡Tanto tiempo sin vernos, mi querido amigo!, lamento mucho la intervención de mis sirvientes, pero no debes preocuparte, yo mismo me encargare de este inconveniente. Dijo Khronnos.

-¡No entiendo lo que está sucediendo!, ¿Por qué le habla de esa manera?- preguntó sorprendida Hilda.

-¡Tampoco yo lo sé!, ¡se supone que son enemigos!- dijo Layonnel.

-¿Enemigos?, ¿Abdiel y yo?, ¡no, no, no!, ¡esas son palabras humanas!, nosotros no somos enemigos, el hecho de que tengamos desacuerdos en nuestra forma de actuar, no significa que no tengamos lazos en común.

-¿Así que éstos dos jóvenes, son tus elegidos, Abdiel? ¡Mmm!, ¡ya veo!, ¡buena elección!, debo admitir, que elegiste bien. Sin embargo, ¡tú sabes que no será suficiente!, ¡es una lástima que sacrifiquen sus vidas por nada!- decía Khronnos.

-¡Te equivocas!, ¡no sacrificarán sus vidas, sin un fin adecuado!, ¡haremos todo lo que esté a nuestro alcance para detenerte!- dijo Abdiel.

-¿En serio?, ¡ah, mira, que bien!, ¡tus intenciones son nobles, dignas de un serafín de los cielos!, pero se te olvida, ¡cual fue nuestro propósito original!, ¡el motivo por el que fuimos creados!, y al parecer, ¡tú no estás cumpliendo con tu trabajo!- dijo Khronnos.

-¡Y a ti se te olvida!, ¡que ya no soy un ángel, ahora soy humano!, ¡y puedo tomar mis propias decisiones!- dijo Abdiel.

-¿Y por eso traicionaste a tu rey?- decía Khronnos mientras caminaba lentamente hacia donde estaba Abdiel con Aluca.

El señor del infierno, alzo su brazo e hizo aparecer su Hoz, la tomó en su mano derecha y la apuntó hacia Abdiel.

-¡Noooooooooo!, ¡no lo permitiré!- gritó Hilda empujando a Layonnel y colocándose frente a su maestro.

-¡Espera Hilda!, ¡esto es entre Khronnos y yo!, ¡no te metas!- grito Abdiel.

-¡No respondiste mi pregunta!, ¿Por qué traicionaste a tu rey?- dijo Khronnos.

-¿De qué está hablando este tipo, maestro?- preguntó Hilda.

-¿Aun no le has explicado, Abdiel?, ¡me sorprende! Yo te lo diré, jovencita- dijo Khronnos.

-¡Cállate!, ese asunto es mío- gritó Abdiel.

Khronnos, apretó el mango de su hoz y lanzó un destello hacia donde estaba Abdiel.

Hilda, alarmada, volteó rápidamente y observó una nube de polvo que envolvía el lugar donde estaba Abdiel.

-¡Nooooooooo!, ¡maestrooooooo!- gritó la joven.

Cuando la nube se dispersó, yacía un cuerpo en el piso, pero no era de Abdiel, sino del demonio Aluca.

-¡Te dije que me encargaría de este mal rato!- mencionó Khronnos.

Los demonios que estaban en el lugar, al ver la presencia del señor del infierno, se desvanecieron en las sombras. Layonnel estaba de pie, inmóvil con una expresión de sorpresa.

-¡Niña!, ¡retírate de mi camino!, todavía no es tu tiempo, y no estoy interesado en ti- dijo Khronnos.

Los habitantes de la ciudad, corrieron al lugar y formaron un círculo alrededor de Abdiel, Hilda y Khronnos. Estaban dispuestos a atacar al invasor.

-¡Lo ayudaremos, maestro!- gritaba la gente.

-¡Me complace, ver el número de tus seguidores!, en realidad, ¡todo este tiempo, lo has invertido de buena forma!, pero, ¿te seguirán aun sabiendo la verdad?- decía Khronnos.

-¡Maestro!, ¿a qué se refiere?- gritaba Hilda.

-¡Te dije que no te metieras en esto, Hilda!, ¡vete con Layonnel!, yo los alcanzaré después- dijo Abdiel.

-¿Por qué no le dices?, ¿acaso temes por la lealtad de tu gente, Abdiel?, ¿Qué crees que suceda, cuando se enteren?, ¡si quieres!, ¡yo puedo quitarte esa carga!, ¡déjamelo a mí!- dijo Khronnos.

Layonnel tomó el medallón y lo apretó con fuerza, el tiempo se congeló de nuevo, y corrió hacia Hilda.

-¿Crees que eso me puede afectar?, ¿a mí?, ¿a mí?, quien controla en tiempo de los mortales. ¡No niño!, ¡no!, ¡no te equivoques conmigo!- dijo Khronnos levantando un dedo hacia el techo y haciendo desaparecer la intromisión del péndulo.

-¿En que estábamos?, ¡ah, sí!, ¡te iba a liberar de tu pesada carga!-decía Abdiel.

-¿A qué se refiere?- preguntaba la gente alrededor.

-¡Escúchenme con atención, fieles y leales humanos!, yo conozco el dolor de su corazón, se dé su sufrimiento, de todo lo que han tenido que pasar, por proteger esta ciudad sagrada. Conozco bien, las batallas que han librado durante tantos y tantos años, con el único fin, de preservar su especie, y de subsistir de los constantes desacuerdos entre los suyos.

Puedo ver a través de sus almas, ¡golpeadas, laceradas, llenas de odio y repudio entre sus semejantes, por todo lo que ha acontecido!, puedo sentir sus heridas que aún no han sanado. Puedo oler el miedo, que está en sus corazones, pero deben saber algo, ¡yo no soy el enemigo que tanto buscan!, ¡yo no he venido a hacerme de algo, que no me pertenece!

¡Fueron ustedes mismos, quienes me han llamado!, ¡me han suplicado que me presente y los rescate de esta agonía!, ¡permítanme liberarlos de tanto sufrimiento!, ¡déjenme llevarlos a la paz y tranquilidad que tanto les han prometido, y que nunca han visto realizada!- decía Khronnos.

-¡Nooooooooo!, ¡no lo escuchen!- gritaba Abdiel.

-¡Díganme y respondan con sinceridad!, ¿Dónde está esa luz que tanto aclaman?, ¿Dónde está ese amor que un padre debe tenerle a sus hijos?, ¿Por qué no actúa al ver a sus retoños sufrir de esta manera?, ¿Por qué permite que luchen entre ustedes y destruyan todo lo que les fue otorgado?, ¿dónde?, ¿dónde?...- decía Khronnos.

Un silencio profundo, inundó el lugar, las mentes de la gente estaban confundidas, y los sentimientos se revolvían en sus corazones.

-¡Basta!- gritaba Abdiel.

-¡No Abdiel, no!, ¡deben conocer toda la verdad!

¡Yo mismo les diré la respuesta! Todo este tiempo que han luchado hasta el cansancio, no ha habido ninguna recompensa, y eso es, porque han sido abandonados, ¡si, así es! Su creador los abandonó a su suerte en este mundo, y ha permitido que sus hijos se peleen entre sí, y se destruyan a sí mismos, ¿Dónde está la esperanza, cuando ésta, nunca llega?, ¡y no llegará!

Su raza, su especie, ¡fue la que me ha convocado para poner fin a este sufrimiento!, sus corazones, ¡aclaman piedad y misericordia!, se han oscurecido tanto, que jamás podrán ver de nuevo la luz, aunque la tengan delante. Es por eso, que estoy aquí, ¡yo les ofrezco terminar con este dolor!, ¡les daré la paz que sus corazones, tanto anhelan!

¡No pueden seguir confiando, en quien ha traicionado el reino del cielo!, y se presenta ante ustedes como un hermano de sangre. Cuando las leyes divinas, son muy claras.

Me refiero a esta persona que está delante de ustedes, y a quien llaman con tanto afecto, maestro. ¡Sí!, ¡deben conocer su traición!, él, al igual que mucho otros, fueron creados para un solo objetivo, y su ambición, sus celos, su envidia, y su codicia, lo hicieron traicionar su reino, dejando su cargo como serafín de los cielos, y desafiando las leyes de creador, haciéndose por su propia voluntad, un hombre como todos ustedes.

¿Cómo pueden seguir a lado de una persona como ésta?, ¿Cómo pueden seguir siendo leales a quien estuvo en el grande y poderoso reino celestial y lo tenía todo?, pero su ambición, fue más allá de lo que tenía por la gracia divina, ¡deseo más y se arrojó desde el cielo para encarnar en un ser humano!, ¿Cuál será su verdadero propósito?- decía Khronnos.

-¡Cállaaaaaateeeeee!- gritaba Abdiel.

-¿Qué es todo esto?- decía Hilda, mientras los habitantes discutían entre sí.

-¡Es lo que es, jovencita!, ¡la realidad, sin máscaras!- dijo Khronnos.

-¡Tú no sabes nada!, ¡cállate y no vengas a meter dudas en sus corazones!- gritaba Abdiel.

-¿Yo?, ¿meterles dudas?, ¡no Abdiel!, ¡no te equivoques!, ¡esto, tú mismo lo provocaste!, ¡debiste hablarles con la verdad desde un principio!, ¡debiste decirles quien eras, y cual era tu origen!, y sobre todo, ¡debiste decirles el motivo por el que estas aquí!- dijo Khronnos.

-¡Te dije que te calles!- gritó Abdiel, y se lanzó contra Khronnos.

Khronnos golpeo la Hoz contra el suelo provocando una especie de campo magnético, Abdiel rebotó contra éste, cayendo al suelo.

-¡Momento!- gritó Hilda.

-¿Qué sucede, jovencita?, ¿tienes alguna duda?- dijo Khronnos.

-¡Maestro!, ¿es cierto lo que dice?, ¿usted traicionó al cielo, para ser un ser humano?- preguntó Hilda.

-En parte, ¡es verdad!, ¡pero no como él lo dice!- dijo Abdiel.

-Pero maestro, ¿Por qué no me lo dijo antes?, ¿Por qué tengo que enterarme de esta manera?- preguntaba Hilda.

-Porque tu maestro, ¡sabía que si te contaba las cosas!, ¡no podría tener el poder que ahora tiene!, ¡nunca te tuvo la suficiente confianza!, ¡solo te utilizó como lo hizo con todos los demás!, ¡mírate!, ¡no eres más que alguien como Aluca!, ¡una sirviente más, para sus fines!- dijo Khronnos.

-¡No!, ¡me niego a creer eso!, ¡es por otra razón!, ¿verdad maestro?- decía llorando Hilda.

-¡A mí ya no me importa seguir con esto!, ¡ya no quiero más sangre, ni más guerra!, si en realidad, tú puedes acabar con esto, estoy dispuesto a entregarte mi vida- dijo uno de los habitantes.

-¡Sí!, ¡yo también estoy cansado de esta lucha sin sentido!- dijo otro habitante

-¿Para qué seguimos luchando si no hay una esperanza?, y todo lo que nos han estado diciendo por todos estos años, ¡no tiene ningún sentido!, ¡no más estar sufriendo por una idea que solo nos causa dolor!- dijo otro habitante.

La gente comenzaba a pensar igual que los habitantes que hablaron, soltaron lo que traían en las manos, y comenzaron a ver con repudio a Abdiel.

-¡Él nos ha inculcado la lucha!-

-¡Sí!, ¡él solo nos ha mentido!, hemos abandonado a nuestras familias por proteger sus ideas-

-¡Hemos desperdiciados nuestras vidas, perdido a seres queridos, por seguir a alguien que no es digno de nosotros!-

Eran las palabras de la gente de la ciudad.

-¡Calma!, ¡calma, buenos hombres!, ¡no deben ser tan duros con Abdiel! Como lo prometí, les daré una muerte rápida y sin ningún dolor, sus almas reinarán en el mejor de mis dominios, les aseguro que no existirá más el dolor y el sufrimiento, y por fin, sus almas encontrarán la paz, les brindaré el mejor lugar de todo mi reino, en donde están los héroes de guerra, y donde mi luz, nunca desaparecerá. ¡Jamás volverán a ver la oscuridad, todo será paz y tranquilidad!- dijo Khronnos.

-¡Sí!, estamos de acuerdo, ¡estamos cansados de esto!- decían los habitantes.

-¡Noooooooooo!, ¿Qué no se dan cuenta?, ¡eso es justo lo que quiere!, ¡no deben dejarse envolver por sus palabras!- gritaba Abdiel.

-¿Envolver por mis palabras?, ¡mira quién lo dice!, yo haré lo que mejor les parezca, y si ese es su deseo, yo se los voy a cumplir- dijo Khronnos.

-¡Noooo!, ¡noooo!, ¡espera!- dijo Abdiel.

-¿Qué pasa?, ¿Por qué me detienes?, ¿acaso no quieres que cumpla con los deseos de tus hermanos?, ¿es eso?, ¿también vas a controlarlos en eso?- dijo Khronnos.

-¡Escúchenme bien!, si ustedes entregan sus almas voluntariamente, no habrá nada ni nadie que pueda revertirlo. ¡Sé que he cometido muchos errores!, ¿pero quién no?, mi único propósito, es que tengan una vida mejor, un lugar lleno de amor, de paz, y de fraternidad entre los hombres, sé que han perdido a sus familias y a muchos seres queridos con todas estas batallas, pero también sé que en sus corazones, aún hay una esperanza, debemos continuar y nunca rendirnos, ¡si lo hacen!, ¡entonces ya habremos perdido la guerra!- dijo Abdiel.

-¡Basta ya viejo!, ¡tú nos has llevado por senderos de guerra, muerte y dolor!, ¿y para qué?, ¡Dinos!, ¿para qué?, si de todas formas, el mundo ya está devastado. ¿No te das cuenta, que estamos hartos de todo esto?- dijo uno de los habitantes.

-¡Bien!, ¡si ese es su deseo, entonces, permítanme guiarlos!- dijo Khronnos, alzando la Hoz.

-¡Espera Khronnos!, ¡espera!- dijo Abdiel.

-¿Y ahora qué?, ¿acaso no escuchaste, que están hartos de ti y de tus ideas?- dijo Khronnos.

-¡Te ofrezco un intercambio!- dijo Abdiel.

-¿De qué estás hablando?- preguntó Khronnos.

-Te entregaré mi vida y mi alma humana, a cambio de la de ellos- dijo Abdiel.

-¡Pero qué hermoso sacrificio!, ¡magnifico, viniendo de ti!, ¿pero de que me serviría tu alma, cuando puedo obtener todas estas?- dijo Khronnos.

-¡Piénsalo bien!, no solo te llevarás mi alma, te llevas a un serafín del reino celestial, y también las escrituras sagradas- dijo Abdiel, mirando a Hilda.

-¡No maestro, no lo haga!, si ellos deciden seguirlo, ¡es su problema!- dijo Hilda.

-¡Escúchame Hilda!, en ocasiones, los sacrificios son necesarios, ¡están confundidos por las palabras de Khronnos, no escucharán otras que no sean sus palabras!, pero en su corazón, ¡esa no es la decisión que tomarían!, un verdadero líder, ¡jamás permitiría que su gente se entregara al mal!- dijo Abdiel.

-¡Mmmm!, ¡suena bien! ¡Lo siento seres humanos, la promoción, se acabó!, ¡han mejorado la oferta!, ¡es culpa de su maestro!, ¡él no quiso que cumpliera con sus deseos!- dijo Khronnos y señaló con la Hoz, el pecho de Abdiel.

El maestro miró a Layonnel y le hizo una seña. Khronnos lanzó el destello de la Hoz hacía Abdiel, y Layonnel, apretó el medallón, congeló en tiempo por una fracción de segundos, e Hilda tomó las escrituras cuando fue destruido el cuerpo de Abdiel, las aventó a Layonnel y corrió hacia él.

Khronnos no se dio cuenta de lo que sucedió, estaba muy concentrado en destruir a Abdiel. Hilda, al llegar con Layonnel, tomó el medallón en sus manos, y fueron transportados hasta la habitación del maestro.

El señor del infierno, miró a los habitantes, que estaban enfurecidos por Abdiel, por no haberlos dejado seguir sus deseos. Khronnos, golpeo el suelo con la Hoz, y en seguida, los cuerpos de todos los habitantes cayeron al piso, su alma se desprendió y fueron absorbidos por la Hoz.

-¡Lo siento, querido Abdiel!, ¡pero no pude resistir la generosidad de esta gente!, al ofrecerme sus almas, en tan solemne ocasión- dijo Khronnos y desapareció convirtiéndose en una luz muy brillante.

Hilda lloraba por su maestro, sentada sobre un catre y con las manos en la cara, se repetía una y otra vez, que todo lo que escuchó de Khronnos, no podía ser cierto. No concebía la idea de que su maestro, le hubiera ocultado su origen y sus motivos por los cuales decidió transformarse en un ser humano.

-¡Debemos continuar!, no podemos seguir aquí perdiendo el tiempo- dijo Layonnel.

-¿Y qué haremos ahora?, sin el maestro, no tenemos quien nos guie-. Dijo Hilda.

-Tengo una idea, ¿sabes?, ¡Khronnos tiene razón en algo!, él no es el verdadero enemigo, ¡somos nosotros mismos!, quienes con nuestros miedos y nuestra ambición, le hemos dado la fuerza para destruirnos. Pero aún contamos con las armas que nos dejó Abdiel, las escrituras. Debemos ir de ciudad en ciudad, y crear la esperanza que tanto necesitamos, solo así, podremos restarle poder a Khronnos- dijo Layonnel.

Hilda se levantó, seco sus lágrimas y tomó la mano de Layonnel, sacó una pluma de fénix de su morral y se transportaron a la superficie.

El olor a muerte y desolación, se esparcía por todo alrededor, ángeles convertidos en piedra, cuerpos de demonios pudriéndose en el suelo, mientras que la gente se ocultaba en cualquier sitio que les brindara protección.

Hilda y Layonnel, estaban observando el panorama, cuando de pronto, se escuchaba el sonido de un ejército que se acercaba, los jóvenes corrieron a ocultarse, mientras el sonido se iba acercando.

-¿Qué será eso?- preguntó Hilda.

-¡Es el sonido de un ejército que viene en esta dirección!, debemos acercarnos a la ciudad más cercana- dijo Layonnel.

Numerosos guerreros llegaron hasta el punto en el que se ocultaban los jóvenes, se detuvieron y comenzaron a buscar.

De pronto, Hilda sintió como la tomaron por la espalda y la sacaron de su escondite.

-¡Tenemos a alguien aquí!- dijo uno de los soldados.

-¡Mmm!, la discípula de Abdiel, ¡sal de tu escondite, no tengas miedo!, ¡soy Jophiel!- dijo el arcángel invitando a Layonnel a salir.

-Hemos recorrido grandes territorios, y no hemos encontrado a más demonios, parece que Khronnos, nos está poniendo a prueba, haremos un campamento, vengan con nosotros, ahí estarán a salvo- dijo Jophiel.

La gente, al ver pasar al ejército celestial, salía corriendo hacia ellos en busca de protección. Se adentraron en un bosque, que Jophiel sello con su divina esencia, para no ser encontrados por los demonios. Levantaron un campamento para los seres humanos y se envió a un grupo de mensajeros para informarles a todos los hombres de los lugares cercanos, sobre el campamento.

Hilda seguía conmocionada por el suceso de la muerte de Abdiel, Jophiel se acercó hacia ellos, y los invitó a sentarse alrededor de una fogata, todos los humanos que los acompañaban se sentaban alrededor, mientras que algunas mujeres, cocinaban y preparaban bebidas calientes para los refugiados.

-¿Hilda, verdad?, ¡sé cómo te sientes!, pero no debes seguir sufriendo de esa manera, ¡no es sano para tu espíritu!, Abdiel, fue un gran maestro, tanto en el cielo, como en la tierra, él te dijo que se había sacrificado como serafín para poder estar en la Tierra como humano, ¿no es así?- preguntó amablemente Jophiel.

-¡Así es!, pero nunca me dijo que había traicionado al reino de los cielos y de las leyes del mismo, no confió en mí, nunca me mencionó cuál era su función y para que estuvo todo este tiempo con nosotros. Además, siendo un humano, ¿Cómo es que se le permitió vivir por tantos siglos?, ¡no entiendo nada!- mencionaba Hilda.

-¡Veras!, tratare de explicártelo. Hay asuntos que ustedes los seres humanos, jamás podrían entender aunque se los dijéramos. Abdiel, no traicionó al reino de los cielos, simplemente, tomó la decisión de vivir una vida humana, tomó su elección, y contra eso, nadie puede hacer nada. Le fueron encomendadas nuevas misiones como ser humano, siempre estuvo en contacto con el reino celestial, de alguna manera, su conciencia como parte de la orden divina, no se perdió del todo, y el Virtus Creator, le dio una gran misión en este planeta.

Seguramente Khronnos, les dijo que todo fue por ambición, ¡pero no es así!, cuando un ángel decide formar parte de la vida humana, se le otorga un cuerpo y un alma que proviene del séptimo cielo, el Araboth. Y es el mismo creador, quien otorga licencia para ser encarnado en un ser humano. ¡No es tan simple como aparenta!, es cierto que muchos ángeles, han caído y se rebelaron en contra del reino divino, pero también es cierto, que no moran en este planeta como seres humanos, es decir, no tienen un alma y un cuerpo propio. Para que ellos puedan estar en este mundo, deben apoderarse del cuerpo y alma de algún ser humano, y para ello, necesitan del poder de Khronnos, quien es quien les otorga las artimañas para envolver a los hijos de Adán, para que les entregue de manera voluntaria, lo que tanto desean.

Abdiel, Mumiel, y así como muchos otros, tuvieron la bendición de nuestro Patriarca, para pertenecer a este magnífico mundo, y aquí, siguieron realizando su trabajo celestial, ¡de otra manera, claro!, pero siguiendo formando parte de la orden celestial, así que, ¡no te dejes engañar por las palabras de Khronnos!

Quien traiciona una vez, lo hará siempre. Y Khronnos es un gran ejemplo de eso, es cierto que ha vencido a dos de nuestros generales, pero también ha traicionado a sus propios sirvientes cuando ya no le sirven. Y aun así, nosotros no perdemos la fe y la esperanza, así quede uno solo de nosotros de pie, seguiremos luchando por lo que creemos, porque ¡esa, es nuestra misión!- dijo Jophiel

Un grupo de ángeles llegaban al campamento, era la legión de Camaél, quien llegaba a reunirse con el ejército de Jophiel.

-¡Sentimos la tardanza!, ¡pero estos demonios se están haciendo más fuertes!- dijo Camaél.

-¿Qué sabes de Sephirot y de Uriel?- preguntó Jophiel.

-Parece ser que se está juntando un gran número de demonios en el norte, Sephirot y Uriel están ahí, tratando de evacuar a los humanos. Me temo que las pestes y los cambios repentinos en el clima, están cobrando muchas vidas. Khronnos se llevó a un niño y lo coronó como su vástago, y unió a la legión de Zadkiel a sus fuerzas- mencionaba Camaél.

-¿Un vástago, dices?, ¿un ser humano?- preguntó alarmado Jophiel.

-¡Así es!, estamos perdiendo fuerza, a este paso, si el niño despierta en la oscuridad, ¡no sé lo que pueda suceder!- dijo Camaél.

-¿De qué están hablando?- preguntó Layonnel.

Camaél, le hizo una seña moviendo la cabeza a Jophiel, de forma negativa.

-¡No podemos seguir ocultándoles cosas!, y menos ahora que sé que son los elegidos de Abdiel. ¡Debemos confiar en la inteligencia y sabiduría de los hijos de Adán!- le dijo Jophiel a Camaél.

-Khronnos, fue uno de los arcángeles del cielo, el lucero más brillante y más hermoso que se pudo crear, su misión, era alumbrar el camino para que nadie se perdiera en la oscuridad, sin embargo, la soberbia se apoderó de él, se rebeló en contra del Patriarca, aunó a su causa a muchos que los admiraban, y fue enviado a la oscuridad. Juró vengarse, y por eso ha atacado a los seres humanos desde entonces, descubrió que los miedos y las debilidades humanas, enriquecían su poder, y fue apoderándose poco a poco, de estos sentimientos para alcanzar el momento en que pudiera salir de la oscuridad y mostrarse orgulloso al universo.

Tras varios milenios, la gente lo ha ido invocando poco a poco, hasta este momento, en que logró salir de su oscuridad. Su objetivo, siempre ha sido arrastrar a los seres humanos hacia sus dominios, convencerlos de que él, es mejor que el reino celestial, y demostrarle al Virtus Creator, que puede gobernar el mundo y el universo. Pero su ambición ha llegado más lejos, ha convencido a un ser humano, para fungir como su vástago, está imitando al creador, si el pequeño es poseído en su totalidad por Khronnos, no solo será el nuevo rey del infierno, también tendrá la posibilidad de reinar sobre el mundo de los humanos, y de engendrar descendencia con el alma oscurecida. Está tratando de crear una nueva especie- dijo Jophiel.

-¿Y cómo lo detenemos?- preguntó Layonnel.

-Tendríamos que recuperar al pequeño, y sacrificarlo para que su alma sea purificada, pero si lo ha llevado hasta las profundidades del infierno, entonces no tenemos oportunidad. Así como el cielo, está prohibido para los demonios, el infierno lo está para los ángeles.

Por ahora, debemos reunir nuestras fuerzas para ir con Sephirot y Uriel, parece que la batalla decisiva está próxima- dijo Jophiel.

-¡Hay otra complicación!, no quiero alarmarte, pero, ¡las siete trompetas han aparecido!- dijo Camaél.

-¡No debemos pensar en eso!, como lo dije, debemos concentrarnos en la batalla, no permitiremos que los demonios sigan llevándose las almas de los hijos de Adán- dijo Jophiel.

-¡Layonnel!, deberás quedarte en este lugar y proteger a la gente, esta es tu oportunidad para levantar el sello de Khronnos con las escrituras, compártelas y enséñalas a tu gente, solo con la luz, puedes desvanecer la oscuridad- dijo Camaél.

-¿Estás seguro de esto?, ¿dejarle toda la responsabilidad a este jovencito?- preguntó Jophiel a Camaél.

-¡Sí!, estoy seguro, Abdiel confió en él, ¡no veo porque nosotros no debemos hacerlo!- dijo Camaél.

-¿Crees que sea él, el indicado?- preguntó Jophiel.

-Lo sabremos cuando llegue el momento, pero ahora, hay algo de lo que tenemos que estar preparados. ¿Qué sucederá después de la gran batalla?, ¿dejaremos que los caminantes nocturnos sigan en este mundo?- preguntó Camaél.

-Si te refieres a Rowenster y a su especie, eso es algo en donde no podemos intervenir. Ellos no pertenecen ni al reino celestial, ni al infierno, y mucho menos a la raza humana, así que no debemos meternos con ellos- contestó Jophiel.

-¡Podría ofrecerles un acuerdo!- dijo Camaél.

-¡Tú siempre tratando de armonizar a todos!, ¡no!, sabes bien que el único que podría, hacer un acuerdo con ellos, es el gran general- dijo Jophiel.

Montados cada uno en sus caballos y seguidos por sus legiones, se adentraron en los caminos del bosque de las tinieblas dirigiéndose hacia la ciudad del norte.

Mientras tanto, la gente llegaba escoltada por algunos grupos de ángeles, al refugio, en donde Hilda y Layonnel, recibían a los ciudadanos dándoles, comida, atendiendo sus heridas, y un lugar en donde sentirse seguros. Layonnel abrió los pergaminos sagrados y comenzó a leerlos, utilizó el péndulo del tiempo para avanzar rápidamente y terminarlos lo más pronto posible.

Una vez que terminó de leerlos, entendió el sentido de las cosas, historias, leyendas, pasajes y vivencias de las antiguas civilizaciones, que por siglos mantenían cierto orden y armonía. Se dedicó a juntar a la gente al centro de la fogata y relatarles las historias de las escrituras. La gente escuchaba con atención y su miedo desaparecía al escuchar tales relatos.

Hilda por su parte, seguía molesta por la situación de Abdiel, no podía apartar de su mente, el tiempo que vivió bajo las enseñanzas de su maestro, y repetía una y otra vez, las palabras de Khronnos en su mente.

La joven, decidió caminar un poco por el lugar, para poder pensar. La tarde se transformaba en noche, la protección del sello de Jophiel, le daba mucha tranquilidad a las personas, que continuaban escuchando con atención al joven Layonnel.

Mientras Hilda caminaba por el bosque, se percató que era el único lugar en donde existía una extensa vegetación, que hace mucho tiempo no veía, dando pasos lentos, acariciaba las hojas de las plantas y escuchaba el sonido de los animales que se habían refugiado en ese lugar.

-¡Maestro!, ¿Qué fue lo que me ocultaste?, ¿qué otro secreto estoy por conocer?- pensaba en voz alta la joven.

De pronto, caminando en el bosque, Hilda se topó con un rosal, con un botón rojo, que estaba a punto de florecer.

-¡Que extraño!- dijo la joven acercándose a tocar el botón.

-¡Yo que tú, no haría eso!- dijo un hombre.

La joven volteo y se percató de la presencia de un hombre vestido de negro que se acercaba hacia ella.

-¿Quién está ahí?- preguntó la joven.

-La única persona que puede atravesar cualquier barrera impuesta por los ángeles o los demonios. ¡Nos volvemos a encontrar, jovencita!- dijo el hombre poniéndose en la luz que daba la luna.

-¡Rowenster!, ¿Qué hace usted aquí?- preguntó Hilda.

-¡Vine a reiterarte mis servicios, y a recordarte, que aunque ya no esté Abdiel, él y yo tenemos un acuerdo!

¿Es hermosa, no lo crees?- dijo Rowenster acariciando el botón de rosa.

-¡Sí!, así es, nunca creí que existiera un lugar así sobre la Tierra. Es extraño ver florecer una rosa a mitad de la noche- dijo Hilda.

-Eso se debe, a que no es una rosa cualquiera, una rosa maldita, llamada la rosa del goiteia. Existe desde hace muchos siglos, y es única en su clase, tiene un poder tan majestuoso, que el mismo Khronnos no sabe de su existencia. Él te buscará, eres una mujer encantadora y seguramente despertaste su interés. ¡Ten!, guarda contigo esta rosa, y úsala si es que tienes oportunidad de tener en persona a Khronnos- dijo Rowenster arrancando el botón de rosa y dándoselo en la mano a la joven.

-¿Y cómo se usa?- preguntó Hilda.

-Es fácil, si vuelves a encontrarte con Khronnos, simplemente regálasela, te aseguro que será una poderosa arma en su contra.

-Dime algo, ¿Por qué ayudas a los seres humanos?- pregunto Hilda.

-La respuesta, también es simple. Es la fuente de alimento para los de mi especie, sin ellos, ¿de qué nos alimentaríamos?, ¡jajajaja! En realidad es más que eso, un mundo eterno sin quien nos recuerde, lo que una vez fuimos, lo que sentíamos y lo que nos hacía felices, es un mundo que no quiero vivir.

A diferencia, de los de mi especie, mi maldición va mucho más allá del entendimiento. Yo no puedo ser destruido de ninguna forma, mi castigo es vivir por siempre bajo las sombras de un corazón carente de amor. Y si alguna vez llego a enamorarme, el castigo por ese pecado, es la pérdida de esa persona. Así ha sido desde hace siglos, y ya estoy acostumbrado. Ayudar a los humanos, me hace sentir que estoy haciendo algo diferente, me da energía y ganas de partirle la cara a los demonios, ¡en fin!, ¡me mantiene ocupado!

Pero ¡tú!, debes andarte con mucha cautela, ¡no eres una mujer cualquiera!, y eso, lo sabe a la perfección Khronnos. En tus hombros recae la carga más pesada que podrás haber sostenido en toda tu vida, y cuando llegue el momento, tu voluntad, será la única que podrá decidir si lo que estás haciendo es lo correcto, o en realidad no sirve de nada- mencionó Rowenster.

-¿A qué te refieres con eso?, ¡no entiendo tu comentario!- dijo Hilda.

-¡Ya lo verás!, ¡ya lo verás! Nosotros, a diferencia de los tuyos, tomamos lo que queremos sin temor a las consecuencias, porque no existen en nuestro mundo. Pero los humanos, no son capaces de decidir por sí mismos, siempre necesitan que algo, o alguien los empuje a tomar la determinación, y al hacerlo de este modo, siempre se quedan con el sentimiento de culpa, porque tal vez, era algo que en realidad deseaban con todo el corazón, pero la manera de obtenerlo, no fue la que pensaron.

En pocas palabras, los seres humanos son corruptibles, fáciles de manipular, por medio de sus sensaciones y sentimientos. ¡No razonan sus acciones!, las ejecutan con base en sus sentimientos, y eso, es lo que le da la fuerza superior a los demonios de Khronnos. Si quieres vencerlo, deberás despojarte de tus emociones, y actuar conforme a la situación, teniendo siempre en mente, lo que se debe hacer y no lo que quisieras hacer.

-¿Por qué me estás diciendo todo esto?, ¿a ti de que te sirve?- preguntó la joven confundida.

-Porque al igual que Khronnos, tengo un especial interés en ti, ¡ya te lo dije!, ¡no eres una mujer común! Fuiste capaz de ponerte delante del mismo rey del infierno, sin importarte lo que pudiera pasarte, solo por proteger a tu maestro, sabiendo que de todas formas, Khronnos tenía el poder de destruirlos. Y ese coraje, hace que se me caliente mi sangre muerta.

Me encantaría tener una reina como tú a mi lado, compartir la inmortalidad con una mujer capaz de todo. ¡Pero tienes un defecto!,

¡eres una humana!, y si mi maldición continua, tarde o temprano, mi sueño se desvanecerá en el aire- dijo Rowenster.

-¡Pero qué diablos me estas insinuando!- dijo enojada Hilda.

-¡Tranquila!, ¡no debes molestarte!, es un cumplido. Además, El señor de la oscuridad, vio lo mismo que yo en ti, y seguramente te querrá para sí mismo. Así que, en su momento, podrás decidir con quién quieres quedarte. Mientras tanto, yo siempre estaré cerca, para que nada malo te suceda- dijo Rowenster

-¡Eres un asco!, todos los hombres son iguales- dijo Hilda.

-¡Basta ya de charlas absurdas!, guarda esta rosa, que después de hoy, se transformará en una astilla seca, y cuando estés con el rey del infierno, procura enterrársela en el corazón, eso le causará una herida muy profunda que lo debilitará. Pero no debes titubear, ni sentir lástima por lo que verás, si lo haces, de nada habrá servido- dijo Rowenster.

-¡Dime!, ¿Qué es lo que hace esta rosa?- preguntó Hilda.

-¡Si tienes las agallas para hacer lo que te digo, entonces lo verás con tus propios ojos!, ahora bien, es hora de que me vaya, ¡tú deberías regresar al lado del muchacho!, y recuerda, ¡nada de sentimientos, o perderás la visión sobre el camino!- dijo Rowenster.

La joven se quedó consternada, el botón de rosa, estaba floreciendo, y la apertura de sus pétalos, formaban una hermosa flor en un tono rojo carmín, que poco a poco cambiaba de color a un tono morado.

Caminó hasta el punto en donde estaba Layonnel, y guardó la flor en su morral, se sentó a escuchar las palabras del joven, quien continuaba leyendo las escrituras sagradas. La gente se encontraba tranquila y con un calor muy especial en sus corazones. Se trataba de palabras que escucharon con anterioridad, y que muchos de sus padres, alguna vez les inculcaron, pero que poco a poco, se fueron olvidando y haciendo a un lado, para dejar que la avaricia y la ambición, gobernara su corazón.

Cerca de la ciudad del norte, a mitad de la noche, dos grupos del ejército celestial se reunían. Todo indicaba que estaban planeando una estrategia para abatir el ejército infernal, que aprovechaba la oscuridad de la noche, para moverse rápidamente.

-Tengo información reciente, al parecer, el ejército del infierno está siendo comandado por Fleuretty, uno de los generales de Khronnos. Se mueven con rapidez y estamos teniendo muchas bajas. ¡No logramos ver sus ataques!- dijo Uriel.

-¡Ya estamos aquí!, juntemos nuestras fuerzas y combatamos a los caídos en las sombras- dijo Jophiel.

-¿Dónde está Sephirot?- preguntó Camaél.

-Se dirige hacia el volcán, insiste en destruir la entrada del inframundo- contestó Uriel.

-¿Pero qué está haciendo?, ¿Qué no se da cuenta que lo necesitamos aquí?- dijo Jophiel.

-¡Debemos ser cuidadosos!, Fleuretty no es como los otros dos, es muy astuto y no le gusta la violencia, ¡quién sabe que artimañas utilice en la batalla!, además, las pestes siguen atacando a los humanos, cada vez hay más muertos y desesperanza- dijo Uriel.

-Escuche que las siete trompetas han aparecido, pero, ¿Quién las ha traído?- pregunto Jophiel.

-Affafniel las invocó. Si no nos apuramos a traer al gran general, en pocos días no quedará nada de este planeta, Khronnos habrá vencido, y nosotros nos veremos obligados a sonar las trompetas para destruir este mundo- dijo Uriel.

-Aún queda una esperanza- dijo Camaél.

-¡Si claro!, ¡hasta que aparezca el último de nosotros!- dijo Uriel.

-¡No!, ¡te equivocas! Hay un joven que puede lograr que los hijos de Adán, despierten nuevamente, le fue entregado de la mano del propio Zagzaguel, las escrituras sagradas. Tal vez, los seres humanos se puedan salvar a sí mismos- dijo Camaél.

-¿Tu qué piensas, Jophiel?- dijo Uriel.

-Pienso que Khronnos, está actuando de forma extraña. Algo planea. Las batallas han sido muy sangrientas y devastadoras, pero nos concede tiempo, como por ejemplo ahora, para agruparnos y da una especie de tregua. ¿Por qué haría tal cosa?, ¡no es lógico, tratándose del rey del infierno!- dijo Jophiel.

-¡No debes subestimarlo, Jophiel!, recuerda que ha esperado mucho tiempo por este momento, además, venció a Israfil y a Zadkiel sin ensuciarse las manos- dijo Camaél.

-¡Zuuuuuuummm!- se escuchó

-¿Qué fue eso?- preguntó Uriel.

-¿De qué hablas?, ¡no interrumpas que estamos en una discusión seria!- dijo Camaél.

-¡Zuuuummmm!- se volvió a escuchar.

-¿Lo escucharon?, ¿Qué podrá ser?- dijo Uriel.

-¡Sí!, ahora sí lo escuché, parece provenir del aire- dijo Jophiel.

-¡Ahhhh!, ¡Ahhhh!, ¡general!, ¡estamos siendo atacados!- dijeron los soldados

Mientras tanto, en el refugio, la gente se había ido a descansar en las tiendas que fueron habilitadas por los ángeles, para ellos. Hilda, miraba con atención a Layonnel, y la manera tan pasional con la que describía y hablaba acerca de las escrituras. Se acercó a él, y lo ayudaba a recoger el sitio, para irse a descansar.

-¡Lo he entendido todo, Hilda!, ¡por fin entendí el sentido de la vida!, ¡es increíble que nosotros, los humanos, hayamos olvidado estas enseñanzas!, ahora entiendo el porqué de nuestra situación, y sabes, ¡estoy convencido de que tenemos una oportunidad!, ¡solo necesitamos creer!, y lo demás, vendrá por si solo- mencionó Layonnel.

-No sé si deba decirlo, pero, al escucharte, comprendí el silencio de mi maestro, ahora entiendo por lo que luchó todo este tiempo, y créeme, ¡yo creo en ti, Layonnel!, y se, que tú serás la antorcha, que nos ilumine en la noche por el camino. No fue casualidad que te encontrara en el bosque de las tinieblas, ni que tú me salvaras, ¡fue el destino que nos unió!- dijo Hilda mirando tiernamente a los ojos al joven.

La fogata estaba por consumirse por completo, y el impulso de sentir los labios de uno, contra los del otro, se hizo presente. Layonnel, tomó a Hilda de los hombros y la acercó hacia él, ella, con sus suaves manos tomó las mejillas del joven y lo miró tiernamente.

-Después de escucharte hablar de esa manera, has despertado un sentimiento en mí, hasta hoy, te creí un niño estúpido que solo jugaba a ser héroe, pero me he dado cuenta de tu gran corazón y tu fuerza, que me hacen admirarte cada vez más, y cuando estoy cerca de ti, mi corazón empieza a palpitar precipitadamente, sin razón alguna- dijo Hilda.

Layonnel, la acercó hacia él besándola tiernamente.

-¿Pero que estamos haciendo?, ¡discúlpame!, ¡esto no debe ser!, ¡no ahora!, debemos estar concentrados en alcanzar nuestro objetivo, ¡discúlpame Hilda!- dijo Layonnel separándose de la joven.

Ella se sintió rechazada, y tomó las disculpas de Layonnel, como una señal de que no le era algo agradable. Hilda se retiró de la escena, y se fue a una tienda a dormir, se cubrió con una manta y recordaba las palabras del duque de Rowenster. "Debes hacer a un lado tus sentimientos", cerró los ojos y derramó algunas lágrimas.

Tras varios minutos, sintió como alguien entró a la tienda, y se acostó a su lado.

-¡Lo siento mucho!, ¡no quise hacerte sentir mal!, ¡debes comprender, lo difícil que es para mí en estos momentos!- dijo Layonnel y la abrazo.

La joven, volteo a mirarlo, y acariciando su rostro, comenzaron a besarse apasionadamente.

CAPÍTULO VII

La quinta Batalla
Noche de lágrimas

-¡General!, ¡General!, ¡estamos siendo atacados!- gritaba un soldado que venía corriendo hacia Jophiel.

-¿Pero cómo es posible?, ¿por dónde están atacando?- dijo Jophiel.

-¡No lo sabemos!, estábamos reuniendo las tropas, cuando de pronto, una ráfaga convirtió al escuadrón en piedra, tratamos de defendernos, pero no había nadie alrededor- decía el soldado.

-¡Eso es imposible!, ¡puse un sello divino a nuestro alrededor!, ¡nadie puede detectarnos!- dijo Jophiel.

-¡Rápido!, ¡que se reagrupen las tropas y se pongan en posición!- gritó Camaél.

-¡No puedo creerlo!, ¡mis sellos son muy poderosos!- decía Jophiel.

-¡No debes culparte!, ¿eso es a lo que hemos venido, no es así?- dijo Uriel.

-Pero, ¿Cómo?, ¡no lo entiendo!, ¿Por qué no vemos a nuestro enemigo?- decía desconcertado Jophiel.

-¡General!, ¡parece que está en el aire!- dijo un soldado.

-¡Zuuuuuummmmm!- se escuchó y varios de los soldados que estaban cerca de los generales, se convirtieron en piedra.

-¡Jajajajaja!- se escuchó la risa de una mujer.

-¿Quién eres?, ¡muéstrate!- gritó Jophiel.

-De las noches, soy su aliada, de los sueños y recuerdos, soy amada, de las memorias y deseos, soy odiada, y de los dulces y dolorosos momentos, soy recordada ¡Jajajajaja!- decía la voz femenina mientras una ráfaga de viento pasaba cerca de los generales.

-¡Demonios!, ¿Quién puede ser?- decía Camaél.

-¿Acaso no lo recuerdan?, ¿quién más puede decir esas palabras?- dijo Uriel.

-¿Será acaso…? pero ¿cómo?- dijo Jophiel.

-Entre más me alejes, más me acercaré, y cuando llegue el momento, de tu alma y tu mente, me apoderaré- dijo la voz femenina.

-¿Quién en todo este mundo, puede decir tales cosas?- preguntaba Camaél.

-¡Zuuuuuummmm!- se escuchó pasar y nuevamente, un grupo de ángeles cayó petrificado.

-¡Solo hay alguien quien puede decir esas palabras!- dijo Uriel.

-¡Eso es imposible!, ¡hace siglos que duermen!- mencionó Camaél.

-Y, ¿Cómo es posible que rompieran mi sello?, a menos que alguien las haya despertado- dijo Jophiel.

-A este paso, toda una legión será devastada- dijo Camaél.

-¡Muéstrate y da la cara!- gritó Jophiel

-¡Jajajaja!, tus recuerdos, son mi vida, tus lamentos, mi risa, tus alegrías mi fantasía, y tus desvelos, mi día- dijo la voz.

-¡No cabe duda!, ¡es una de ellas!- comentó Camaél.

Los ángeles comenzaron a disparar sus flechas al aire, esperando atrapar a la culpable del ataque, sin embargo, la mujer se ocultaba entre las sombras de la oscura noche, sin embargo, se movía rápidamente sin poder ser vista.

De pronto, Jophiel se desesperó e hizo aparecer sus alas doradas hechas con destellos luminosos, provocó un viento moviéndolas y emanando un polvo dorado por todo el lugar.

-¡Me descubriste!- dijo la silueta de una mujer que estaba apareciendo entre el polvo dorado. Era una figura femenina con un par de alas brillantes de forma de mariposa.

-¡Por fin, apareces!, ¡ya no te podrás ocultar más!- dijo Jophiel.

-¿Y quién dijo que me quiero ocultar?, ¡nadie puede ocultar su pasado!, éste, siempre encuentra la manera de salir a la luz- dijo la mujer.

-¿Así que se trata de un Hada?- comentó Camaél.

-¡Sí!, es verdad, soy un hada y mi nombre es Urdas, la Norna del pasado- dijo la mujer.

-¿Por qué nos estas atacando?- mencionó Jophiel.

-¿Yo?, ¿atacándolos?, ¡no!, ¡te equivocas!, ¡no soy yo quien los está atacando!, deberías fijarte bien, antes de acusar a inocentes. Yo solo vengo a recordar, lo que parece que pretende ser olvidado- dijo la mujer.

-Pero, ¿de qué está hablando esta mujer?- dijo Camaél.

-¡Calma!, deja que yo me encargue de esto. ¡Habla hada!, ¿Qué es lo que viniste a recordarnos?- dijo Jophiel.

-Entre miedos y colores, se cambia las opiniones. La lealtad es la cadena de la verdad, cuando se pretende alcanzar la libertad, obliga y somete a la voluntad, hasta hacerla traicionar- dijo Urdas.

-¿Qué quieres decir?- preguntó Jophiel.

-¡No conoces el miedo, porque no tienes sensaciones, no conoces el amor y el dolor, porque eres carente de emociones! Fuiste destinado en una guerra a actuar, y por milenios, alabanzas cantar, tu lealtad, no es más que las cadenas de tu voluntad, cuando tu corazón, anhela la libertad- dijo la mujer.

-¡No entiendo que dice esta mujer!- dijo molesto Jophiel.

-¡Yo sí!, te está diciendo que no somos más que unos títeres sin emociones, y que nuestra lealtad es una mentira, que en realidad deseamos una vida como seres humanos- dijo Uriel.

-¡Claro que no!, ¡mi lealtad no tiene que ver con un deseo como ese!, ¡yo no quiero una vida humana!, ¡yo soy un general del reino de los cielos!- dijo Jophiel.

-Mira en tu pasado y dime lo que ves, enfrenta tus deseos y tu presente es lo que es- dijo Urda y Jophiel entró en un estado de trance.

-¿Qué está haciendo?, ¿Qué le sucede a Jophiel?- dijo Camaél.

-¡Jajajaja!- se reía la Hada y volaba alrededor.

-¡Zuuummmmm!- se escuchaba mientras volaba y los soldados trataban de golpearla con sus flechas, pero era inútil, era demasiado rápida, y con cada vuelta que daba, varios ángeles quedaban convertidos en piedra.

-¡No luchen contra ella!, ¡no lograremos nada!- gritó Uriel.

-¿Pero qué dices?, esta hada está destruyendo la legión, ¿acaso no te das cuenta?- dijo Camaél.

-¡No es ella quien está acabando con los soldados!- dijo Uriel.

-La tristeza de tu alma me llevaré, si en tu corazón me permites, en él reinaré, los momentos más felices te daré, y los sucesos tristes me llevaré, en un estado de alegría te quedarás, y por siempre mío, tú serás- dijo el Hada volando alrededor de Jophiel.

Jophiel, se quedó inmóvil observando hacia el horizonte, frente a él, una imagen aparecía como una película que se proyectaba.

Estaba en un lugar, lleno de flores hermosas, en donde se escuchaba a lo lejos, una cascada y donde había numerosos grupos de ángeles vestidos con túnicas blancas, emitiendo una gran luz que brindaba mucha paz y tranquilidad. Todo alrededor, era belleza y calma, el día parecía brindar un confort inigualable. Una gran luz se acercó hacia él, de entre los destellos, una silueta de una mano apareció y le acarició el cabello.

-¿Es esta la forma que deseas tener?, ¿acaso es esto lo que tanto quieres?, ¿una figura humana?, ¡pídemelo y te lo concederé!, pero a cambio, perderás tu esencia divina- dijo la luz.

-He venido de visitar el mundo de los humanos, me he mostrado ante ellos, con esta imagen- dijo Jophiel.

-¿Y, entonces?, ¿Por qué continuas con esa forma?- preguntó la luz.

-¡No lo sé!, me parece extraño que el Patriarca haya decidido darles esta forma a su última creación- dijo Jophiel acostándose sobre el pasto y mirando hacia arriba.

-¿No será que tienes envidia por los hijos de Adán?- dijo la luz.

-¡No!, ¡jamás iría en contra de mi señor!, ¡él me ha confiado al igual que a mis demás hermanos, la tarea de cuidarlos y auxiliarlos!, ¡no podría traicionarlo!- dijo Jophiel.

-¿Disfrutas mucho de este lugar, no es así?, últimamente te he visto muy atareado con los asuntos de los humanos. ¿No crees que desaprovechan los recursos que les dio el Patriarca?- dijo la luz.

-No puedo opinar al respecto, mi trabajo es simple, y no debe cuestionarlo, pero ¡sí!, ¡si disfruto mucho de este lugar!, y me gustaría tener más tiempo para estar aquí- dijo Jophiel.

-¡Hablas con términos de humanos!, ¿el tiempo?, ¿Qué es el tiempo en realidad?, ¡aquí no existe eso!, me parece que tu convivencia con ellos, te está afectando ¡No olvides tus deberes!, recuerda, que tú, no eres quien para involucrarte en ese mundo, ¡no puedes intervenir, a menos que te lo soliciten!- dijo la luz.

-Tal vez, extrañe el momento en donde todo era paz y tranquilidad, antes de la llegada de los seres humanos- dijo Jophiel.

Mientras esto ocurría, Urdas, el hada del pasado, abrazó a Jophiel y lo hizo desaparecer, su legión, ahora sin su comandante, se unió temporalmente a la de Camaél.

-¿Adonde fue?, ¿Qué es lo que está pasando?- preguntó Camaél.

-¡No debes preocuparte!, está en un sueño profundo, cuando despierte, ¡todo estará bien!- dijo Uriel.

-¿Por qué estás tan tranquilo?, ¡es más!, ¿Dónde está tu legión?- comentó Camaél.

-¿Mi legión?, ¡fue abatida por el Hada del pasado!- respondió Uriel.

-¿En serio?, ¡creí que dijiste que el Hada, no era el enemigo!, si no es ella, entonces, ¿quién es?- preguntó Camaél.

-¿Estas dudando de mí?- preguntó indignado Uriel.

-¡Sí, así es!, ¡Tú no eres Uriel!, el jamás abandonaría a su legión- expresó Camaél.

-¿Apenas te das cuenta?, ¡efectivamente!, ¡no soy Uriel!- dijo el hombre.

-¿Qué le has hecho?, ¿Dónde está, Uriel?- dijo Camaél.

-¡Mmm!, al igual que Jophiel, fue envestido por una de las hadas, mismas que yo desperté. ¡Ya me canse de usar esta imagen!, ¡ya tengo lo que quería!- dijo el hombre y la imagen del arcángel se desvaneció, permitiendo ver el rostro del oponente.

-¡Fleuretty!, todo este tiempo fingiste ser Uriel para atraparnos- mencionó Camaél.

-¡Brillante deducción!, en realidad, no pensé que fuera a dar resultado, pero veo que sus defensas están bajas, y su concentración, deja mucho que desear. ¿Estás listo, Camaél?, ¿serás capaz de vencerme?- habló Fleuretty.

-¡Cuando gustes!, sabía que utilizarías otro tipo de artimañas diferentes a las de tus antecesores, pero ¡jamás te creí capaz de usurpar la imagen de Uriel!- expresó Camaél.

-¡Uy, cuanto lo siento!, ¡debió ser doloroso!, pero, ¡basta de charla!, ¡quiero tu espíritu!- dijo el demonio y sacó una espada lanzándose contra el cuerpo de Camaél.

-¡Soldados, a las armas!- gritó Camaél.

-¡Jajajajaja!, ¿te refieres a ellos?, ¡mira con tus propios ojos!, han caído en las sombras- dijo Fleuretty señalando detrás de Camaél.

Toda la legión, estaba convertida en piedra, sus arcos y flechas, yacían en el piso, resplandeciendo.

-¡No te culpes!, mis sombras son más fuertes que tus ángeles, es natural que se hayan dejado envolver. Mientras tú discutías conmigo, mis esporas diabólicas flotaban por el aire, ¡es una pena que se haya opacado el brillo de sus espíritus!, ¿no lo crees?, pero ahora están en un lugar mejor, ¡en el infierno!, ¡a donde tu irás!- dijo el demonio lanzando golpes uno a uno, el arcángel saco su espada y contrarrestó los ataques de Fleuretty. Su fuerza era muy distinta a la de los otros comandantes del ejército infernal.

El comandante del ejército infernal, se abatía en duelo con el arcángel Camaél, sus fuerzas eran sorprendentes, tras el gran esfuerzo que hizo Camaél para detener el golpe de la espada del demonio, su espada salió volando por los cielos y enterrándose en el suelo.

-¿Eso es todo lo que tienes?- preguntó Fleuretty.

-¡Ja!, ¡esto es solo el principio!- dijo Camaél y extendió sus alas, las agitó y de ellas se desprendió un polvo en color rosado que envolvió al demonio.

-¿Qué clase de ataque es este?, ¿se supone que debo temerle?- preguntó Fleuretty.

-¡No!, no hay miedo en donde hay amor, pero yo que tú, ¡no estaría tan seguro de poder resistir, lo que nunca has tenido!- dijo el arcángel.

El demonio, se asfixiaba al oler y sentir el polvo que se impregnaba en su cuerpo.

De pronto, una imagen venía a su mente, se ubicaba en uno de los reinos del infierno, frente al gran Khronnos. Estaba hincado, con la mano derecha en el pecho.

-¡Todo está listo, mi señor!, se hará como siempre- dijo el demonio.

-¡Fleuretty!, debo agradecer tu lealtad a mí. Debo admitir, que de entre todos mis demonios, tú eres uno muy especial, uno de los más considerados y sutiles, pero también uno de los más fuertes. Pero dime, ¿Qué es lo que te hace ser tan especial?- mencionó Khronnos.

-¿Yo, mi señor?, ¿especial para usted?, ¡solo cumplo con mi trabajo!- contestó el demonio.

-¡No!, no es así. Existe algo especial en tu manera de actuar, eres piadoso, y siempre procuras entregarme las almas más puras, sin un solo síntoma de ataque o violencia. ¿Por qué?- expresó Khronnos.

-Es una pregunta, a la que no tengo una respuesta. Me gusta traerle lo mejor a mi rey, que mis regalos sean de su agrado. Nunca he tenido la intención de violentar, lo que se puede conseguir con facilidad- contestó Fleuretty.

-¡Esta bien!, realmente no me interesa tu técnica, estoy muy satisfecho con tu trabajo. Por esa razón, te otorgaré un ducado en mi reino, y comandarás a mi ejército, cuando sea el momento- dijo Khronnos.

-¡Mi señor!, ¿Por qué me has llamado a tu presencia?- dijo Fleuretty.

-Es simple, deseo que me traigas el espíritu más puro, como obsequio, y solo tú puedes lograrlo. Así te consideraré, digno de mi gran legado- dijo Khronnos.

-¿Cuál de todos quiere, mi señor?, ¡se lo traeré enseguida!, pero tengo una pregunta- dijo Fleuretty.

-¿Estas cuestionando mis órdenes?, ¿acaso es eso?, ¡no debes preguntar!, solo debes actuar- dijo Khronnos.

-Pero, ¿Por qué dice que me considerará digno?, ¿acaso no lo soy?- dijo Fleuretty.

-Dime, ¿no he sido bueno contigo?, ¿no te di la oportunidad de servirme y mantenerte como uno de mis más cercanos?, ¿por qué me vienes con esos cuestionamientos?, ¿ya olvidaste cuando llegaste a mi reino?, ¿es eso?, se te olvidó lo magnánimo y piadoso que fui con tu alma, no solo te permití estar cerca de mí, te he confiado mis más grandes secretos, he puesto una gran legión a tus pies, ¿y me vienes con preguntas absurdas?

¡Está bien!, siempre has actuado sin necesidad de que te lo pida, siempre me traes obsequios, que ninguno de los otros comandantes me ha traído, y eso hace que me sienta complacido. Te considero como uno de mis hijos. Sé que puedo confiar en ti, y que nunca me defraudarás- dijo Khronnos.

Tras unos momentos, el demonio despertó de su trance, y con una gran confusión, comenzó a llorar.

-¿Qué es esto?, ¿Por qué me siento de esta manera?- decía molesto el demonio, era un sentimiento que nunca antes había sentido, le asustaba y lo confundía en sus movimientos.

Molesto, por la sensación, se le fue a la cara a Camaél y comenzó a golpearlo desesperadamente.

-¿Qué fue lo que me hiciste?- gritaba el demonio.

-¡Es lo que encierra tu sucio corazón!, ¿Qué pensaste?, ¿Qué los sentimientos eran exclusivos de los seres humanos?, ¡pues la respuesta es no! Así como Khronnos, utilizó la soberbia y la ambición para traicionar el reino celestial, nosotros, los ángeles, sellamos nuestros sentimientos para ejecutar nuestras misiones, pero tenemos la cualidad de sentir, así como todo ser viviente en la Virtus Creator- dijo Camaél.

El demonio estaba realmente furioso, aventó la espada y sacó una daga para acuchillar al arcángel. De pronto, una luz muy intensa apareció en la escena, un rostro se dibujaba detrás de aquella luz, que poco a poco fue cobrando forma y se transformó en la silueta de un hombre.

-¡Mi señor!- dijo Fleuretty sosteniendo al arcángel por el cuello.

-¿Qué esperas?, ¡Mátalo!- gritó Khronnos.

La confusión del demonio impedía que se moviera, dudaba realmente de darle el golpe final al arcángel, los sentimientos que despertaron en él, le provocaban una gran angustia y una gran compasión por la vida.

-¡No puedo, mi señor!- dijo el demonio temblándole la mano.

-¿Qué pasa Fleuretty?, ¿acaso es que te gusto la capacidad de sentir?- decía Camaél mientras seguía aprisionado por los brazos del demonio.

-¿Qué no me escuchaste?, ¡te dije que lo mataras!, ¿Qué pasa?, ¿Por qué titubeas?- decía Khronnos.

El demonio comenzó a derramar lágrimas, la sensación era extraña y confusa, sentía un dolor en el pecho mientras las lágrimas escurrían por su rostro.

-¡Eres un inútil!, ¡todo lo tengo que hacer yo mismo!- dijo Khronnos sacando su Hoz y apuntándola hacia Camaél.

El arcángel extendió sus alas y se liberó de los brazos de Fleuretty, hizo aparecer frente a él, un arco y una flecha dorada y apuntó hacia Khronnos.

-¡Nooooooooo, mi señor!- gritó Fleuretty y se puso frente al rey del infierno. Camaél disparó la flecha y atravesó el cuerpo del demonio.

-¡No cabe duda que tengo, puros ineptos a mi servicio!- dijo Khronnos.

-¡Mi señor!, ¡no permitiré que le hagan daño!- dijo el demonio con la flecha clavada en el corazón.

-¡Eres un tonto!, ¡te dejaste envolver por su ilusión!, y ahora, ¡no eres más que polvo inservible!, ¡ya no me sirves para nada!, y creo que en realidad, ¡nunca lo has hecho!- dijo Khronnos quitándolo del paso con una de sus manos.

-¿Así es como tratas a quién te ha servido con toda su alma, Khronnos?- dijo el arcángel cargando nuevamente el arco con otra flecha.

-¡Todos estos, no son más que peones!, ¡sirvientes que deben venerarme hasta el fin!, no significan nada para mí- dijo Khronnos.

-¿Lo ves Fleuretty?, ¡fuiste derrotado por tus sentimientos hacia el rey del infierno!, ¡te traicionaron tus emociones!, ¡y de nada te sirvió estar al lado de un cretino como este!- dijo Camaél.

El demonio, agonizante, seguía llorando mientras su cuerpo se desintegraba poco a poco.

-¡No eres más que una basura y un estorbo!, siempre te detesté, siempre queriendo mostrar el lado sentimental de las cosas, ¡pero ese!, ¡ese es tu gran error!, si quieres vencerme, tendrás que abandonar tus creencias estúpidas y ver la realidad- dijo Khronnos lanzando un destello con su Hoz hacia la frente de Camaél.

Una ilusión se presentó delante de él, se encontraba observando en una habitación, un consenso donde se ponían de acuerdo para organizar las batallas.

-¿Le diremos a Camaél?- preguntó uno de los soldados.

-¡No!, El Patriarca solo lo quiere para entretener a los humanos, y así manipularlos con los sentimientos, no se puede confiar en él. Nunca se sabe cuándo actuará por su voluntad, o por su sentimentalismo- escuchó de otro soldado.

-¡Si, eso es cierto!, fue creado para el entretenimiento de los humanos, realmente no tiene la fuerza y el coraje que se necesita, ¡no es como el Gran General!, dudo mucho que pueda servirnos de algo- dijo una imagen que se parecía al arcángel Israfil.

-Pero, necesitamos alguien que guíe a los hijos de Adán, sin los sentimientos, no podremos controlarlos, necesitamos alguien que les haga sentir el temor- dijo una imagen parecida a Sephirot.

-¡Sí!, en eso tienes razón, ¡no lo había pensado antes! ¡Está bien!, lo haremos general para que manipule a los humanos- dijo una imagen parecida a Jophiel.

-¡Que absurdo!, ¡ja!, ¿sentimientos?, ¿Quién los necesita?, ¡se debe tener la sangre fría para mantenerse firme en el horizonte!- dijo una imagen parecida a Zadkiel.

-¿Quién se lo dirá?- dijo la imagen de Uriel.

-¡Yo no!, ¡díselo tú!, ¡a mí me molesta su sentimentalismo!- dijo Sephirot.

La ilusión terminaba y el arcángel estaba frente a Khronnos.

-¿Lo ves?, eso es siempre lo que les he tratado de decir, pero nunca me escucharon. Tú, que siempre te has esmerado en darle las mejores emociones a este mundo, les has traído la dicha, alegría, gozo, regocijo, la felicidad, y el amor...

¿Y todo para qué?, ¿para qué tus hermanos te consideren un ángel débil?, alguien a quien le dieron un cargo, ¡solo para poder manipular a los hijos de Adán!, ¡pobre! ¿Y qué me dices de tu rey?, ¿acaso has sentido el poder de su amor hacia ti?, ¿Cuál amor?, ¡el solo ama a su última y más perfecta creación!, ¡hasta mandó a su hijo de carne, para guiarlos!, ¿y ustedes, donde quedan? Solo los envió a una guerra para proteger a sus hijos, proteger a aquellos a los que sí les permitió el libre albedrío, los colmo de bendiciones e incluso, les puso todo un planeta para que jugaran, ¿y ustedes?, ¿en qué parte de todo esto, están?

¿Acaso no lo ves?, ¿Quién es la verdad ahora?, ¿Quién es el lucero que se sacrificó, para que ustedes abrieran los ojos?, ¿eh?, ¿tú crees que yo soy feliz con esto?, ¡no!, ¡yo el primero en querer ponerle un alto a sus preferencias! ¡Todos éramos parte de su creación!, ¿o no es así?, y entonces, ¿Por qué tenía predilección hacia ellos?, ¿Qué los hacía diferentes a nosotros?, ¿acaso no éramos también sus hijos?, ¡piénsalo Camaél!, ¡piénsalo!, y dime, si en verdad, tu rey es justo.

Ustedes no son más que peones bonitos, con alitas y brillo resplandeciente, ¡pero no dejan de ser lo que son!, ¡esclavos de un rey que prefiere a los humanos por encima de ustedes!- dijo Khronnos.

Camaél estaba verdaderamente triste, un gran dolor estremecía su espíritu, tenía la sensación de estar creando un enojo y una molestia muy grande.

-¡Siiiiiiii!, ¡siéntela!, ¡siente lo que yo he sentido a lo largo de tantos milenios!, ¡mírame a los ojos y ve el dolor y sufrimiento que he pasado por todos ustedes!, ocultándome por sentir distinto a sus deseos, por no venerar un reino donde no hay equidad, ¡fíjate bien y dime lo que ves!

El arcángel miró en la profundidad de los ojos de Khronnos, que cambiaron de un tono púrpura a un verde intenso con la parte de arriba del iris en color azul turquesa. En ellos, se veía la devastación, la sangre, las guerras, el odio y repudio de los humanos, hacia ellos mismos, y hacia los designios celestiales, cuando sus seres queridos perdían la vida en condiciones extrañas. Escuchaba los reclamos de los hijos de Adán ante las injusticias que ellos creían que provenían del cielo.

-¿Y bien?, ¿estás satisfecho?, ¡Deja ya de servir a todo esto!, ¡destruye estas sensaciones de dolor y de ira!, ¡solo tú puedes hacerlo!, ¡vamos Camaél!, ¡prívanos definitivamente de este eterno sufrimiento!- gritaba Khronnos.

El arcángel, con los ojos llenos de lágrimas y con el corazón ennegrecido y lleno de ira, extendió sus alas, apretó los puños y dio un grito de dolor. Un polvo rosado emergió de sus entrañas y estalló en el aire cubriendo toda la zona.

-¡Eso es!, ¡eso es!, ¡no creí que fuera tan fácil!, ¡gracias mi querido Camaél!, acabas de destruir el último recurso de los hijos de Adán, ¡sus sentimientos!, ¡jajajajajaja!- decía riendo a carcajadas Khronnos.

Mientras el arcángel explotaba todo su polvo rosado, el rey del infierno, se acercó hacia él, estiró su mano y sus uñas crecieron al punto de convertirse en garras. Golpeó el pecho del arcángel y extrajo su corazón.

-¡Nuevamente, gracias!, ¡me llevaré esto como recuerdo!, ¡tienes un corazón hermoso, y ahora es mío!- dijo Khronnos mientras el arcángel se desvanecía en el aire.

Los pocos soldados que aún quedaban con vida, observaron temerosos al rey del infierno, después de ver a su general caer ante sus dominios.

-¡No teman!, ¡yo no soy el villano!, seré generoso y piadoso con todos ustedes, les perdonare su lamentable vida de esclavismo, y les ofrezco la libertad. ¡Sí!, ¡la libertad!, únanse a mí y podrán gozar de todas las virtudes de este, y de todo el universo, ¡yo!, a diferencia de su creador, ¡siempre estaré a su lado para compartir lo que es mío!- dijo Khronnos.

Los ángeles se hincaron ante él, y con un movimiento de su mano, hizo caer las alas de los soldados, sus armaduras se volvieron negras, y sus cuerpos corpulentos y de piel pálida y de tono grisáceo.

-¡Ahora!, ¡mis fieles súbditos!, ¡vayan y hagan lo que les plazca!, ya no tienen cadenas que los detengan, gocen y revuélquense con la inmundicia de este mundo- dijo el señor de la oscuridad, desapareciendo entre las sombras.

Mientras tanto, en el refugio, Hilda estaba acostada cubierta por una frazada, la gente comenzaba a despertar y a juntarse en el centro. El ruido la hizo levantarse y miró hacia su costado para ver donde estaba Layonnel, quien curiosamente se encontraba cerca de un rio que estaba por ahí.

La joven, salió en busca del muchacho, estaba amaneciendo y la bruma que mantenía en oscuridad a la Tierra, se había dispersado. El sol brillaba y el canto de los pájaros era como una hermosa melodía que endulzaba los oídos.

Hilda caminó saludando a los refugiados y preguntando por Layonnel, le dijeron que se encontraba leyendo cerca de un pequeño río que se había formado. La joven acudió a verlo, y ahí estaba él, sentado sobre una roca, leyendo las escrituras sagradas.

-¡Buenos días!- dijo la joven.

-¡Buenos días!- contestó Layonnel.

-¡Eh!, ¡mmm!, sobre lo de anoche…- decía la joven cuando fue interrumpida.

-¡No quiero hablar más de eso!, te dije que no podemos desviar nuestra atención ahora, tenemos una misión que cumplir- dijo Layonnel.

-¡Bueno!, ¡como estabas tan pasional, anoche! ¡Yo creí que había surgido algo entre tú y yo!- decía Hilda.

-¿Pasional?, ¡Hilda por Dios!, ¡ya te dije que lo siento!, ¡no era mi intención faltarte en ningún aspecto!, ¡yo solo debo hacer lo que Abdiel y Zagzaguel pusieron en mis manos!, ¡no estoy para ese tipo de cosas!- expresó Layonnel molesto.

-¡Buenos días!- dijo un hombre que estaba atrás de Hilda.

-¡Ahhh!, ¡me asustaste!, ¿Qué no puedes ponerte delante de la gente?- dijo Hilda.

-¡Uy, perdón!, alguien amaneció de mal humor- dijo el hombre.

-¿Y tú?, ¿Qué haces aquí?, ¿Cómo es que puedes estar caminando tan tranquilo en el día?- dijo Hilda.

-¿Qué creíste?, ¿Qué solo podía aparecerme en las noches?, ¡jajaja!, ¡te lo dije antes!, ¡no soy como los demás de mi especie!, pero dime, ¿Por qué tienes esa mirada extraña?, ¡ah, ya entiendo!- dijo Rowenster.

-¿Qué mirada?, ¿de qué hablas?- dijo Hilda.

-¡Bueno!, no vine aquí para enterarme de sus intimidades, solo quiero decirles que me acabo de enterar que tres de los arcángeles fueron derrotados por Khronnos. Uriel cayó bajo la influencia de Fleuretty, Jophiel fue atrapado por Urdas, el Hada del pasado, y Camaél, fue derrotado por el mismo señor del infierno- dijo Rowenster.

-¿Qué dices?- dijo Layonnel levantándose de la piedra y caminando hacia donde estaba Rowenster.

-¿Qué?, ¿Cómo que no sabían?, ¿pues que estuvieron haciendo todo este tiempo?- contestó Rowenster.

-¡Bueno, bueno, ya!, ¡no me importa!, solo que debemos apresurarnos, con cinco de los arcángeles fuera de batalla, solo nos queda esperar a que aparezca el último de ellos. ¡No deben decirlo a los demás!, ¡no es conveniente!, Layonnel, tú debes continuar con lo de las escrituras, es el último recurso que nos queda- dijo Rowenster.

-¿Y cómo se supone que llegaré hasta donde están los demás sobrevivientes?- dijo Layonnel.

-¡Para eso tienes el péndulo del tiempo!, ocúpalo para congelarlo por unos instantes, y utiliza el medallón para transportarte a lo que queda de las ciudades, ¡debes hacerlo antes de que anochezca!, o no habrá más esperanza para los seres humanos- dijo Rowenster.

-¿Qué sucederá, cuando anochezca?- preguntó Hilda.

-¿Acaso no lo ves?, ¿Por qué crees que la oscuridad se dispersó?, eso es un síntoma de muerte. Antes de desprenderte de este mundo, siempre hay un momento en el que todo es claro, pacífico y tranquilo, es el recurso que se tiene para despedirse de todo lo que hay en este mundo, y si no hacemos algo, lo último que veremos será la oscuridad eterna- dijo Rowenster.

Layonnel, utilizó el péndulo del tiempo para congelarlo por algunos instantes y transportarse hacia los lugares más recónditos, en donde se supone que los habitantes se refugiaban.

Hilda estaba desconcertada por la actitud tan fría que tenía el joven hacia ella. Rowenster los acompañaba durante el viaje.

-¿Qué te sucede, mujer?- preguntó Rowenster.

-¡No sé qué le sucede a Layonnel!, ¡no puedo creer lo frío que está conmigo!- decía molesta Hilda.

-¿Te refieres a lo que sucedió anoche?, ¡No le tomes tanta importancia!, ¡así son los hombres humanos!, ¡te usan y después, se les olvida hasta tu nombre!, ¡jajajaja!, así solía ser yo- dijo Rowenster.

La joven lo volteo a ver, e hizo una expresión de desagrado hacia su mordaz y absurdo comentario. El duque se disculpó con ella, y la tomo de la mano diciendo.

-Estas enamorada de él, lo puedo ver en tus ojos, y sé que te duele pensar que lo que pasó ayer, no tiene importancia para él. Pero debes entender una cosa, Layonnel está muy concentrado en realizar la tarea que le fue encomendada, ¡no sabemos qué será de este mundo, mañana!, su preocupación, es mayor a sus sentimientos, trata de entenderlo- dijo amablemente Rowenster.

-Dime algo, ¿Por qué sigues a nuestro lado?, ¿Qué es lo que realmente quieres?- dijo la joven mirando directamente hacia los ojos del duque.

-Creí, habértelo dicho antes. ¡No entiendo tu insistencia!- contestó el duque.

-Porque no te creo, hay algo más detrás de tu "buena voluntad", no estoy segura de lo que es, pero por supuesto, que no es lo que tanto nos has estado diciendo. ¡Dímelo con sinceridad!, ¿Qué es lo que esperas obtener de todo esto?- dijo Hilda molesta.

-¡Basta!, ¡no tengo más que decirte!, si no quieres creerme, ¡ese es tu problema!, ya hice todo lo que tenía que hacer con ustedes, así que, ¡me voy!- dijo Rowenster soltado de la mano a la joven y marchándose en dirección contraria hacia donde iban Layonnel e Hilda.

De pronto, al llegar a un poblado, la sensación de soledad inundaba el alma de la joven, observaba como Layonnel se sentaba invitando a la gente a escucharlo, y ella se sentía completamente abandonada. Un aire helado, le soplaba por la espalda, ella volteó para mirar de qué se trataba, pero no había nada cerca. Dirigió nuevamente su mirada a ver al grupo de personas. Su mente, comenzaba a jugarle una mala pasada, comenzó a imaginar la situación, y a pensar, si en realidad, ella podía hacer algo para la humanidad, recordaba todos los momentos en los que estuvo con el maestro Abdiel, visualizaba sus enseñanzas, que ahora, en este momento, las sentía vacías y sin importancia.

-¿Qué estoy haciendo aquí?, ¡a mí, ni siquiera me toman en cuenta!, ¡Layonnel es el indicado!, ¡yo no tengo nada que hacer aquí!, ¡mejor me voy!- pensó Hilda, y se dio la media vuelta y camino a varios metros de distancia.

El aire que corría por detrás de ella, se hacía más intenso, ella volteaba de un lado al otro, pero no observaba nada cerca, y de pronto, la silueta de una mano, tocó su hombro. Volteó rápidamente, y al ver lo que tenía en frente, se desmayó de la impresión.

Mientras Layonnel estaba sentado con el grupo de personas, una silueta de un hombre vestido con una armadura, caminaba directo hacia él. Estaba muy concentrado y seguía leyendo a la gente, cuando de pronto, la silueta se colocó delante de él. Layonnel, dejó de leer y subió la mirada hacia el hombre.

-Tú debes ser, el hijo de Helios, ¿no es así?- dijo el hombre.

-¿Quién pregunta?- dijo Layonnel.

-Yo soy, Abuliel, el ángel de la oración- dijo el hombre.

-¿Cómo sabes, quién fue mi padre?- dijo el joven sorprendido.

-Porque todas las noches y parte del día, escuché tu nombre, de los labios de Suria, tu madre, pidiéndome que te protegiera. Y escuche la plegaria de tu padre Helios, suplicándome que viniera a revelarte tu misión- dijo el ángel.

-¿Mi misión?, ¿a qué te refieres?- preguntó intrigado el joven.

El ángel se agachó, tomó con su mano, la quijada del joven y acarició dulcemente su rostro.

-Layonnel de Regulo, hijo de Helios y Suria, cinco de los siete cielos han caído en la oscuridad, cinco de las siete trompetas sagradas han sonado, Khronnos se ha apoderado de los guardianes de los cielos, y está próximo a concluir con su venganza.

Debo admitir, que fuimos engañados, la conquista de este planeta, solo fue una distracción para enmascarar su verdadero objetivo, y ahora, solo nos queda una última esperanza, ¡confiar en la raza humana!

He venido ante ti, ya que me has invocado, y vengo a suplicarte que nos permitas ponernos a tus órdenes- decía el ángel.

-¿Qué?, ¿de qué estás hablando?- dijo alterado Layonnel.

-Temo decir, que cinco de las más grandes y poderosas legiones divinas, han sido vencidas, Sephirot sigue luchando fervientemente, pero la desesperanza está provocando que los ángeles se vuelvan débiles y caigan ante el poder de Khronnos, ya no nos queda fuerza para seguir combatiendo. El gran general, no ha venido al llamado, y no sabemos si aparecerá, de continuar de esta manera, no quedara rastro de la Tierra, ni del cielo, tarde o temprano, la oscuridad reinará en el universo.

Es por ello, que hemos decidido, pedirle perdón a la humanidad por nuestra debilidad, no hemos sido capaces de enfrentar con dignidad al rey del infierno, y deseamos creer en ustedes, los seres humanos, para que juntos, demos la última batalla- decía Abuliel.

-Y eso, ¿Cómo sería?- dijo intrigado Layonnel.

El ángel, cuyo cuerpo estaba cubierto por la armadura, y su espalda por una capa blanca, metió la mano detrás de su cintura y sacó el cuerno de Sephirot.

-¡Ten!, éste, es el cuerno que llama al ejercito del cielo, Sephirot lo dejó caer en una de sus batallas, y no es capaz de volverlo a hacer sonar, su fuerza se debilita a cada instante, y tarde o temprano, su cansancio lo hará caer en la oscuridad de Khronnos. Con él, deberás guiarnos, juntarás a los hijos del Virtus Creator, y juntos lucharemos contra el rey del infierno- dijo Abuliel.

-¿Quieres que yo sea el comandante del ejército?, ¿estás loco?, ¿Cómo podría yo, un simple humano, guiar al ejército?- dijo Layonnel.

-¡Tienes razón!, ¡debí haber estado loco!, ¿Cómo pude creer que un simple humano, podría ayudarnos?, ¡Debí habérselo ofrecido a Rowenster!, ¡él tiene más agallas que tú!- dijo el ángel guardando el cuerno nuevamente tras su espalda.

-¡Espera!, ¡está bien!, ¡lo haré!, pero necesito que alguien me explique lo que debo hacer, ¡no tengo idea de cómo llevarlo a cabo!- dijo Layonnel.

-Layonnel de Regulo, ¡tú eres la luz que emana del fuego!, ¡tú eres el ser, que guiará a la humanidad a su renovación!, y eres quien comandará a los ángeles a su triunfo o a su derrota- dijo Abuliel.

-¡No, no, no!, ¡espera!, ¿Cómo que derrota?, ¿y entonces?, ¿para qué estoy haciendo todo esto?- dijo Layonnel.

-¡Basta de charla!, ahora bien, Yo, Abuliel, ángel de la oración, ¡invoco a las fuerzas supremas del universo!, ¡que nuestra voz retumbé en cada parte de la creación infinita!, ¡que venga a mí, el prana divino de la vida y bañe este planeta con todo su amor!- decía en voz alta, levantando los brazo hacia el cielo.

Una luz muy brillante se veía en el cielo, un rayo de luz cayó sobre el ángel mientras estaba levantando los brazos, Abuliel, le indicó que tomara el cuerno y lo hiciera sonar. El joven, nervioso, lo tomó y lo soplo.

-¡Buuuuuuuuummmmm!, Buuuuuuuuuuummmmm!- se escuchó

-¡Comienza a leer las escrituras en voz alta!- gritaba el ángel.

Layonnel, dejó el cuerno a un lado y comenzó a leer en voz alta, la gente estaba muy emocionada y se tomó de las manos haciendo un gran círculo alrededor de ellos.

Repetían sin cesar las palabras de Layonnel, y la tierra comenzó a estremecerse, el suelo se abría y agrietaba alrededor del círculo, pero no podía dañarlos.

-¡Arrrrrgggggg!, ¡Arrrgggggg!, ¿Qué es esto?- gritaban los demonios que se ocultaban en las sombras.

Se revolcaban del dolor, el sonido hacía eco en sus mentes, las palabras de Layonnel los debilitaban y uno a uno se iba alejando hacia el lugar en donde estaba el volcán.

-¡Sigue!, ¡continua leyendo!, iremos caminando hacia donde está Sephirot, la gente se nos irá uniendo y yo, mantendré la barrera haciendo que tus palabras, se escuchen en cada rincón del universo- decía el ángel.

Layonnel se levantó, y comenzó a caminar detrás del ángel, la gente, se tomó de las manos y esquivando las grietas en el suelo, seguían en una fila a Layonnel.

Mientras esto sucedía, Hilda despertaba, le dolía la cabeza, y tenía todo el cuerpo entumido, se levantó y miro a su alrededor para ubicarse, estaba en una especie de cueva, y a lo lejos, se escuchaba el caer de una gota, se encontraba en una especie de gruta, por donde pasaba algún rio.

El lugar estaba oscuro, pero se alcanzaba a distinguir una luz hacia el fondo, ella tomó su morral, y se dirigió cautelosamente hacia esa luz.

Al llegar, se percató que en el centro, había una especie de jardín, con flores muy hermosas que estaban ahí, había árboles y pajarillos cantando. Dirigió su mirada hacia el techo de la gruta, y pudo observar que se veía una luz, que parecía ser el sol, que iluminaba con sus rayos, el centro del lugar. Se acercó cuidadosamente, y caminó hasta donde se encontraba un árbol, justo en el centro, por debajo del agujero que se veía en el techo. El aroma de las flores era intenso y muy relajante, el árbol que tenía frente a ella, estaba repleto de hermosas, brillantes y jugosas manzanas, al verlas, su estómago hizo un ruido, estaba cansada, sedienta, y con mucha hambre. Se sentía intrigada, ¿Qué hacía un lugar como ese, en medio de la nada?, tal vez, se trataba de otra distorsión en el tiempo y el espacio, pensaba.

Pero al ver, que a su alrededor, solo estaba esa habitación, y el camino por el que llego hasta ahí, entendió que existía algo que debía descubrir. Así que se sentó bajo el árbol, y esperó tranquilamente a pensar alguna solución para salir de ese lugar.

Al paso de unos minutos, el hambre se hacía más fuerte, y de pronto, una manzana cayó de árbol frente a ella, la tomó con sus manos, y la frotaba.

Una voz se escuchó de entre las sombras.

-¡Pobre muchacha!, sola, con frío, ¡debe de tener mucha hambre!- dijo una voz aguda y femenina.

-¿Quién está ahí?- preguntó Hilda, levantándose rápidamente para ubicar de donde había provenido la voz.

-¡Jajajaja!- se reía la voz.

-¡Muestrate!- gritó Hilda.

-¡Zuuuummmm!- pasó una ráfaga de viento detrás de ella.

-¿Quién eres, y que es lo que quieres?- gritó molesta Hilda.

-¡No debes temer!, el temor, ¡es para los débiles!, y tú no pareces ser una de ellos- decía la voz femenina.

-¿Quién eres?- decía Hilda.

-¡Zuuuuuuummmm!- pasó la ráfaga de nuevo detrás de ella.

-¿Tienes hambre?, ¡adelante, puedes tomar una de ellas!, ¡nadie se enterará!- decía la voz de la mujer.

-¿Qué es lo que quieres?- decía muy nerviosa Hilda.

De pronto, una mariposa muy hermosa apareció por detrás del árbol, voló hasta ponerse delante de la joven, y se fue transformando en la figura de una mujer, delante de ella.

-¡Pobre niña hambrienta!, ¡te puedo asegurar que no hay ningún problema!, ¡puedes comer una de mis manzanas!, ¡las he cuidado mucho, y solo son para personas muy especiales!- dijo la mujer.

-¿Vas a decirme, quién eres?- dijo Hilda.

-Mi nombre es Skalda, soy una Norna, o un hada, el hada del futuro- dijo la mujer.

-¿Qué es lo que quieres de mí?- preguntó Hilda.

-¿De ti?, de ti no quiero nada, más bien deberías preguntarte, ¿Qué es lo que quieres tú, de mí?- contestó el Hada.

-¿Yo?, ¿querer algo de ti?, ¡para nada!, ¿Cómo para que querría yo algo de ti?- dijo Hilda.

-¿Estas segura de eso?, ¿no hay algo que te interese saber?, ¿algo como tu futuro?- dijo el Hada.

-¡Noooo!, ¡no quiero saber mi futuro!- dijo la joven.

-¡Es una pena!, ¡no sabremos que será del niño que engendraste!, así como el árbol que dio frutos, ¡tú lo harás!, pero como las manzanas, ¡tú fruto se marchitará sin saber qué fue lo que sucedió!- dijo Skalda.

-¿Quéeee?, ¿pero qué estás diciendo?- preguntó Hilda.

-Pues no lo sabrás, a menos que tú quieras que yo te lo diga- dijo Skalda.

-¿Y cómo se supone que voy a hacer para que me lo digas?- dijo Hilda.

-¡Fácil!, solo tienes que darle una mordida pequeña a la manzana, y mientras la disfruta, yo puedo contarte, todo lo que desees saber, acerca de tu futuro- dijo la Hada.

Hilda se quedó en silencio unos minutos, levantó la manzana del suelo, y la observó con detenimiento, ¡tiene que ser una trampa!, pensaba ella, pero al parecer, era la única forma de salir del lugar, el Hada, podría decirle cómo hacerlo, así que tomó la manzana, y la mordió.

-¿Tenías hambre, verdad?, ¡pero ya jamás la tendrás!, puedo asegurarte que el fruto de tu vientre, te dará a manos llenas de todo lo que desees- dijo el Hada, tomando de la mano a Hilda e invitándola a sentarse debajo del árbol.

-¿Lo ves?, ¡no hay nada que temer!- dijo Skalda.

La manzana estaba realmente deliciosa, su sabor era exquisito, y satisfacía por completo el hambre de la joven.

-¡Mmm!, dime, ¿Cómo puedo salir de este lugar?- dijo Hilda.

-¡Es fácil!, ¡ya estás afuera!, las paredes que ves, son solo una ilusión de tu mente, en realidad, nunca han existido, son tus miedos y temores, los que te han encerrado en este lugar.

Tu destino, está marcado desde el momento en que naciste, serás la reina que gobierne el nuevo mundo, traerás a la vida, a los futuros gobernantes, y le darás un nuevo sentido a la raza humana. Pero debes tener cuidado, con los asuntos del corazón, te enamoraste de lo prohibido, y tu visión será nublada por un espejismo- decía la Hada.

De pronto, la luz que se veía al fondo del agujero en el techo, se hacía cada vez más intensa y bajaba hacia donde estaba ella.

El Hada, se levantó y comenzó a ponerse nerviosa.

-¡Debo irme!- dijo preocupada Skalda.

-¡No espera!, ¿Por qué te quieres ir?, ¡aun no has terminado de decirme!- dijo Hilda.

La luz apareció delante del Hada, y su intenso brillo, las deslumbraba haciéndolas cerrar sus ojos.

-¡Tu!, te has entrometido en donde no te llaman- se escuchó una voz masculina que emanaba de la intensa luz.

-¡No es así!, yo solo… yo solo…- decía el Hada.

De la brillante luz, comenzó a formarse un hermosísimo rostro de un hombre de tez blanca, piel sedosa, ojos grandes y deslumbrantes. La voz, era muy varonil y seductora. Poco a poco, se fue transformando en la silueta de un hombre desnudo, con un cuerpo perfecto y bien formado.

Hilda, se quedó con la boca abierta y el bocado se le cayó al suelo.

-¡Debo pedirle disculpas, señorita!- dijo el hombre.

-¡No me hagas daño!- dijo el Hada.

-¿Por qué crees que yo te haría algún daño?, ¡no soy yo quien te ha hecho desaparecer de este mundo!, todos me etiquetan como el villano, ¿pero acaso lo soy?, ¡yo quien soy el único que no merece la felicidad!, ¡yo, quien después de todo lo que he hecho por los hombres, me niegan el derecho a la tranquilidad! ¡Mírame jovencita, y mírame con atención!, ¡dime, si ves la maldad en mi rostro!, dime, si puedes sentir mi sufrimiento- dijo Khronnos acercándose hacia Hilda y tomando su mano poniéndola sobre su pecho.

-¡Esos ojos!, ¡esos ojos!- decía sin cesar la joven, impactada por la belleza de un par de ojos en color púrpura que se diluían en tonalidad hasta quedar un violeta muy tenue.

-¿Qué es lo que ves?- dijo Khronnos.

La joven no podía moverse de la impresión, no era temor lo que le tenía a Khronnos, sentía una gran pena por él.

-¡Veo… veo el sufrimiento!, el dolor y la sangre de todos los que han entregado sus almas a tus servicios- contestó Hilda.

-¿Crees que después de lo que viste, en realidad yo soy el malo?, ¡yo he tenido que soportar por milenios, la oscuridad del universo, el rencor, el odio, y todos los sentimientos oscuros de las almas humanas, ¡yo! quién alguna vez fuera destinado a ser la luz más hermosa sobre todo el universo, para iluminarlo

¡Vete Skalda!, ¡no tienes nada que hacer aquí!- dijo Khronnos, acostándose a un lado de la joven.

Hilda estaba muy conmovida por el sufrimiento de Khronnos, su mirada era fría y aterradora, pero no por lo que se presumía, sino por la oscuridad que encerraba su espíritu. La joven tomó el rostro del rey del infierno, lo acarició y centró toda su atención en aquella mirada.

-¿Por qué?, ¿Por qué alguien como tú, tendría que ser el rey de la oscuridad?, ¡te imaginaba distinto!, creí que eras…- decía la joven.

-¡Horrible!, ¿la abominación más asquerosa del universo?, ¡No!, mi hermosa dama, esa idea, es la que los hombres me han puesto como rostro, para temerme y no ver con claridad, como son las cosas en realidad.

No soy ese que tanto mencionan, tú misma puedes darte cuenta, de mi gran bondad- decía el rey de la oscuridad.

-¿Eres Satanás?- preguntó la joven

-¡Ese!, es uno de miles de nombres con los que me han llamado, sin atreverse a decir mi único y verdadero nombre, Luzbel- dijo Khronnos.

CAPÍTULO VIII

La sexta Batalla
La rendición del sexto cielo

-¡Maestro!, hemos estado luchando constantemente, y estos demonios parecen no parar. ¡Escuchamos el llamado del cuerno!, ¡debemos acudir!- gritaba uno de los soldados del ejército celestial.

-¿El cuerno?, ¡eso es imposi...!- dijo Sephirot mirando hacia su cintura, el instrumento se había perdido, y perdía la autoridad sobre el ejército divino.

-Maestro, alguien ha cedido el control de las fuerzas celestiales a un alma humana, ¡no podemos continuar con usted!, debemos acudir al llamado- dijo un soldado y las tropas de la legión, se fueron replegando hasta desaparecer.

Sephirot se quedó solo ante un batallón de demonios.

-Y ahora, ¿Qué es lo que vas a hacer?- dijo un hombre que apareció frente al arcángel, vestido en una armadura negra, de piel blanca y cabello del color de su armadura.

-¡Álastor!, creí que te habías escondido en los confines del infierno- dijo Sephirot.

-¿Esconderme, yo?, ¡eso jamás!, mi señor me envió de nuevo al infierno para asegurar su regreso, pero al ver los recientes acontecimientos, no creo que deba permanecer ahí, ¡sin duda alguna!, ¡él ya ha vencido!- dijo el demonio.

-Tengo el privilegio de tener frente a mí, al más cercano al rey del infierno, ¡bien!, ¡muy bien!, entonces, te enviare yo mismo de vuelta- dijo Sephirot empuñando una espada dorada y lanzándose contra Álastor.

El demonio dio la orden, de no atacar al arcángel, el mismo se encargaría de ponerle fin. Tras varios minutos de constante lucha, el comandante del ejército celestial, se notaba muy agotado.

-¿Qué pasa Sephirot?, ¿ya no tienes fuerza?, ¿será acaso que por esa razón te quitaron a tu ejercito?- dijo el demonio.

-¡No necesito de un ejército para vencerte!- decía enojado el arcángel.

-¡Sephirot!, ¡Sephirot!- se escuchó una voz que volaba por los cielos.

-¿Mmmm?, ¿de quién es esa voz?- dijo Álastor y golpeo en el rostro al arcángel, haciéndolo ponerse de rodillas

-¿Lo ves?, ¡ya no tienes nada por que luchar!, tus queridos hijos de Adán, están por caer en las tinieblas eternas, ¡solo es cuestión de tiempo!- decía el demonio.

El arcángel comenzó a sentir rabia contra las palabras del demonio, se levantó con una energía renovada y comenzó a darle tremenda golpiza al demonio.

-¡Jajajajaja!, ¡sí!, ¡sí!, ¡muéstrame tu ira!- decía el demonio.

El arcángel, envuelto en un sentimiento de coraje, lazó sus mejores golpes contra el duque infernal, su enojo crecía con cada movimiento, mientras escuchaba una voz que le decía.

-¡Sephirot!, ¡Sephirot!, ¡detente!, recuerda la misión que te fue encomendada, haz hecho bien tu trabajo, y ahora es momento de que rindas tu espíritu al Virtus Creator, ¡deja ya!, esta absurda pelea, y regresa a donde perteneces ¡Yo me encargaré del resto!- dijo la voz.

Pero el arcángel, seguía muy molesto y hacía caso omiso a las instrucciones de la voz.

-¡Jajajaja!, ¡eso es!, ¡eso es!, ¡muéstrame tu poder!, ¡muéstrame de lo que eres capaz, Sephirot!- decía Álastor.

De pronto, la tarde comenzaba a hacerse presente, el cielo se iba oscureciendo poco a poco, y una niebla comenzaba a formarse en todo el globo terráqueo.

Los ojos del arcángel comenzaron a tornarse de un verde intenso, a un violeta tenue, las venas de su rostro comenzaron a salirse.

-¡Tú!, ¡miserable!, ¡te hare regresar al infierno!- decía el arcángel.

Mientras tanto, en otro lugar, acostado sobre la hierba, abrazando a Hilda, se encontraba Khronnos.

-Mi nombre, no importa, lo que me interesa es que me conozcas en realidad, y veas que no soy yo, quien ha originado este conflicto- dijo Khronnos.

-Pero, ¿Por qué a mí?, ¿Qué es lo que quieres de mí?- pregunto Hilda.

-Tú eres la esencia perfecta, la perfección de la mujer, que tanto he buscado, solo tú tienes el poder para hacer que yo haga todo lo que tu deseas, ¡pídeme lo que quieras y te lo concederé!, solo tienes que aceptar, convertirte en mi esposa- dijo Khronnos.

El corazón parecía salírsele del cuerpo, palpitaba rápida, precipitada y fuertemente, era un ser hermosísimo, que denotaba una gran belleza y compasión. La joven, se sentía muy vulnerable ante tal imagen. El demonio, acercó su rostro y acarició con las yemas de sus dedos, lo suaves y prominentes labios de la joven. Mientras una serpiente bajaba cautelosamente del árbol y se movía zigzagueando hacia los pies de Khronnos.

-Solo quiero que todo esto termine pronto, y juntos, comenzar una nueva vida, ¡piénsalo!, ¡tú y yo, gobernando un nuevo mundo!, en donde todo lo que desees te será dado. No habrá más desdicha, no más dolor, ni sufrimiento, solo un mundo lleno de paz y tranquilidad, teniendo como su única reina, a una mujer invaluable- mencionaba Khronnos.

-¡Pero!, ¿Cómo harías tal cosa?, ¡no lo entiendo!- dijo sorprendida la joven.

Khronnos, rozó su boca contra los labios de la joven, y el beso más apasionante que había sentido, se hizo presente. La suavidad de su piel, el brillo de sus ojos violetas, el aroma a rosas que despedía el lugar, y la sensación que recorría todo su cuerpo, la hizo rendirse ante la belleza de aquel hombre.

-¡Eres tú, Hilda!, la mujer que tanto he buscado y necesito a mi lado, déjame sentir lo que me ha sido negado, déjame demostrarte que soy mejor que él, que el mismo creador, que puedo gobernar este mundo y el universo entero. Un lugar en donde la única luz eterna, será nuestro amor- decía el rey del infierno.

La joven, temblorosa y llena de pasión, se contuvo para no ceder su carne ante la constante seducción del rey de la oscuridad. Acarició suavemente el rostro de Khronnos y le dijo al oído.

-Sé que puedes ser mejor que él, no tienes que demostrármelo, ¡ya lo hiciste! Está bien, aceptaré ser tu reina, pero bajo mis condiciones- dijo la joven.

-¡Pídeme lo que sea y te lo regalaré como regalo de bodas!, ¡solo tienes que decirlo!, no hay nada que no te pueda conceder- dijo Khronnos.

De pronto, un intenso dolor en uno de los costados de Khronnos, lo hizo gritar.

-¡Ahhhhhhhhhhh, Alassssssstooooooooor!- gritó y enseguida tomó de la mano a Hilda, y emitiendo una luz muy intensa, desaparecieron sitio.

Sephirot, había logrado atravesar con su espada, uno de los costados del demonio.

-¿Qué pasa Álastor?, ¿ya no eres tan soberbio, ahora, verdad?- dijo furioso el arcángel.

-¡Jajajajajaja!, ¡me parece que te equivocas!, tuviste suerte, solo eso. Pero hace falta mucho más que un simple golpe para derrotarme- dijo el demonio.

Tomó el filo de la espada que estaba dentro de su cuerpo y con la mano derecha, la sacó.

-¡No eres más que un ser completamente nefasto!, ¡jamás podrás igualarte a mi poder!- dijo el demonio.

-Pumm, pumm, pumm, pummm- se escuchaban los golpes en el suelo a lo lejos.

Era Layonnel que iba dirigiéndose hacia el sitio en donde estaba Álastor y Sephirot, un gran contingente de personas venía detrás de él, gente, que salía de sus refugios y escondites para unirse a la gran marcha. Todos los ángeles los seguían por detrás. Mientras iba caminando con la protección de Abuliel, el ángel de la oración, Layonnel iba recitando las lecturas de las escrituras sagradas, mismas, que cuando eran escuchadas por los seres humanos, sentían un gran calor en sus corazones, y los impulsaban a dejar de esconderse, dándoles esperanza y fuerza para enfrentar la batalla.

La gente, tomaba palos, piedras, y cualquier objeto que tuvieran cerca, estaban dispuestos a enfrentarse a los demonios.

-¡Mi señor Álastor!, ¡es el ejército celestial!, ¡vienen directo hacia nosotros!- gritó un demonio.

-¡Reúnan las tropas, acabaremos con ellos de una buena vez!, ¡Mi rey estará tan contento, que tomaré su lugar en el infierno, ahora que él gobernará los cielos!- dijo Álastor.

-¡Jajajaja!, ¿en serio te crees eso?, ¡jajajaja!, ¿tú el rey del infierno?, ¡no me hagas reír!- dijo Sephirot.

-¡Dejaras de reírte cuanto te derrote!, y entonces, verás el poder de mi rey- dijo Álastor.

-¡No cabe duda!, tu ambición es igual a la de tu señor, pero, ¡que estúpido eres al creer que Khronnos compartirá su reino contigo!, ¡no eres más que un sirviente para él!, al igual que sus mejores generales, quienes él mismo destruyó después de que ya no fueron útiles- dijo Sephirot.

-¡Eran unos incompetentes!, ¡yo soy diferente!, ¡claro que me recompensará por mis servicios!, ¡yo soy el más allegado a él!

¡Toma esto!, ¡ahhhhhhhhhhhh!- gritó Álastor y con su espada cortó el ala izquierda del arcángel.

El arcángel, se puso en cuclillas después de haber recibido ese gran golpe, el dolor era insoportable, y no por haber perdido una de sus alas, sino por el odio y rencor con el que recibió el golpe.

-¡No tengo otra opción!- dijo el arcángel levantándose y estirando su ala derecha.

-¡Arrrrrrggggggggg!- gritó Sephirot

Un polvo cristalino comenzó a emanar de él, se iba convirtiendo en una gran burbuja que lo cubría por completo. Al ver esto, el demonio fue retrocediendo poco a poco.

-¡Si no puedo vencerte!, entonces, ¡te llevaré al infierno conmigo!- dijo al arcángel y corrió con la espada apuntando hacia el pecho del demonio.

Cuando estaba a punto de ensartarla en el corazón del demonio, una luz apareció delante de él deslumbrándolo y haciendo que su golpe, terminara ensartado en un tronco.

-¡Basta Sephirot!, ¡ya es suficiente!, no permitiré que dañes a Álastor- dijo una voz que venía de la intensa luz.

-¿Acaso no lo entiendes?, ¡tú reino ya está en mis manos!, seis de los siete reinos del cielo, ahora son míos, ¡ya no puedes hacer nada!- dijo la voz.

Sephirot levantó la mirada al cielo, y derramando lágrimas por sus ojos, dijo.

-¡Perdóname padre, porque he desafiado tus leyes!- mencionó el arcángel.

-¡Noooooooooooooo!- se escuchó una voz que venía de las profundidades de la Tierra.

El arcángel, tomo la espada que estaba ensartada en el tronco, y la empuñó contra su propio cuerpo. Escupiendo sangre por la boca y tosiendo, cayó al suelo derramando lágrimas de dolor.

-¿Pero qué has hecho?, ¡no debiste llegar a ese extremo!, ¡no era necesario Sephirot! Desde siempre, te he considerado uno de los más fuertes guerreros celestiales, de entre todos, me hubiera gustado que formaras parte de mi nuevo reino, ¡juntos como en épocas remotas!- dijo la voz que emanaba de la intensa luz.

-¡Y túuuuuuu!, ¡Álastoooooooorrrrr!, ¡desobedeciste mis órdenes!- dijo la luz, haciéndose más grande e intensa.

-¡Mi señor!, ¡perdóneme!, ¡no desafié sus órdenes!, ¡solo quería ayudarle!- dijo temeroso el demonio.

De pronto, de la luz, comenzó a emerger una mano con una Hoz negra, dirigiéndose hacia el cuello del demonio.

-¡Basta!, ¡basta ya, he dicho!, ¡no quiero más derramamiento de sangre! Me dijiste que te pidiera lo que fuera, así que quiero que lo perdones- dijo la voz de Hilda, que parecía salir de la misma luz.

-¿Escuchaste bien, Álastor?, ¡tú reina te ha perdonado la vida!, ahora deberás redimir tus culpas estando a sus servicios- dijo la voz de Khronnos.

-¡Mi señor!, ¡gracias!, pero debo decirle, que el ejército celestial se ha reagrupado y viene en camino para acá- dijo el demonio.

-¿Qué puede hacer el ejército divino contra mí, en ese estado?, ¡ya no tienen a sus comandantes!, ¡es solo cuestión de tiempo para que se rindan a mis pies!

-¡Pero señor!, lo comanda un humano- dijo Álastor.

-¿Un humano, dices?, ¡eso es imposible!, ¿de quién podría tratarse?- dijo la luz cobrando forma en un cuerpo humano.

-Es el joven que me encontré junto con la mujer, en el bosque de las tinieblas, al que llaman Layonnel- dijo el demonio.

-¡No tienes de que preocuparte!, ¡los hijos de Adán terminarán por ser los míos!, reúne a todos y vayan a las faldas del volcán, abriremos las puertas del infierno, para que los demonios vengan a tomar el lugar que siempre merecieron. ¡Anda!, ¡apresúrate!- gritó Khronnos.

El cuerpo del rey del infierno, desapareció junto con la joven, Álastor se dirigió hacia la entrada del volcán, dejando el cuerpo agonizante de Sephirot en el suelo.

Desangrándose en el suelo, estaba el arcángel tumbado mirando el caminar del demonio, alejándose del sitio. Sintió un calor que recorría todo su cuerpo y ante él, la presencia de una figura femenina apareció, lo tomó por el cuello y lo trató de levantar.

-¡No temas!, ¡sé porque lo hiciste!, y también sé lo que pretendes, aunque eso signifique haber traicionado a tu rey- dijo la mujer.

-¿Quién eres?, ¡cof cof cof!- dijo con trabajos el arcángel.

-Soy una de las Nornas, Verandi, el hada del presente. He venido hasta aquí para llevarte delante de Azrael, el ángel de la muerte, será él quien te encamine hacia las puertas del infierno, la que será tu última morada. ¡No temas!, ¡yo te llevaré con él!- dijo el hada extendiendo sus alas que parecían de mariposa y desprendiendo un polvo en varios colores, formó una nube cubriendo el cuerpo del arcángel y lo llevó hasta las puertas del infierno, donde lo esperaba Azrael.

De pronto, mientras caminaba el contingente de Layonnel hacia el volcán, el cielo se tornó negro, y todo se quedó en silencio por unos instantes.

-¿Qué es eso?- dijo un niño.

-¡Shhhh!, ¡Déjenme escuchar!- dijo Layonnel.

-¡Miren!, ¡miren al cielo!, ¿Qué es eso mama?- dijo un niño.

Al voltear la mirada hacia el cielo, comenzaron a observar unos diminutos puntitos naranjas que iban apareciendo.

-¡Continúen caminando!, ¡no se detengan y no dejen de orar!- dijo Abuliel.

-Pero, ¿Qué es eso?- preguntó Layonnel.

-¡No mires a lo que no puedes alcanzar!, ¡mira hacia el frente y continua!, que es hacia el frente a donde debemos seguir- dijo el ángel.

Continuaron caminando distraídos por los destellos en el cielo, el ángel, le indicó a Layonnel que volviera a sonar el gran cuerno.

-¡Buuuuuuuummmmm!, ¡Buuuuuuuummmm!- lo sonó y de pronto, los destellos comenzaron a acercarse más hacia la atmósfera terrestre.

Los diminutos destellos se convirtieron en gigantescos aros de fuego que cubrían todo el planeta.

-El momento está cerca, Layonnel de Regulo, ésta, será las última y más sangrienta batalla que los seres humanos afrontarán, Khronnos, abrirá el portal del infierno para traer nuevamente a todos sus demonios, y así subir a los reinos celestiales para colonizarlo. Ha caído el Zebul, el sexto cielo, ¡ya no hay nada que proteja a este mundo!, solo tú y los tuyos, pueden decidir el rumbo de este planeta. Nosotros hemos sido vencidos por el rey del infierno, el cual, tarde o temprano nos llamará a fungir como sus esclavos.

Llévate a la última legión, y combate contra los demonios, no permitan que toquen la costa del Este, una vez que lo hagan, podrán subir a los cielos, y entonces, todo habrá sido en vano.

Yo deberé dejarlos cerca de la costa, y me desvaneceré en las sombras. Recuerda que tienes en tus manos, las escrituras sagradas que te dio Zagzaguel, las leyes divinas del reino de los cielos, eres la esperanza que todos depositamos en ti, no debes desconfiar, utilízalas sabiamente, y recuerda, que detrás de ti, se encuentran los corazones de todos confiando en tus decisiones.

¡Usa el medallón que te fue confiado!, él será tu arma contra los demonios, se te concederá el fuego ardiente de los cielos, para que incineres la oscuridad de los infiernos.

Esos aros que ves en el cielo, son los tronos, virtudes y potestades de nuestro reino, que te ofrecerán su ayuda para esta batalla. ¡Úsalos con inteligencia y sabiduría!, ahora, debemos continuar con nuestro destino- dijo Abuliel.

El contingente siguió creciendo a su paso, la gente corría hacia ellos, uniéndose a las filas, ya no tenían temor, los demonios que se ocultaban en las sombras, ya no podían hacerles daño, en vez de atacarlos, se fueron replegando hacia el volcán, en espera de la aparición del rey del infierno, quien abriría el portal entre los tres mundos.

Al pie del volcán, se encontraba Álastor, reuniendo a las legiones infernales.

-¡El momento ha llegado!, ¡sí, este es el gran día en que la Tierra, por fin será nuestra!, y nuestro rey se coronará como el emperador del Universo, ¡ya no estaremos envueltos entre las sombras!, por fin, veremos la luz del sol, caminaremos por estas tierras y haremos lo que nos plazca, ¡no habrá más insignificantes almas humanas que tengamos que seducir para adquirir poder!, ¡nuestro rey, nos lo dará!, y gobernaremos éste, y el reino de los cielos.

¡Demonios, que han estado en las sombras!, ¡hagan su aparición!, ¡vengan a mí y ejecuten las órdenes del gran Khronnos!- dijo Álastor mirando hacia el cráter del volcán.

La tierra comenzó a sacudirse, una gran presión se acumulaba en el domo del coloso, una luz muy brillante apareció frente al volcán, y poco a poco fue cobrando la forma de un ser humano, a su lado, la joven Hilda se encontraba tomándolo del brazo izquierdo.

-¡Ha llegado el momento, que por tantos milenios hemos esperado!- dijo Khronnos alzando el brazo derecho hacia el cielo y haciendo aparecer su gran Hoz, que se fue transformando en un báculo con una media luna en el extremo superior y con un símbolo desconocido.

-¡Que se abran las puertas del infierno!, ¡yo los invoco!, ¡vengan a mi fuerzas de la oscuridad!, salgan de las tinieblas y conquisten este mundo- dijo Khronnos y una gran erupción dio a lugar, el estallido fue gigantesco, en el torrente de lava que salía hacia el cielo, millones de demonios venían con él, y poco a poco fueron llenando la isla donde se encontraba el volcán.

Hilda estaba conmocionada de ver tal imagen frente a sus ojos, estaba aterrada al notar la cantidad de bestias horripilantes que emanaban de aquel cráter.

Mientras esto ocurría un golpeteo en el suelo se escuchaba a lo lejos, era el sonido del ejército celestial que llegaba a la costa Este.

-Puuuuummm, puuuummm, puuuumm, se escuchaba como si se tratase del latir de un corazón.

La gente venía recitando una especie de cántico celestial, este sonido aturdía y sacaba de concentración a Khronnos.

-¡Basta!, ¡es suficiente!, ¡no lo soporto!... Álaaaaaastoooooor, ¡detenlos inmediatamente!- grito Khronnos, cuando a lo lejos, Hilda miró a la persona que venía delante de ellos, se trataba de Layonnel, que venía leyendo en voz alta las sagradas escrituras.

Al llegar al borde de la playa, Layonnel dejó de leer las escrituras, y sacó de entre sus ropas, el medallón que había encontrado, dirigió la mirada hacia donde estaba Khronnos, y gritó fuertemente.

-¡No los dejen tocar tierra!, ¡Ataquen!-

Del mismo modo, Álastor al tenerlos frente a ellos, gritó a sus demonios.

-¡Atáquenlos, tráiganme sus almas!-

Los demonios, cual marabunta, corrieron hacia la playa para encontrarse con el contingente de la legión de Layonnel. El joven puso cara arriba el medallón y de pronto, los aros de fuego comenzaron a lanzarse como si fueses lanzallamas, hacia el objeto misterioso, Layonnel, recibía las cargas potentes de los cielos, y las dirigía hacia la desbandada de demonios que se acercaban furiosamente hacia ellos.

La gente, comenzó a golpearlos con cualquier objeto que pudieran sostener en sus manos. La batalla había comenzado, los demonios, molestos, no tuvieron piedad alguna en despedazar a cuanto humano se les cruzara en el camino, y así mismo, los hombres, ayudados con las flamas eternas de los aros de fuego, encendían flechas, espadas, palos y piedras para utilizarlas como armas para aniquilar a los demonios.

De pronto, un sonido ensordecedor se escuchó en todo el planeta, se trataba del resonar de una trompeta dorada, que aparecía en lo alto de una montaña.

-¡Jajajajajajaja!, ¡el momento es mío!, por fin, la sexta trompeta ha sido utilizada, ¡la victoria es mía!- gritaba lleno de entusiasmo Khronnos.

La batalla continuaba y el torrente de lava aumentaba su extensión hasta el punto en que salía de la atmósfera terrestre.

-Llego el momento, ¡reina mía!, tomaré el lugar que siempre me ha correspondido, el portal se ha abierto, es hora de que reclame los seis reinos del cielo, que ahora me pertenecen- dijo Khronnos levantando el báculo y dirigiéndolo hacia el cielo, un rayo de luz blanca deslumbrante, golpeo la atmosfera terrestre causando una aurora boreal, ensartó el báculo en la tierra, y el cielo se iluminó por completo, la luz, era mucho más brillante que el mismo sol, los aros de fuego se desvanecieron, y todos los ángeles, aun los que acompañaban a Layonnel, fueron despojados de sus alas, sus destellos dorados y su brillo, fue sustituido por destellos púrpuras y armaduras en tonos negro y gris.

-¡Siiiiiiiiiiiiiiiii!, ¡lo he logrado después de todo!, ¡el cielo será mío!- gritaba Khronnos mirando hacia el cielo.

Hilda estaba completamente inmóvil observando la devastación de su mundo, sus lágrimas caían una a una con la vida de cada ser viviente que se extinguía en el planeta, solo podía observar lo que sucedía a su alrededor.

Khronnos, bajó la mirada, y sus ojos comenzaron a cambiar de color, de un violeta a un azul intenso en la parte de arriba y un verde profundo en la parte de abajo. Hilda lo volteo a ver, y se sorprendió muchísimo.

-¡Esos ojos!, ¡esos ojos!- decía la mujer aterrada.

-¡Y ahora, acabare por fin lo que desde hace tiempo empecé!- dijo Khronnos, poniendo su mano derecha sobre su costado izquierdo, la introdujo entre su carne y arrancó una de sus costillas, la transformó en una espada plateada, con la empuñadura en forma de una serpiente de cascabel y la apuntó hacia Layonnel. Hilda no se percataba de lo que quería hacer, estaba tan concentrada en los ojos del rey del infierno, que giró lentamente la cabeza para ver hacia donde se dirigía la espada.

Khronnos, disparó un intenso rayo de luz que se dirigía directamente a la cabeza del joven Layonnel.

-¡Noooooooooooooooooo!, ¡Layonneeeeeeeel!- gritó la joven.

El disparo viajó rápidamente y cuando el joven se dio cuenta de que venía directo hacia su frente, levantó las escrituras para cubrirse el rostro.

El rayo se impactó contra las escrituras y desvió su rumbo hacia el cielo.

Khronnos, molesto, comenzó a gemir, empujó a Hilda hacia el suelo, y comenzó a emanar una bruma alrededor de su cuerpo, una túnica blanca hecha de piel de humano, envolvió su cuerpo.

-¡No permitiré que sigas con vida!, ¡serás mi más grande trofeo!- decía Khronnos en voz alta.

El rayo lanzado por Khronnos, recorrió el universo y volvió a la Tierra golpeándola en el mar.

-¡Puuuuuuuuuuuuuuuuuuummmmmmmmmm!- se escuchó y el océano se levantó dividiéndose justo por el centro, dos enormes cortinas de agua se formaron, originando un gran maremoto que se dirigía directo a la isla del volcán y de la costa del Este.

-¡Ahhhhhhhhhhhhhhhh!, ¡corran por sus vidas!- gritaba la gente en la costa.

El agua golpeo fuertemente la isla del volcán y la costa Este, llevándose a su paso, todo lo que encontró, sin embargo, Khronnos creó una barrera protectora alrededor de él y de algunos demonios.

Layonnel cerró los ojos pensando que sería su fin, pero cuando los abrió, una enorme burbuja cristalina de color azul, los había envuelto evitando que el agua se los llevara.

El suelo comenzó a abrirse y a separarse por completo, la isla del volcán y la costa Este, se desprendieron, siendo los únicos pedazos de tierra sobre el mar.

De pronto, la magnitud del temblor se intensificó haciendo que todos cayeran al suelo sin poder ponerse de pie, mientras que a unos kilómetros frente a la isla del volcán, una enorme roca de cristal en color azul, emanaba desde el centro de la tierra.

Layonnel, sorprendido, preguntó. -¿Qué es eso?-

-¡Es el Zafiro Estelar!- dijo un ángel que apareció frente a él, y lo ayudo a ponerse de pie.

-¿El Zafiro Estelar, dices?- preguntó Layonnel aferrándose a las escrituras y al medallón, tras sentir los fuertes movimientos del suelo.

-¡Así es!, ese es el nombre que ustedes, los hijos de Adán le dieron-

El agua dejó de moverse, y la burbuja azul desapareció, la gente se encontraba estática, maravillada de la presencia de aquella enorme roca que suspendía en el aire.

En la punta del enorme cristal, apareció la figura de un hombre, vestido con una armadura de cristal en tonos azules, con la cabellera rubia, colocado encima de la gran roca en posición fetal, envuelto por una especie de plumas, formadas por millones de hilos que parecían diamantes. El Zafiro Estelar, emergió quedando suspendido en el aire, y cuando dejó de moverse, aquel hombre levanto la cabeza abriendo los ojos, de un color azul muy intenso, se levantó y extendió sus alas, tres pares de ellas tenia emergiendo de su espalda, que al moverlas, producían millones de destellos brillantes y muy hermosos.

-¡Khronnos!, ¡nos volvemos a encontrar!- dijo el misterioso hombre.

-¡Por fin!, ¡por fin te dignas a aparecer, Mijahil!, jajajaja, ¡por fin! ¡Una batalla digna de mí!- dijo Khronnos envolviéndose en la niebla, estiró los brazos, de pronto, la túnica blanca había desaparecido, y en su lugar, una armadura hecha con rostros humanos en expresión de sufrimiento, lo vistió, se dio la vuelta para ver de frente al general de los ejércitos celestiales, y le ordenó a Álastor que siguiera el combate con los humanos.

-¡Veo que aún no aprendes la lección!- dijo Mijahil.

-¡Como siempre!, ¡es un placer poder tener este encuentro contigo!- dijo sarcásticamente Khronnos.

-¿Cuántas veces más quieres ser derrotado?, ¿no te bastó la última batalla?- dijo Mijahil.

-¡Me encanta la arrogancia de tus palabras!, ¡empecemos de una buena vez!- dijo Khronnos.

CAPÍTULO IX

La séptima Batalla
El Araboth

-Y a mí me encanta lo persistente que eres- dijo Mijahil.

El arcángel, levanto su mano derecha hacia el cielo, y de pronto, de los confines del universo, una cadena de fuego se disparó, viajando como un cometa que se dirigía hacia la Tierra. La cadena entró a la atmósfera del planeta y se amarró en el brazo derecho de Khronnos, haciendo que éste, soltara la espada que tenía en la mano.

Mijahil, repitió el procedimiento, y la cadena atrapó el brazo izquierdo del rey del infierno, estirando sus brazos y amarrándolos desde el universo.

-¡Jajajajajaja!- comenzó a reír Khronnos.

-¡Siempre es lo mismo contigo, Khronnos!, ¿Por qué sigues molestando este mundo?- dijo Mijahil.

-¿Molestando?, ¡No, Mijahil, no!, ahora este mundo y el cielo, ¡me pertenecen!, en cuestión de minutos tendrás que rendirme respeto, he conquistado seis de tus reinos, y la Tierra, ahora es mía- dijo Khronnos.

-¡Mmmm!, tal vez tengas razón, ¡pero te olvidas de una cosa!- dijo Mijahil.

-¿Qué más puedes hacerme?- dijo Khronnos tomando las cadenas con sus manos y rompiéndolas.

El arcángel se quedó sorprendido al ver lo que acontecía.

Khronnos tomó las cadenas y las arrojó contra el arcángel.

-¡De nada te servirá!, ¡ahora todo lo que le perteneció a tu rey, es mío!- dijo Khronnos.

-¡No estés tan seguro!- dijo Mijahil empujando sus brazos liberándose de las cadenas.

-¿Acaso no lo ves?, ¡la más perfecta de sus creaciones!, me ha dado el poder suficiente para conquistarlos, ¡sus hijos!, ¡los retoños sagrados por los cuales tantos milenios hemos luchado!, ¡ahora me han concedido el trono!

Son ellos, y nadie más que ellos, los que han decidido que yo sea su nuevo rey. ¡Justo, como siempre debió haber sido!, ¡y tú!, tarde o temprano tendrás que ser mi esclavo.

-¡No me hagas reír!, ¡la derrota sintiéndose triunfadora!, ¡tú has sido vencido desde un inicio!, ¡date cuenta!- dijo Mijahil.

-¿Llamas a esto derrota?, ¡no me subestimes!, ¡ya no soy tan débil como la última vez!, ¡mira a tu alrededor!, ¿Qué es lo que ves?- dijo Khronnos.

-¡Mmmm!, ¿muerte?, ¿devastación?, ¿hijos de Adán corriendo aterrorizados?- dijo Mijahil.

-¡Así es!, muy bien dicho. Los hijos de Adán rendidos ante mi poder, mi venganza está completa al fin- dijo Khronnos.

-¡Ah!, ¡no me digas!, ¿y que con eso?, ¿acaso los seres humanos, no han pasado una y otra vez por todo esto?, ¡el que no quiere ver, eres tú!

Nunca se ha tratado de devastarlo todo, Khronnos, se trata de lo que pueden los seres humanos crear, te olvidas que son la esencia misma de nuestro creador, capaces de crear cosas al igual que él, ¿tú que puedes crear?, ¿miedo?, ¡ni siquiera es algo que tú hagas!, ¡solo lo tomas prestado de los seres humanos para obtener poder!- dijo Mijahil.

-¡Suficienteeeeeeeee!- gritó Khronnos y comenzó a lanzar rayos de su espada hacia el arcángel. Golpes tan fuertes, que cada vez que se impactaban en el arcángel, la tierra se estremecía.

Los demonios atacaban a la legión de Layonnel, pero una especie de barrera los protegía.

-¡Señor Álastor!, ¡algo los protege!, ¡no podemos acercarnos a la playa!- gritó un demonio.

Khronnos volteo y se dio cuenta que Mijahil producía un campo de energía que los protegía.

-¿Aun sigues protegiéndolos, después de que te han traicionado una y otra vez?- dijo Khronnos.

-¿Traicionado, a mí?, ¡Te equivocas!- dijo orgulloso Mijahil.

-¿Ya te olvidaste de cómo te han tratado, a ti y a tu reino?, ¿Cuántas veces has intercedido por ellos?, y como siempre, terminan pidiéndome a mí, que los libere de sus cadenas, ¿Cuántas veces has purificado sus almas?, y después, vuelven una y otra vez a invocarme, ¡ésta claro que no valoran tus esfuerzos, ni los de ninguno de los tuyos!

Cuando se ven en la desesperación, acuden a mí, cansados, aturdidos, oscurecen sus almas para que yo, ¡si yo!, les de la paz y la tranquilidad a sus atormentadas almas, me entregan sus deseos y sentimientos más profundos, a cambio, de lo que tu rey, no es capaz de darles, ¿y tú y los demás, dónde queda todo su gran esfuerzo?, ¡dime!, tantos milenios y aún no han aprendido nada. ¡No son capaces de convivir con lo que tu rey le dio!

Son ambiciosos, se matan entre ellos, no respetan las leyes divinas, prefieren arrebatarles a los demás lo que desean, en vez de trabajar para obtenerlo, pisan una y otra vez las leyes del cielo, y lo peor, ¡reniegan de los designios de su propio padre!, ¡escupiendo y maldiciendo su nombre!, ¿no te parece que son muy mal agradecidos, con todos ustedes?

¡En efecto!, tienes razón al decirme que utilizo sus sentimientos para crear mi poder, ¡pero son ellos mismos los que se empeñan en dármelo!, mi fuerza ¡no existiría de no ser porque los humanos me la otorgan!, ¿no estás cansado de todo esto?, ¿eh?, ¡piénsalo!, ¡tú y yo teniendo estas luchas sin sentido, solo por ellos!, ¿Por qué luchamos entre nosotros?, ¡cuando son ellos los culpables de todo!

Ve más allá de tus ojos, Mijahil, desde que fueron creados, la armonía del cielo se desquebrajó, los favoreció por encima de todos, cuando debió haber pensado también en ustedes, les otorgó a manos llenas, un mundo lleno de abundancia, ¿y para qué?, ¿para qué lo destruyeran sin pensar en las consecuencias?, y lo peor, ¿sin recibir un castigo digno del rey de los cielos?

Yo fui enjuiciado y condenado, por un simple deseo, ¿y ellos, a quienes tanto proteges, que?, ¿Qué castigo han recibido?, ¡no!, ¡sus bellísimos hijos no pueden ser castigados!, ¿Por qué?, ¿Por qué ellos siguen teniendo todas las oportunidades que deseen, y nosotros no?, ¿no te parece una injusticia?

¿Para qué están los ángeles?, si no es para el servicio de los hijos de la carne, ¿eh?, ¿o me equivoco? La ambición, el odio, la avaricia, la soberbia, ¡no existirían si los humanos no la desearan!, ¡les hace sentir poder frente a los suyos!, ¿Por qué fui condenado a perder mis hermosas alas y encerrado a la oscuridad, por tener esos sentimientos?, ¿y ellos?, ellos siguen caminando por ahí, una y otra vez, implorando perdón, ¿y después?, y después vuelven hacerlo sin temor a recibir un castigo.

¡No Mijahil!, ¡es cierto que odio profundamente a los hijos de Adán!, y mi único deseo es su exterminio total del universo, porque tu creador ¡no fue justo con quienes le fuimos fieles y leales!, se oscureció mi luz, cuando fui destinado a iluminar sus pasos. Yo opté por una alternativa, y por eso fui arrastrado a las tinieblas, pero en ellas, descubrí la verdad sobre las mentiras eternas de tu rey.

¡Ya no perdamos más el tiempo en esta discusión absurda!, estoy a un paso de conseguir mi venganza, y de apoderarme del reino de los cielos, ¿quieres gobernar este mundo?, ¡te lo ofrezco!, ¡es tuyo!, si es eso lo que deseas, ¡ya no se puede dar marcha atrás!, ¡es inevitable que me corone como el nuevo Patriarca! ¡Tú!, quién es como él, podrías reconstruir este mundo, cómo quisieras, te daré la libertad que tanto anhelas, para que hagas de este planeta lo que mejor te parezca, ¿Qué dices?- dijo Khronnos.

Mijahil se quedó muy pensativo, cerró los ojos y las barreras que protegían a los seres humanos, desaparecieron.

-¿Lo ves?, ¡ahora estas entrando en razón!- dijo Khronnos volteando hacia el frente, hacia donde estaba la batalla de los seres humanos.

De pronto, Mijahil hizo aparecer frente a él una espada flameante con las llamas en tonos azules, la empuñó, y voló directo hacia la espalda de Khronnos.

Álastor, volteo a mirar hacia donde estaba Khronnos, y vio como el arcángel pretendía atacarlo por la espalda.

-¡Noooooooooooooo!- gritó Álastor y desplego sus alas demoniacas y voló hasta donde estaba el arcángel.

-¡Plasssssssssss!- se escuchó y Khronnos volteo la cabeza a mirar detrás de él.

Frente a él, Álastor estaba cubierto de sangre, con la espada enterrada en el abdomen, la sangre escurría hacia el suelo, y Khronnos levantaba los pies para no mancharse.

-¡Noooooooooooooo!, ¡Álaaaaaaasssstoooor!- gritó Khronnos enfurecido.

Comenzó a gemir, y a despedir un aroma putrefacto de su cuerpo, una niebla se formaba desde sus pies, y el arcángel asombrado, se quedó mirando cómo se desvanecía el último suspiro del demonio.

-¿Cómo te atreves?, ¡no te perdonaré!, ¡acabaré con todo lo que hay sobre la faz de esta Tierra, incluyéndote a ti!- dijo rechinando los diente el rey del infierno.

Mijahil sacó la espada de las entrañas del demonio, y la volvió a preparar para darle un golpe a Khronnos, y cuando estuvo a punto de ensartarla, Khronnos hizo aparecer frente a él, al pequeño niño que recogió de una de las ciudades.

-¡Mueve más esa espada, y matarás a este pobre inocente!, ¿serás capaz de aniquilar a uno de tus preciados protegidos?- dijo Khronnos.

Mijahil retrocedió y bajó la espada.

Khronnos tomó con un brazo al pequeño que se encontraba en una especie de trance, con los ojos abiertos y de color violeta, y con el otro brazo, jaló a Hilda y la sostuvo por la cintura, apretándola hacia su pecho.

-¿O prefieres aniquilar a la hija de Eva?, ¡mi nueva reina!, ¿a quién prefieres? ¡Ambos son la preciada creación de tu rey!

Mijahil no podía actuar, ambos, eran seres que aunque estaban por caer en la oscuridad, aún seguían siendo parte de lo que tanto protegía y amaba.

Khronnos giró la cabeza y miró hacia donde estaba el joven, parpadeo una sola vez, y lanzó un rayo directo hacia Layonnel, que se encontraba de espaldas, sin protección alguna.

-¡Layonneeeeeeeel!, ¡el medallón!- gritó el arcángel.

El joven volteo cuando el rayo estaba a punto de golpearlo, y extendió la mano, sosteniendo el medallón, del cual, de inmediato, apareció un enorme péndulo que se balanceo hacia el lado izquierdo, y todo se congeló.

-¡Muy impresionante!, ¡verdaderamente impresionante!, pusiste tu poder en ese medallón, ¿no es así?, siempre encuentras la forma de seguirlos protegiendo, pero ya me cansé de todo esto- dijo Khronnos.

-¡Layonneeeeeel, levanta una oración!, ¡grita el poder de nuestro creador!- le gritó Mijahil al joven.

-¡De nada te servirá!- dijo el rey del infierno, haciendo subir la nube que envolvía sus pies, hasta su torso.

Hilda, angustiada y llena de temor, agitaba las piernas para zafarse del demonio, sin lograr hacerlo.

-¿Sabes, que?, ¡ya lo pensé bien!, ¡no quiero ser tu reina!, ¡me da asco tener que revolcarme con un ser tan despreciable y repugnante como tú!- dijo Hilda alcanzando meter la mano en su morral y sacando el tallo de la rosa que recibió de Rowenster en el bosque.

Liberó su mano, y la ensartó en el pecho de Khronnos, atravesando su armadura siniestra.

-¡Arrrrrgggggggggggggggg!- gritó Khronnos convirtiendo su brazo, en la de un dragón, tomó a Hilda con él, y la aventó por los aires kilómetros de ahí.

Mijahil intentó volar hasta ella para rescatarla, pero Khronnos, con su mano hecha garra, puso las uñas encima del pecho del pequeño.

-¡Esto no ha terminado!, ¡no te muevas, o yo mismo le arrancaré el corazón!- dijo el rey del infierno.

Mijahil, rechinando los dientes por sentirse impotente, se quedó delante de él, mientras que por detrás de Khronnos, la figura de un demonio apareció.

-¡Tal vez, tu no puedas!, ¡pero yo sí!- dijo una figura sacando una daga incrustándola en el corazón del niño.

-¡Arrrrrggggggggggg!, ¡arrrrrgggggggg!, ¡arrrrrgggggggg!, gritaba Khronnos sacudiendo todo el cuerpo y dejando caer el cuerpecito del pequeño.

-¡Sephirot!- dijo Mijahil.

-¡Lo siento hermano!, siento haber traicionado a mi rey y a ustedes, pero alguien tenía que darle muerte al vástago de Khronnos, su alma había sido oscurecida por él, ahora, tienes el camino libre, ¡atraviésalo con tu espada!

Mijahil, tomo la espada y la ensartó en el cuerpo de Khronnos, el rey del infierno la tomó con su garra derecha, y la quebró, lanzó un rugido que mandó por los aires a Mijahil, e hizo estallar toda la isla, encerrándola en una nube gigantesca.

-¡Puuuuuuuuuuummmmmmm!- se escuchó y el tiempo se descongeló.

De pronto, los demonios que estaba por atacar a Layonnel, fueron succionados hacia la inmensa nube negra que se había formado, las almas de los muertos, salían de sus cuerpos y se unían a la succión, algunos seres humanos que estaban cerca, se les arrancaba el alma y se dirigían hacia la nube.

El arcángel, volvió en sí, y volando sobre los sobrevivientes, creo una burbuja de cristal para protegerlos.

La nube se hacía cada vez más intensa, era de color negro y en su interior, se veían relámpagos de fuego.

Algunos demonios se sostenían de donde podían para no ser absorbidos, pero era inútil, volaban directo hacia la nube, haciéndola crecer cada vez más.

-Layonnel, gente del mundo Terrestre, hijos de Adán, practiquen sus enseñanzas y no teman, deben creer, deben tener confianza y sobre todo, tengan esperanza- les dijo Mijahil.

La gente se hincó y comenzó a orar, pidiendo perdón por sus pecados y por la paz en lo que quedaba de la Tierra.

El tallo de la rosa que había puesto Hilda en el pecho de Khronnos, hizo crecer un botón de rosa, que se fue abriendo hasta convertirse en una hermosísima rosa color carmín, que fue cambiando su tono a uno morado y se iba marchitando poco a poco, hasta que cayó el último pétalo, convirtiéndose en una mancha negra en la piel blanca del rey del infierno.

-¡Ahhhhhhhh!, ¡arrrggggg!, se escuchan los lamentos y gemidos de Khronnos detrás de la gran nube.

Parado sobre la punta de una montaña, observaba Rowenster.

-¡Así que seguiste mis instrucciones!, ¡jajaja!, ¡a ver cómo te las ingenias ahora, Khronnos!, recibiste mi maldición, la misma que tu una vez pusiste en mi alma, ahora sabrás lo que es tener el amor en tus manos, y no poderlo tocar- dijo el duque observando desde lo lejos.

De pronto, un estallido salió de la nube, haciéndola dispersarse, un ser repugnante y horrible apareció de ella. Un cuerpo con el torso de un hombre, alas y brazos de dragón, piernas de toro y cola de serpiente, con la cabeza de un dragón con seis cuernos, ojos grandes y lengua de serpiente. De tamaño gigantesco, y de olor putrefacto.

-¡Al fin has mostrado tu verdadera cara!- dijo Mijahil.

-¿Crees que tu espadita pudo hacerme algún daño?, ¡No!, ¡solo me hizo cosquillas!, te arrastraré por la eternidad sobre las llamas del infierno, hasta ver desfigurado tu rostro. ¡Arrrgggggg!- decía Khronnos gimiendo.

-¡Esto se va a poner feo!, Layonnel, usa el medallón, en él guarda todas las oraciones de esta gente, y arrójalo cuando te diga hacia Khronnos, tiene una herida en el pecho, que nos dará ventaja- dijo Mijahil, haciendo aparecer nuevamente la espada flameante.

Khronnos comenzó a crecer en proporciones enormes, su furia era tal, que todo a su alrededor moría al estar en su sola presencia.

Comenzó a dar pasos hacia donde estaba el arcángel volando sobre el grupo de personas. Al llegar a una montaña, en la cima estaba Rowenster mirando desde lejos.Cuando pasó cerca de él, la enorme cabeza de dragón de Khronnos estaba por lanzarle su aliento de fuego, Rowenster levantó el dedo índice de su mano derecha y dijo.

-¡No, no, no!, ¡no mires hacia acá!, ¡sabes que no puedes aniquilarme!, ¡tú y yo tenemos un trato!, ¡no te olvides!- dijo el duque.

Khronnos giró nuevamente su cabeza y caminó hacia Mijahil. Con cada paso que daba, aplastaba todo ser viviente que se encontraba en el suelo.

-¡Mijahiiiiiiiilllllll!, ¡te destruiré!- gritó Khronnos abriendo su hocico y lanzando llamaradas de fuego.

El arcángel, empuño su espada y se lanzó a combatir al demonio, Khronnos levantó su brazo derecho y con su garra, dio tremendo golpe al ángel, haciéndolo volar a kilómetros de ahí.

Mijahil, se reincorporó y voló rápidamente hacia el sitio y clavó la espada en la palma de la garra derecha del demonio, sacó la espada y cortó su brazo.

-¡Arrrrrggggggggg!- gritó Khronnos, miró hacia el grupo de humanos, y lanzó una llamarada de fuego. En arcángel se puso delante de ellos extendiendo sus hermosas alas, creando una burbuja alrededor de ellos.

-¡De nada te servirá!, ¡tarde o temprano acabare con todos!- dijo el rey de infierno.

-¡Layonneeeeeel!, recuerda lo que te dije, lanzaré mi último ataque, en cuanto logre llegar hasta su herida, lanza el medallón, ¿entendiste?- gritó Mijahil.

-¡Espera!, ¿Qué será de nosotros después?- dijo Layonnel.

-¡Si esto no resulta!, entonces, ¡no sé qué más podamos hacer!- dijo Mijahil.

La gente estaba de rodillas sobre el suelo, llorando y gritando del temor, estaban aterrorizados, y el joven, trataba de darles ánimos, gritando los pasajes de las escrituras sagradas para tranquilizarlos.

El arcángel, empuño su espada, haciéndola emitir mucho más fuego sagrado, haciéndose quemar junto con ella, se convirtió en una llama gigantesca y se lanzó contra el pecho del demonio, convirtiéndose en un cometa.

Se impactó contra su pecho, -¡Arrrrrgggggggg!-, grito Khronnos, Layonnel levantó el medallón y lo lanzó directo hacia la brecha que había dejado el impacto de Mijahil.

-¡Argggggg!, ¡argggg!, ¡arggggg!- gemía y se revolcaba del dolor el demonio, su cuerpo, desde el cuello hasta la pierna izquierda, comenzaron a hacerse de piedra. El contingente de Layonnel miraba con atención, con lágrimas en los ojos, veían como el demonio, aparentemente, parecía haber sido vencido, sin embargo, una risa macabra se escuchó saliendo del demonio.

-¡Jajajajaja!, ¡pudieron paralizarme!, ¡pero aún estoy vivo!- gritó Khronnos haciendo aparecer a los aros de fuego en el cielo, los tronos que servían al reino de los cielos, ahora, eran sirvientes del demonio. Millones de ellos aparecieron, y una lluvia de granizo envuelto en llamas, comenzó a caer y a destruir todo lo que tocaba. La gente se levantó del suelo, atemorizada, y comenzó a correr en todas direcciones.

-¡Te destruiré!, ¡y todo por fin se acabará!- dijo Khronnos levantando su enorme pezuña para aplastar a Layonnel.

Cuando de pronto, el Zafiro Estelar se iluminó, una cuarteadura, lo cruzó por completo, haciendo que se comenzara a abrir lentamente. Khronnos volteo la mirada hacia atrás, para ver lo que sucedía.

Una luz, brillante en color azul, salía del Zafiro Estelar, y de pronto, se hizo escuchar una voz que surgía en eco de todo ser, criatura, planta, objeto, estrella, planeta, y de todo lo que conformaba la creación misma.

-¡Lucifer!, ¡me has vuelto a desafiar!, ¡te di la oportunidad de redimir tus errores!, ¡y en vez de eso!, ¡vuelves a levantarte en mi contra!, pero se te olvida una cosa- decía la voz.

-¡Arrrrgggggg!, ahora, todo lo que fue tuyo me pertenece, ¡no tienes nada que hacer aquí!, ahora, ¡yo soy el rey de los cielos!- dijo Khronnos.

-¡Se te olvida una cosa, repito!, ¡yo te cree y yo te puedo destruir!-

-¡Buuuuuuuuuuuuuummmmmmmmmmm!- se escuchó una gran explosión después de esa última frase.

El sol colapsó y explotó creando una supernova que destruyó todo el universo.

Cuando abrieron los ojos, Layonnel y los sobrevivientes, se encontraban dentro de una luz enorme, cálida y acogedora.

-¿Dónde estamos?- dijo Layonnel.

-Se encuentran dentro del Araboth- dijo una luz azul que brillaba frente a él.

-¿El Araboth?- preguntó Layonnel.

-¡Así es!, ¡el Zafiro Estelar!, como ustedes lo llamaron. En realidad es el Araboth, el séptimo reino celestial, la morada de nuestro señor. Sabía que tarde o temprano, esto pasaría. Desde que los hijos de Adán, originaron la última batalla entre ellos, sin querer iniciaron el Apocalipsis, sabía que Khronnos aprovecharía eso a su favor, para conquistar la Tierra, así que decidí, esconder el Araboth en el único lugar, donde jamás buscaría Khronnos, el planeta Tierra- dijo la luz.

-¿Mijahil, eres tú?- dijo Layonnel intrigado.

-¡Así es, Layonnel!, esta es nuestra verdadera forma, no somos más que seres súper lumínicos, polvo de estrellas convertido en luz- dijo Mijahil.

-Pero, entonces, ¿Cómo es que los vimos con cuerpos humanos y alas?- dijo Layonnel.

-Utilizamos la forma que los seres humanos nos dieron, para presentarnos delante de ellos, es la manera en que pueden interpretarnos, pero en realidad, ésta es nuestra esencia, somos luces de distintos colores, y todos estamos aquí- dijo Mijahil.

Layonnel, miró a su alrededor, y notó que existían siete luces radiantes de colores, amarillo, rosa, verde, blanco, violeta, naranja, y azul.

-¡Son ustedes!, ¡los siete arcángeles!- dijo emocionado Layonnel.

-¡Así es, jovencito!, así es. Ahora, descansa y permite que Israfil, sane todas tus heridas- dijo Mijahil.

-¿Qué será de nosotros?- preguntó Layonnel.

-¡Layonnel de Regulo!, hijo de Helios y Suria, heredero del poder, quien brilla como el sol, y tiene la fuerza del León. Fuiste el elegido para restaurar la armonía del universo. Tú, y los sobrevivientes, serán honrados con almas purificadas, y colocados nuevamente en el reino de Dios, serán la nueva humanidad, y tú, ¡deberás utilizar las escrituras que te fueron confiadas, para guiarlos a la paz y armonía!- dijo Mijahil.

Layonnel, cerró los ojos y cayó en un sueño profundo.

Después de seis días terrestres de estar dentro del Araboth, que se encontraba flotando en la oscuridad del universo, éste se abrió, y Layonnel junto con Hilda, observaban el sistema solar completamente restaurado, justo, tal y como estaba en un principio.

-¡Este, es el séptimo día!, el momento en que serán enviado nuevamente a la Tierra, y la gobernarán con sabiduría y amor- dijo Mijahil.

Rowenster, fue llamado ante la presencia de un círculo de fuego.

-¡No puedo devolver el alma de la que tú mismo decidiste despojarte!, ¡volverás a la Tierra! y cumplirás con tu penitencia, por la eternidad- dijo la voz.

El Araboth se iluminó, haciendo que todos cerraran sus ojos, y cuando volvieron a abrirlos, se encontraban en el centro de un bosque hermoso, lleno de extensa y maravillosa vegetación y fauna.

Rowenster, estaba sentado sobre una silla mirando por la ventana de un castillo en la punta de una montaña, solo se veía el respaldo de la silla y la silueta de su cabeza mirando calmadamente.

-¡Y así fue como sucedieron las cosas!, ¡yo fui espectador de todo!

Hilda y Layonnel, vivieron felices junto con los sobrevivientes, quienes no recordaban nada de lo sucedido, exceptuando los dos jóvenes, a quienes se les permitieron recordar, solo para que no se volvieran a cometer los mismos errores.

Tuvieron un hijo, el cual desapareció y nunca más volvieron a saber de él, después, tuvieron seis más, tres niños y tres mujercitas, a quienes educaron y criaron bajo las enseñanzas de las sagradas escrituras.

Layonnel, jamás dejó de buscar a su primer hijo, desesperado, organizó una encomienda y dejó a Hilda y demás hijos, para realizar la búsqueda del primogénito.

¡Pobre!, ¡nunca esperó encontrarse con su verdadero destino!, ¿y cómo lo sé...?- dijo Rowenster levantándose de la silla y dejando caer un cadáver en el piso de madera de la habitación.

Un pequeño de siete años de edad, de piel blanca como la espuma, cabello negro, y ojos con tres tonalidades, la parte de arriba en color azul, la parte de abajo en color verde, y alrededor de las pupilas, un ligero aro en color violeta, entró a la habitación y miro el cadáver desangrado del suelo y preguntó.

-¿Quién es él?- dijo con una voz tierna y suave.

Rowenster se acercó hacia el niño, lo tomó de la mano y contesto.

-¡Todo principio tiene un fin, y este final, solo es el comienzo de uno nuevo! ¡Nadie importante, mi pequeño Luzbel!

¡Que comience el nuevo ciclo!-

Printed in the United States
By Bookmasters